KEITAI
SHOUSETSU
BUNKO
野いちご SINCE 2009

みんなには、内緒だよ？

嶺央

○STARTS
スターツ出版株式会社

カバー・本文イラスト／朝香のりこ

今をトキメク大人気モデルの七瀬(ななせ)くんは
裏ではファンの子のことを
ハエとか言っちゃうし。

何かと理由をつけては
撮影(さつえい)をずる休みしようとするし。

話を聞いてなさそうだと思ったら
やっぱり聞いていないし。

普段(ふだん)、無気力なくせに
私をいじめるときだけは活き活きとしてて。

完全に自分のペースで生きていたい人。
「俺(おれ)、仕事とか別にどーでもいいもん」
　……またそういうことばっかり言って。

もうさ、君がどうしてモデルなんてしているのか
私は本当に不思議だよ。

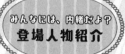

みんなには、内緒だよ？
登場人物紹介

櫻木なごみ（さくらぎなごみ）

私立高校に通う普通の高校2年生。今をときめく高校生モデル"安堂七瀬"の大ファンで、ファンクラブ会員番号1番なのが自慢。

パシリ？

親友

親友

?

御影彩菜（みかげあやな）

なごみの親友。さばさばした性格のお姉さん系の美人。有名人には興味なし。

二階堂春希（にかいどうはるき）

七瀬のモデル仲間。やんちゃな元気キャラ。彩菜と過去になにかあった…？

contents

第1章

転校生は七瀬くん　10

これが七瀬くんの裏の顔　26

七瀬くんは
自由気ままでマイペース　47

第2章

七瀬くんにはかなわない　66

七瀬くんと
放課後お忍びデート　93

知らなかったよ、七瀬くん　121

第3章

七瀬くんにドキドキ　158

七瀬くんでいっぱいだ　187

七瀬くんと人気急上昇中モデル　225

第4章

七瀬くんと私の住む世界の違い　244

七瀬くんがいなくなった？　　273

七瀬くん と りつきくん　　　284

第5章

ずっと七瀬くんが好きでした　304

七瀬くんと私だけ　　　　　　328

【番外編】

もう1つの恋物語 side 春希　336

なごみの知らない物語
side 七瀬　　　　　　　　　354

あとがき　　　　　　　　　　378

第1章

転校生は七瀬くん

「はぁ～っ。やっぱり七瀬くんはいつ見てもカッコいいなぁ～っ……」

２学期初日。

始業式が終わり教室について早々、登校途中にコンビニで買ったばかりのファッション誌を眺め、幸せのため息を漏らす私は、櫻木なごみ。私立高校に通う高校２年生。

いたって平凡な高校生活を送る私の生きがいは、毎日七瀬くんを拝むこと。

七瀬くんとは、

"女子高生が選ぶイケメンランキング１位"

"彼氏にしたい有名人ランキング１位"

"添い寝してほしい男性ランキング１位"

と、人気タレントを差し置いて数々のランキングで１位を総なめする"人気NO.１男性モデル"。

本名は、安堂七瀬。

苗字みたいな名前が特徴。

身長178センチ。

誕生日２月20日。

私と同じ高校２年生。

血液型はA型。

兄弟は年の離れた兄が１人。たしか27歳くらいの。

好きな食べ物は和食。

嫌いな食べ物はジャンクフード。

　主なプロフィールはこんな感じかな。

　七瀬くんは背が高くて、手足がすらっと長く、中性的な顔立ちをしている。

　顔のパーツは、配置も形も何もかもまさにパーフェクトで、二重まぶたの黒目がちな瞳に、薄い唇、高く筋が通った鼻、まつ毛は雑誌越しでもわかるくらい長く、肌が驚くほどに綺麗。

　もはやモデルをするために生まれてきたような人だ。

　七瀬くんは国内売り上げNO.1の男性ファッション誌の専属モデルで、デビューは2年前の中学3年生のとき。

　所属モデルはみんな高校生以上の中、七瀬くんは本誌初の中学生でデビューを飾った。

　初めて表紙を飾った月は異例の重版となったり、男性ファッション誌にもかかわらず、女性の購入者を倍以上に増やしたりと、数々の伝説を残している。

　デビューしてすぐに若い世代から絶大な人気を集め、飛ぶ鳥を落とす勢いでトップモデルへと成長した七瀬くんは、今じゃ専属雑誌の看板モデルを務めるまでに。

　それだけじゃない。

　雑誌を通り越して、誰もが知るような超有名ブランド服のイメージモデルにも起用されていて、よくお店でもポスターを見かけるほど。

　七瀬くんの経済効果は抜群で、七瀬くんがモデルを務めれば、その服は飛ぶように売れてしまう。

噂によると、名高い超有名ブランドたちが、プライドを捨てて大金を積んで七瀬くんを取り合っていて、数年先まで契約が埋まっているとかなんとか……。

まさに引っ張りだこの状態だ。

七瀬くんは中学生のときも中学生に見えないくらい大人っぽかったけど、高校生になってますます色気が増した。

なぜ私がこんなにも、七瀬くんについて詳しいかというと、それは……。

私がデビュー当時から大ファンだから。

もうね、七瀬くんを初めて見た瞬間、ビビビッ！って来たの。

今じゃ、七瀬くんが出ている雑誌は毎月欠かさず買っているのはもちろんのこと、昨年ついに発足されたファン待望のファンクラブに入会し、会員番号はなんと１番をゲットした！

七瀬くんのすごいところは、モデル一本でその知名度をここまで広めたことだと思う。

七瀬くんが、CMやドラマなどのモデル以外の仕事のオファーは絶対に受けないというのは、ファンの間では有名な話だ。

どれだけ大金を積まれて交渉されても、どれだけ好条件でも、それがモデル以外の仕事なら眼中になし。

多くのモデルが中途半端に俳優業や歌手業に手をつけている中、七瀬くんは違う。

モデルという仕事に強いこだわりを持っている。

みんなが七瀬くんに惹かれるのは、その甘いルックスだけではなくて、1つの仕事に対して、熱心に取り組んでいるからなんだ。

　有名人の七瀬くんと一般人の私。

　天と地がひっくり返っても、一生関わることのない存在。

　七瀬くんにとって私は、何人もいるファンの中の1人にすぎない。

　もしかしたら、1人にすら換算されないほど、とてもちっぽけな存在かもしれない。

　七瀬くんに会うことができるのは、いつだって雑誌越し。

　でも私は雑誌越しの七瀬くんの、このキラキラと輝く姿を見ているだけで幸せ。

　だって大好きだから。

　もちろんこの大好きは異性としてじゃない。モデルとしてだ。

　さすがの私でも、大人気モデルに恋心は抱かない。

　境界線は大事だよね。

　建前では彼女なしだけど、じつはおつき合いしている人がいるかもしれない。

　もし、そうだったらさびしいけれども……。

　そこはファンとして、応援してあげるべきだと思っているよ。

　それに私には……ちゃんと好きな人がいるもん。

　それは幼い頃から続く、長い長い私の初恋だ。

　こんなことを話したら、きっとバカにされちゃうから、

誰にも言えないけど。
　つまりね、七瀬くんへの好きは"憧れ"。
　その男の子への好きは"恋心"。
　まるで違うんだ。
「なごみ〜。また安堂七瀬見てんの〜？」
「うん！　今月の七瀬くん、髪色が変わっててすごくカッコいいんだよ！　綾菜も見る？」
「いや、私はいい。にしても、よくも飽きずにそんな見続けられるね〜」
　どこからともなく私の席までやって来て、そう呆れたように笑うのは、御影綾菜。
　綾菜とは、今年初めて同じクラスになり、仲よくなった。
　私とは違って綾菜は、お姉さん系の美人さんで、とてもサバサバした性格をしていて、有名人には興味を示さない。
「ほんと、どこがそんなにいいんだか」
「どこがって全部だよ、全部！　もう存在してくれてるだけでありがたいというか……！」
「こういう人ってたいてい裏表激しいじゃん。有名人なんてイメージ勝負だし。とくに安堂七瀬は笑顔が作り物っぽくて嫌い。絶対、性格悪いよ、こいつ」
　私が手に持つ雑誌を覗き込み、そう言いきる綾菜。
　よりにもよって、七瀬くんをこいつ呼ばわりするとは、なんたる無礼者……！
「もう！　また綾菜はすぐそういうこと言う〜」
　ほんと、綾菜はわかっていない。

七瀬くんはこの甘いマスクや仕事に対して熱心に取り組む姿勢のとおり、絶対優しくてしっかりした性格の持ち主に違いないんだから。
　と、そんなことをしているうちに、ＨＲ開始のチャイムが鳴った。
「ほら、席につけー」
　担任の先生が教室へ入ってくると、みんなそれぞれの席につく。
「えー、今から転校生を紹介する。先生は本物を見て驚いたけど、お前たちは見て驚くなよ。とくに女子。騒いだ瞬間、教室から追い出すからな」
　転校生……？
　高２の２学期という、こんな中途半端な時期に？
　変な時期に転校してくる人もいるんだなぁ。
　しかも、見て驚くなとか、有名人でも転校してきたのかな？
　私は七瀬くん以外、興味ないけどね。
　もし七瀬くんが転校してきたら、泣くどころの騒ぎじゃないけど……。
　少女マンガじゃあるまいし、そんな夢みたいな話、あるわけないよ。
　でも七瀬くんも私と同じように高校に通って、授業を受けたりしているんだよね。
　そう考えるとなんとも不思議な感じだなぁ。
　七瀬くんがどんな学校生活を送っているのか、まるで想

像がつかない。
　七瀬くんはSNSをやっていないし、あまり私生活を語らないからなぁ。
　ファンですら知らないことばかり。
　謎多きモデルだ。
「ほら、入ってこい」
　その言葉とともにドアが開き、転校生が入ってくる。
　私はというと、転校生よりも今月号の七瀬くんのほうが気になるので、HRが始まっているのにもかかわらず、出しっぱなしの雑誌へ視線を落とし、パラパラとページをめくりながら、耳だけを先生の声に傾ける。
「安堂、ここ立って」
　わぁ……安堂とか……。
　七瀬くんと苗字が一緒だ。
　いいな、うらやましいな。
「今日からこのクラスの仲間になる、安堂七瀬だ」
　苗字どころか名前まで一緒だし。
　名前なんて、珍しいほうなのに。
　私は雑誌のページをめくりながら、そんなことを思った。
「お前たちが知っているとおり、安堂はモデル活動をしている。だが安堂もお前らと変わらない普通の高校生なんだからな。くれぐれも、騒いだりして迷惑をかけないように」
　おまけに七瀬くんと同じモデル活動をしていて……。
　……って、え？
　なんだかさっきから、1つどころか2つも3つも七瀬く

んに当てはまっているような気がして、私は勢いよく顔を上げた。

そして……。

「え……うそ……」

その瞬間、私はこれでもかというほどに目を見開いた。

私はまだ眠（ねむ）っているのかな？

だって……。

「安堂、何かひと言頼（たの）む」

だって……。

「安堂七瀬です。このクラスでは残り半年、短い間ですがよろしくお願いします」

教卓の前に立っていたのは、あの、モデルの七瀬くんだったから……。

え……えーー!?

う、う、うそでしょう!?

なんで!? なんで、七瀬くんがここにいるの!?

どうなってるの!? なにこれ!?

やっぱり夢なの!? 私はまだベッドの中!?

目の前の光景が信じられず、とっさに頬（ほお）をつねってみたが、ちゃんと痛い。現実だ。

じゃあ、同姓同名（どうせい）のそっくりさんとか!?

いや……違う。

この私が、七瀬くんとそっくりさんを見間違えるはずがない。

私が今手に持っている雑誌の中にいるのはモデルの七瀬

くんだけど、今私の目の前にいるのも正真正銘、本物の七瀬くんだ……。

　私同様、みんな『信じられない』といった様子で、しばらく静かになる教室。

　きっとみんなも私みたいに、頭の中を必死に整理しているんだろう。

　だって普通に考えて、あの大人気モデルがこんな平凡な高校に転校してくるなんて、誰が予想できる？

　だけど、数秒すればみんな理解する。

　ここにいるのは間違いなく、本物の七瀬くんだと。

　その途端……。

「キャーー！」

「うそ!?　えー！　なんで七瀬くんがこんなところにいるの？」

「うわ……俺、本物の有名人とか初めて見たわ……」

「俺も。オーラ違いすぎんだろ。なにあれ」

「カッコいい〜！」

　男女ともに一斉に騒ぎ出して、教室は黄色い歓声で包まれる。

「言ったそばから……。お前たち静かにしろ！　こら！　騒ぐな！」

　あまりにもうるさくて、先生が耳を塞ぎながら止めに入るが、そんな声は七瀬くんへの歓声によって、掻き消されてしまう。

　私も両手で口を押さえ、思わず泣きそうになるのを必死

にこらえていた。
　信じられない。
　まさかのまさかだよ……。
　ああ、私、生まれてきてよかった……。
　この高校に入ってよかった……。
　改めて七瀬くんを見る。
　この反応は見慣れているのか、ビクともせずに「ありがとう」と爽やかに笑って返す七瀬くん。
　その途端、またもや歓声があがる。
　う、うわぁ……！
　七瀬くんの声だよ、声！
　ついに、生の声を聞いちゃった！
　なに、あの透き通るような美声は！
　顔もよくて声もいいとか、天は二物も三物も与えすぎではないかな？
　しかも笑った顔とか……もう、反則だ。
　抜群のスタイルも、最近染めたであろう暗めで落ちついたグリーンアッシュの髪も、笑った顔も、全部雑誌のまま。
　一般人には出せないような異彩を放ち、まるで雑誌の中からそのまま飛び出してきているようだ。
　ううん、違う。
　雑誌の中より、何百倍もカッコいい。
　これが……モデル。
　これが……七瀬くん、なんだ……。
　思わず見惚れていると、目が合ったような気がして、あ

わてて逸らした。
　だってだって！
　七瀬くんと直接目が合うなんて、許されるのかな!?
　同じ空気を吸ってもいいのかな!?
　バチが当たらない!?
「じゃあ、安堂の席は……1人席の櫻木の隣な」
　あぁ、夢ならどうか醒めないで……。
「櫻木、手を上げろ」
　どうか……。
「おい！　櫻木なごみ！」
　……へ？
　つい、ボケーッとしていると、先生にひと際大きな声で名前を呼ばれ、自分が話しかけられていることに気づいた。
「あ、はい！　私が櫻木で……」
　ハッと我に返り、あわてて立ち上がると、また七瀬くんと目が合ってしまって。
「……ですが……な、なんです……か……？」
　私は視線をゆっくり逸らしながら、言葉に詰まってしまい、その声はだんだんと小さくなっていってしまう。
「だから、安堂は櫻木の隣だから。いろいろ教えてやってくれよ」
「あ、はい……」
　……はい？
　今なんて!?
　と、隣!?　隣って言った!?

「だ、誰が!?　誰が私の隣って言ったの!?」
「なんで急にタメ口なんだよ。だから、安堂が櫻木の隣だって言ってるだろ。しっかりしろよ」
　な、な、なんと……。
　私、七瀬くんと同じクラスなうえ、隣の席になっちゃったよ……。
「安堂、あいつの隣な」
　先生にそう言われた七瀬くんは、うなずくとこちらへ歩いてくる。
「櫻木さん、隣とかうらやましいー」
「本物をこんな近くで拝める日が来るなんて……」
　七瀬くんを目で追い、ヒソヒソと話す女の子たち。
　歩いているだけなのに、その場だけファッションショーの会場みたい。
　クラス中の視線を独り占めだ。
　1歩また1歩、七瀬くんが近づいてくるたびに、私の胸はいまだかつてない緊張でバクバクとうるさい。
　どうしよう。七瀬くんがこっちに来るよ……。
　七瀬くんが私の元までやってくると、わけもなくぎゅっと目をつぶってしまう。
　七瀬くんが席についたのが、ガタッという音でわかった。
　ふわりと、いい香りがして胸がドキッとする。
　なんでこんなにいい匂いがするの……？
　モデルって、見た目だけでなく、匂いまでモデルなんだなぁ……。

と、意味不明なことを思いながら恐る恐る目を開けて、そーっと視線だけを横にやる。
　い、いる……。
　今たしかに私の隣には、あの七瀬くんがいます。
　隣に七瀬くんがいるというだけで、身体は緊張でガチガチになって背筋が伸びる。
　HRの最中も、私は隣にいる七瀬くんが気になりすぎて、先生の話どころじゃない。
「櫻木さん、だっけ。名前」
「……へ!?」
　不意に七瀬くんから声をかけられ、身体がビクッと揺れてしまう。
　七瀬くんのほうを見ると、七瀬くんは頬杖をつきながら私のほうを見ていた。
　な、七瀬くんのほうから声をかけてくれた……!
　そのあまりにも綺麗な瞳に、くらっとしそうになる。
　ていうか、小顔すぎる!
　そこらの女の子より顔が小さいよ!
「あ、はい……!　そうです、そうです!　はじめまして!　よ、よろしくね……」
　私はあわててそう挨拶をした。
　はっ……!
　七瀬くんに向かって『よろしくね』だなんて少々馴れ馴れしかったかな……!?
　すると、なぜかじーっと私の顔を見つめる七瀬くん。

……な、なに!?
　やっぱり『こいつ馴れ馴れしい』とか思われちゃった!?
「あ、あのぉ……」
「え？　……あぁ、ううん、なんでもないよ。ごめんね。よろしく」
　恐る恐る声をかけてみると、七瀬くんは首を横に振り、口角を軽く上げて笑うと、同じように挨拶を返してくれた。
　どうしよう。どうしよう。どうしよう。
　私は今、七瀬くんとしゃべってるんだ……。
「これ、俺が出てる雑誌？」
　七瀬くんがおもむろに机の上に置きっぱなしの雑誌を手に取り、パラパラとめくる。
　しかも七瀬くんが表紙の雑誌で、七瀬くんの特集ページを開きっぱなし。
　……うわぁぁぁぁあ。
　見られた！
　恥ずかしい……！
「あ、私、その……ファ、ファンでして……」
「誰の？　この中の誰が好きなの？」
「な、七瀬くんです……」
　むしろ、七瀬くんしか興味ありません。
「じゃあ、ファンクラブ入ってくれた？　昨年できたの知ってる？　なんか俺の知らぬ間にできてたんだけど、あれ」
「あ、はい！　もちろんです！　私、会員番号１番です！」
「ハハッ、本当に？　１番とかすごいね」

キャー！　笑った！
　　七瀬くんが私に笑ったよ！
　　七瀬くんは大人気モデルなのに、それを鼻にかける態度を取ったりしない。
　　それどころか一般人の私にも、こうして声をかけて笑ってくれる。
　　気さくで優しい人だ。
　　ほらね、綾菜。
　　私の言ったとおりでしょう？
「いつから俺のこと知ってくれてるの？」
　　七瀬くんが笑ってくれたことに、１人勝手に泣きそうになりながら感動していると、不意にそんな質問を投げかけられた。
「え!?　えっと……。デ、デビュー当時です！　デビュー当時から知ってます！　ずっと応援してます！」
「へぇーー……そうなんだ。ありがとう」
　　や、やけに長い『へぇーー』だなぁ。
　　しかも、棒読み。
　　いや、そんなことはどうでもいい。
　　だって、本人にデビューしたときから応援しているってことを直接伝えられたんだ。
　　七瀬くんはあまりにもカッコよすぎて、じつは存在しない人なんじゃないかと思ったこともある。
　　でも、今たしかに、七瀬くんはここにいる。
　　本物の七瀬くんが、私の隣に。

それが私にとってどれだけ特別なことか、言葉で表すことができない。
　本当に七瀬くんは憧れの人なんだもん。
　でもね、私は七瀬くんの見た目だけを好きになったんじゃないよ。
　その理由もいつか伝えられたらいいな。
　七瀬くんは、私にとって……。
「まぁ、とりあえずこれから仲よくしよ」
「も、もちろん！」
　さっきまで雑誌越しで見ていた七瀬くん。
　そんな彼が今同じ制服を着て、同じ学校にいて、同じクラスにいて、こうして隣にいるのは、きっと一生分の奇跡に違いない。
　……と、そう思っていましたよ。
　ええ、このときまでは。

これが七瀬くんの裏の顔

「本当なの！ 本当に七瀬くんが転校してきたの！ しかもね、私の隣の席で——……」
「なごみ、それ聞くの、もう3回目よ。別に疑ってないわよ」
　七瀬くんが転校してきて興奮冷めやらぬ中。
　家に帰ってきた私は、身振り手振りで今日あった出来事をお母さんに話していた。
　私が何度も同じことを話すから、お母さんも洗い物をしながら「はいはい」とすっかり呆れ顔。
　……あ、そうだ。
「それよりお母さん、具合悪くない!? 薬はちゃんと飲んだ？ 家事なら私がするから、無理しないでね！」
　私はハッとすると、お母さんに尋ねる。
「それも今日3回目でしょ。心配しすぎよ」
「だってぇ……」
　お母さんに笑われてしまい、私はしゅんとしながら視線を落とす。
　そんな私にお母さんは、「ありがとうね」と優しく笑った。
　じつはお母さんは喘息を持っていて、昔からあまり身体が強くない。
　今は大丈夫だけど、私が小さい頃は入退院を繰り返していた。
　別に死んでしまうような病気じゃないのに、私はお母さ

んが入院するたびに大泣きしては、周りを困らせてたっけ。
　今だってお母さんが入院なんかしちゃったら、きっと私は泣いてしまうのに……。
「でも、本当に大丈夫よ。入院なんてもうずっとしてないでしょ？」
「前まではしてたってことじゃん」
「あははっ、たしかにね」
　またそうやって笑ってさー……。
　心配するほうの身にもなってよね。
「なごみ、安堂くんに会えて嬉しい？」
「もちろん！　夢みたいだよ！」
『あ、話逸らしてきた』と思いつつも、私はお母さんの問いにうなずく。
　いまだに夢ではないかと疑っている私。
　でも、夢じゃないんだよね。
　現実なんだよね。
　明日の朝学校へ行けば、隣には当たり前のように七瀬くんがいるんだよね。
　こんな"好きな人と会える"というワクワク感は初恋のとき以来。
　あぁ、本当にもう……私は今間違いなく、人生最高に幸せだ。

　翌日。
「な、なにこれ……！」

私は生まれて初めて見るその光景に圧倒されていた。
　それは……。
「七瀬くん、まだ登校してこないかなー!?」
「私もこの高校に入学すればよかったー！」
「写メ撮れるかな!?　あー、早く見たい！」
「撮影じゃなかったら、どんなふうに笑うのかな？」
　なんということだろう。
　校門前には人、人、人！
　どうやら七瀬くんがこの高校に転校してきたという話が近所に知れ渡り、人が集まってきてしまったらしい。
　他校の女子生徒でごった返しているせいで、ここの生徒である私たちが中に入れないほどだ。
　騒ぎを聞きつけた先生たちも職員室から出てきて、「早くここから去りなさい！」と懸命に叫んでいる。
　昨日の今日でこんなことに……すごいなぁ。
　私も中に入れずどうしようかと思っていると、「キャーー!!」とひと際大きな歓声が鳴り響いた。
　七瀬くんが登校してきたんだ……。
　みんなの視線の先には、たった今学校についた七瀬くんの姿があった。
　なにあれ……。
　相変わらず、振りまくオーラが違いすぎる。
"イケメン"という言葉は、この人のために作られたのではないだろうか。
　しかも車登校だし、車は黒塗りのベンツだし。

七瀬くんは一瞬にして女の子たちに囲まれてしまう。
　もはや、警察を呼んだほうがいいのではないかというレベルの騒ぎだ。
　七瀬くんは、いつもこんなふうに注目されて、生きているんだ。
　やはり、平凡な私たちとは、住む世界が違う。
「……げっ、なにこれ」
「あ、綾菜！　おはよ！　みんな七瀬くんのファンだよ。すごいよね……」
　たった今登校してきた綾菜は、目の前の光景にこれでもかというくらい顔を歪める。
「これじゃあ中に入れないじゃん！　もしかして毎朝これ？　なんで同じ人間１人にそこまで騒げるわけ？」
「……お、落ちついて」
　朝から荒ぶる綾菜に、私は「まぁまぁ」とたしなめながら七瀬くんを見る。
　爽やかに会釈しながらも、「手振って！」「写真撮ってください！」の声は完全にスルー。
　手慣れた対応。
　七瀬くんが校舎へ入っていくと、みんな「あーあ」と残念そうな声をあげながら帰っていく。
　結局私たちが学校に入れたのは、チャイムが鳴った後だった。
　学校に入れば、有名人をひと目見ようと教室の前にも人だかり。

「お、おはよう、七瀬くん。朝からすごいね……」
　人だかりをすり抜けて自分の席までやってくると、私は緊張しながらも挨拶をした。
「え？　あぁ、別に。もう慣れたよ」
　慣れたとか……。
　やはりもう別次元だ。
　それから、またいつもと同じ１日が始まった。
　いや、同じだけど同じではない。
　授業中に七瀬くんが隣で授業を受けているなんて、ちょっと前まではありえなかったことなんだから。
　七瀬くんは授業もいたって真面目に受けている。
　時折眠そうに小さなあくびをする姿を拝めたりするのは、隣の席の特権だ。

　お昼休みになると、早々に七瀬くんはどこかへ行ってしまった。
　私は綾菜と机をくっつけて、お弁当タイム。
「綾菜……私ってもうすぐ死ぬのかな？」
「……はぁ？　なに言ってんの？」
　ぼんやりと綾菜に投げかけると、スマホを弄っていた綾菜は顔を上げて私を見る。
「だってだって！　私の隣であの七瀬くんが授業を受けてるんだよ？　なんかずっといい匂いもするし……。あぁ、私……こんなに幸せでいいのかな」
「いい匂いって。気持ち悪……」

幸せに浸る私とは反対に、綾菜は「バカバカしい」と冷たいひと言。
「そのうち嫌なところがたくさん見えてくるわ。まぁ、イメージ商売だろうから、裏の顔があろうと見せないだろうけど」
　う、裏の顔って……。
「そんなのあるわけないじゃん！」
　綾菜は本当にドライすぎる。
　そんな会話をしていると、学校に放送が鳴り響いた。
【えー、２年５組の櫻木なごみ。２年５組の櫻木なごみ。提出物を持って今すぐ職員室へ】
「あんた、放送で呼ばれてるよ」
「へ？　あ！　今日のお昼までに課題提出しなきゃいけなかったんだった！」
　私は思い出すと、ガサゴソと机の中をあさり、ノートを取り出した。
　じつは昨日、夏休みの課題を忘れちゃったんだよね。
　先生に『明日の昼まで待つ』と言われたのに、すっかり忘れてた！
「ちょっと職員室に行ってくるね！」
　私はノートを持つとあわただしく教室を飛び出し、職員室へ向かった。
　その帰り道。
　職員室は隣の校舎の１階にあるため、渡り廊下を歩いて自分の教室へ戻っていると……。

「ん？　あー……今昼休みだよ」

　どこからともなく聞き覚えのある声がし、思わず立ち止まった。

　この声は……七瀬くん？

　そっと声のするほうを覗くと、七瀬くんが体育館裏の階段に座って電話をしていた。

　あ、こんなところにいたんだ……。

　電話をしている姿とか、間違いなくレアだ。

　なんの話をしているんだろう……。

「新しい学校はどう？って。そんなもん聞かなくてもわかるじゃん。そういう質問、いちいちめんどくさい」

　あ、あれ……？

　なんか不機嫌……？　気のせいかな？

　私はいけないと思いつつも、太い木に隠れながらつい聞き耳を立ててしまう。

　すると……。

「ほんと、どいつもこいつも……俺の周りにいるのは、バカばっかり」

　……え。

　今、なんて……？

「朝から寄ってたかってハエみたいに俺の周りをうろちょろして、耳元でキャーキャー騒いで。電話だってこんなところでしか静かにできない。どこへ行ったって同じ。目障りでうざい」

　……あ、あの？

「『安堂もお前らと変わらない普通の高校生』？　違う。あの担任は何もわかってない」
　……待って。
「俺をあの子たち凡人(ぼんじん)と一緒にしてほしくない」
　……ちょっと待って。
「俺とあの子たちじゃ、住む世界が全然違うんだよ」
　なんか、昨日と何もかもが、全然違くないですかぁぁ!?
　え？　ど、どういうこと!?
　どうなってるの!?
　あれは本当に七瀬くんだよね!?
　もう一度確認する。
　うん、七瀬くんだ。
　電話をしているあの人は、たしかに七瀬くんだ。
「今日の撮影もだるいしめんどくさい。体調不良にしといてよ」
　階段の２段目に座っている七瀬くんは、片脚(かたあし)を階段に乗せ、もう片脚は伸ばしながら、「……疲れる」とつぶやき空を見る。
　うそだ……。
　ひ、人が変わってるよ！
　ファンの子たちに優しく接していた七瀬くんは、どこへやら……。
　ハエとか言ってるじゃん！
　仕事に熱心に取り組む七瀬くんもどこへやら……。
　仮病を使って撮影休もうとしてるじゃん！

まさか七瀬くんに、こんな裏の顔があったとは……。
　あの七瀬くんがこんな……。
　さっきまでとは、かけ離れたその姿に、私はもはやパニック。
　なんだか、見てはいけないものを見てしまったような気分だ。
　ここはすぐさま戻ろうと、そろーり後ずさりをした。
　そのとき……。
「なんで俺が仕事以外で、愛想振りまかなきゃいけないの？ とくに隣のあの子」
　……は、はい？
「あー、思い出したらイライラしてきた。何もわかってないよ、あの子は」
　そ、そ、それって私のことではないですか!?
　ピンポイントで自分が悪口を言われていることに気づき、私の足は止まる。
　な、なんで私が陰で、そんなことを言われなくちゃならないの……？
　声をかけてきたのはそっちなのに……。
「転校してきても何も変わらない。全部あの子のせい」
　な、なんで!?　なんで私のせいなの!?
　七瀬くんに裏の顔があろうと、私はファンをやめるつもりはなかった。
　そりゃあ、ビックリはしたけれど。
　七瀬くんも同じ人間なんだなぁ……って。

だけど……。
「あの子のせいでずっとイライラする。だから撮影休んでいい?」
　だけど、そんな私に狙いを定めなくてもいいのではないですか!?
　本人、ここにいますよ?
　ダメだ、こらえろ……。
　こらえるんだ……。
「だって、まずこの俺に軽々しくあんな挨拶してきたこと自体、ありえないし」
　こらえ……。
「バカみたいに笑って。……ほんと、アホ」
　カッチーン。
　その言葉にとうとう堪忍袋の緒が切れた。
　黙って聞いていれば好き放題言って……。
「本当、どう過ごせば俺——」
「ちょっと!　七瀬くん!」
「ん?」
　私は我慢できず物陰から飛び出すと、七瀬くんの会話を遮ってやった。
　私と七瀬くんの視線がバチッと合う。
「後でかけ直す」
　七瀬くんはそう言って電話を切ると、もう一度こちらへ目を向けてきた。
「なに?」

「さっきからそれ、私のことだよね!?」
「聞いてたんだ？　盗み聞きとか悪趣味」

　七瀬くんは悪びれた様子は微塵もなく、偉そうにハハッと笑う。
「それが七瀬くんの本当の顔だったんだね！　がっかりしたよ！　ありえないよ！　騙された！」
「騙された？　バカだね。お前らが好き勝手、俺に理想貼りつけてるだけじゃん」

　お、"お前ら"って……！

　この優しい顔で"お前"とか言うの……!?
「その理想を守るのが、ファン1人1人を笑顔にするのが、モデルのお仕事じゃん！」

　ファンの知らないところで、有名人はみんなそうなの？

　もしそうだとしても……それはファンに見られちゃダメじゃんか。

　ちゃんと隠しておかなきゃ。

　本人が聞いている陰口なんて、そんなのもはや陰口じゃないよ。
「知らないよ、そんなことはどーでもいい。てかさ、君、さっきまでと全然態度違うね。どーしちゃったの？　ケンカ売ってるの？」

　私のお説教など、痛くもかゆくもないといった様子の七瀬くんは、余裕な顔で私を見てくる。

　ケンカを売っているのは七瀬くんでしょう？

　あんなふうに陰で私の悪口なんか言って！

「態度が違うのもケンカ売ってきたのもそっちのほうだよ！　あの笑顔の裏側にそんな顔を隠してたなんて知らなかったよ！」

　昨日の私はどこへやら。

　ずっと憧れていた大人気モデルに、私はこれでもかというくらいの勢いで言い返す。

「ハハッ、面白いね。俺はこんなヤツだよ。残念だったね。理想守れなくてごめんね。がっかりしちゃった？」

　……な!?

　なに、その開き直った態度！

「四六時中、愛想振りまいてほしい？　俺にタダ働きさせたいの？」

「そういうことを言ってるんじゃないよ……！」

「君は夢見がちな夢子ちゃん？　脳内お花畑？　それならさ、君が俺に給料払ってよ。バーーーカ」

　ほ、ほ、本当になんなのー！

　その"バーーーカ"って伸ばした言い方がさらにムカつくんですけど！

「あーそうですか！　それはそれはがっかりしましたよ！　今すぐ七瀬くんのファンクラブなんて退会してやるんだから！　それで今すぐみんなに、その本性バラしてやるもん！」

　ずっと応援していたのにあんな悪口を言われて……。

　ファンクラブの会費を返せと言いたいところだ。

「七瀬くんなんて、もう大嫌い！」

私は最後にそう言ってフンと顔を背け、その場を去ろうとするが、七瀬くんに「なぁ」と呼び止められる。
「なに!?」
「名前は？」
「櫻木だよ！　昨日教えたじゃん！」
「違うよ、アホだね。下の名前聞いたんだよ。なんだっけ？」
　バカの次はアホですか！　態度だけじゃなくて、口も悪いんだね！
「なごみ、だけど……」
「え？　生ゴミ？」
「生ゴミじゃないよ！　なごみ！　どこをどう探したら、自分の子供に生ゴミなんて名前をつける親がいるの!?」
「なんか貧相な名前だね」
「……ひ!?　……な、なんて!?」
　今、貧相って言った!?
　名前に貧相とかあるの!?
　失礼すぎにもほどがあるよ。
　自分が"七瀬"なんてちょっと珍しくてカッコいい名前をもらったからって見下しすぎだ！
「名前、どんな漢字書くの？」
「え、か、漢字？　えっと……櫻木は、難しいほうの櫻に木曜日の木。なごみはひらがなだよ」
「へぇーー、そうなの」
　……自分から聞いてきたわりには随分とどうでもよさそうな反応するんですね。

「櫻木なごみ……。あー、たしかそうだったね、名前。ごめんね。ちゃんと覚えたよ。もう忘れないね」
　何がおかしいのかハハッと笑う七瀬くん。
「別に覚えてもらわなくてもい──」
「なごみちゃんさ、ちょっとこっち来てよ」
「へ？」
　七瀬くんはクイクイッと私に手招きをする。
「な、なんで……」
「いいからおいでって」
　な、なに？　もう！
　私は仕方なく七瀬くんの元へ近寄る。
「なんの用が……」
　グイッ。
「……え？」
　七瀬くんの目の前に立った瞬間、胸元のリボンを思いっきり引っ張られた。
　あまりの勢いに危うく転びそうになり、とっさに両手を階段に座る七瀬くんの肩に置いた。
「なんで俺に大嫌いとか言うの？」
　ちょっと怒ったような、どこかさびしそうな、なんとも言えない顔で下から覗き込まれる。
「俺のこと、本当に嫌いになった？」
「え……は……ぁ……」
「そんなこと俺、生まれて初めて言われたんだけど。傷ついたかもしれない」

「いや……えっと……」
「俺のファンもやめちゃうの？ それなら俺も仕事やめないとだね。する意味がなくなっちゃった」

　な、なにそれ……意味わかんないよ。

　いや、それよりも……。

「なんで目逸らすの？ こっち見なよ」
「あ、あの……か、顔が……近いんです、けども……」

　さっきから顔が近すぎるよ！

　七瀬くんがリボンをつかんだまましゃべってくるから、さっきから身体の距離が近くて、七瀬くんの顔は目と鼻の先にある。

　その顔があまりにも綺麗すぎて、目を合わせられない。

　七瀬くんの顔を、こんなに間近で見たことがある人がいるだろうか。

「俺に見つめられただけで、顔そんな真っ赤にするんだ？ 喜んでるの？ そんなんでファンやめるとか、絶対無理じゃん」
「む、無理じゃないし、喜んでない……！」

　これはあまりにも卑怯だ。

　そんな綺麗な顔が間近にあれば、誰だってうろたえるよ。

　確信犯だからタチが悪い。

「無理だよね？ 正直にうなずきなよ」
「無理じゃない！ 七瀬くんなんて大嫌い！」

　私は本当に傷ついたんだから！

「……また、大嫌いとか言う」

いっこうに意思を曲げない私に、七瀬くんは眉間にしわを寄せて私を睨む。
「も、もう離れ……」
「あのさ……」
　この場から離れようとあがいていると、ひと際低い声で七瀬くんが私の声を遮った。
　その、あまりにも近い距離で、七瀬くんが私に放った言葉は……。
「なごみちゃんね、いちいち生意気なんだよ」
「…………」
「俺を誰だと思ってるの？」
　そんな、どこまでも上から目線な言葉で。
「俺がこんなに頑張ってるのに、いったい何がそんなに不満なの？　言ってみてよ。聞いてあげるから。ほら」
「……っ」
「どーして黙るの？　俺の声が聞こえないの？」
　怖いくらいに透き通っていて落ちついた、抑揚のないその声は、さんざん私を追いつめると……。
「もう仕方ないからね、俺が直々にその腐った生意気な態度、叩き直してあげるよ」
　当たり前のようにそう言った……。
「は、は、は、はぁ!?　なに言ってるの!?　七瀬くん、頭大丈夫!?」
　言葉を理解するのに数秒を要し、ワンテンポ遅れてあわてて突っ込んだ。

態度が生意気で腐ってるのは、そっちのほうだと思いますよ!?
　七瀬くんに、直々に手を下されるようなことをした覚えはないよ!?
　いったい、なにする気!?
「俺にそこまで言うのは、なごみちゃんくらいだよ。俺、ちょっと驚いたんだけど」
　七瀬くんはそう言いながら遠くを見て笑うと、すぐにまた私の目を見てきた。
「すごく気分を害された。やる気も奪われた。今日も撮影あるのに、なごみちゃんのせいで頑張れないかもしれない」
　やる気なんて、最初から微塵もなかったと思いますけど!
「ちょっ……離し……」
　七瀬くんの肩に置いた手に力を込めて、必死に距離を取ろうとするも、
「さんざんこの俺に言いたい放題吐いて、逃げられると思うなよ」
　と、それを阻止するかのようにリボンをつかんでいるほうの腕を引き、さらに距離を縮めてくる。
　必死に七瀬くんから逃げようとしたけれど、力が強くて離れられず。
「この俺に歯向かったことを後悔するまで、絶対に逃がさないよ」
　とてもとても面白そうに、ニヤリと笑う七瀬くん。

それはまるで新しい遊び道具でも見つけたかのようで。
　私はここでようやく理解した。
「泣きながら許しを乞うまで、とことんいじめ抜いてやる」
　あぁ、七瀬くんは相当危険なヤツだ、と。
　逃げられない、と。
　イジワルでどこまでも生意気なその笑みに、もはや何も言い返せない。
　そんな私にはお構いなしに、七瀬くんはさらに追いうちをかけてくる。
「知ってる？　俺の発言ってね、1回1回ある程度影響力があるんだよね。少なくともなごみちゃんよりは。俺が言えば、周りが動くこともあるよ」
「そ、それがなんなの……？」
「俺が『隣の席のファンの子に、学校でプライベートの電話を録音されて、挙げ句の果てには自宅までストーカーされました』なんて言ったら、なごみちゃん、どーなっちゃうのかな？」
「な……!?」
　なにそれ！
　そ、そんなことしてないよ！　なにそのうそ！
　電話なんて録音してないし、ましてやストーカーなんて……！　話を盛りすぎだよ！
　いや、でも……今の七瀬くんならやりかねない。
「いくらなごみちゃんが『違う』と主張しても、みんな俺の言葉を信じるんだよ。同じ人間なのに、おかしいよね？」

どうやら私は……七瀬くんを、相当怒らせてしまったらしい。
「なごみちゃん、退学させられちゃうかもよ。どーするの？　いいの？」
「た、退学……？」
「そう、退学。なごみちゃんは、卒業後は大学？　専門学校？　どっちにしろ、中卒だったらどっちも進めないよね。せっかく高いお金出して私立に通わせてもらってるのに、そんなことになったら、なごみちゃんの親も泣いちゃうね」
　七瀬くんがわざとらしく首を傾げる。
「いや、それだけではすまないかも。俺のファンに目をつけられて、SNSで『モデルをストーカーした女』って拡散されて、自宅まで特定されちゃうかも。もうお先真っ暗だね。あーあ、かわいそう」
　勝ち誇ったような笑みが、心底楽しそうな声が、捕らえて離さない大きな瞳が。その全てが私を限界まで追いつめてきて。
　……どうしよう。どうしよう。どうしよう。
　だ、誰か……。
「だって俺には、いったい何人の味方がついてると思う？」
　誰か助けてください!!
　ダメだ。どうにもこうにも、七瀬くんの言うその未来が思い浮かんでしまう。
「ほら、よく考えて。人生捨てるか、俺の言いなりになるか、好きなほうを選びなよ」

もう拒否権が……見当たらない。
「これでわかった？」
　七瀬くんはやっと私のリボンから手を離すと、スッと立ち上がった。
「なごみちゃんはもう、俺には逆らえない」
　あぁ、綾菜。
　あなたの言うとおりでした。
「俺がYESと言ったらYES。NOと言ったらNOなんだって、その中身が空っぽそうな頭でよく覚えておいて」
　この甘い甘いマスクの下には、とんでもない素顔を隠しておりました。
「じゃあね、生ゴミちゃん。撮影行ってくるよ」
　七瀬くんはポンと私の頭に手を置くと、語尾に"♪"マークがつきそうなほどご機嫌に笑い、手を振り去っていった。
　ああ、夢ならどうか醒めて。
　ていうか……。
「な、な、生ゴミちゃんって呼ぶなぁ!!」
　全て夢にしてください!!!!

七瀬くんは自由気ままでマイペース

「よかった。まだ来てない……」

翌日の朝、教室に入る前にそっと中を覗くと、七瀬くんはまだ来ていなかった。

昨日はあれから、七瀬くんは撮影のため、5限が始まる前に早退したので会っていない。

昨日の七瀬くんは、私が相当気に食わないって顔してた。

七瀬くんは自分の地位と権利を存分に使って、私を言いなりにさせてくるつもりだ。

周りには知られたくなかったであろう"裏の顔"を見られたという弱みを握ったはずなのに、逆に主導権を握られてしまった。

何をされるんだろう……。

あぁ、こんなことなら、あのとき黙って去っていればよかった……。

もういっそのこと、登校してこなければいいのに……。

もう一度どこかへ転校してください……。

そう嘆きながら机に顔を伏せていると、

「なごみちゃん、おはよう」

「……っ!?」

頭上から降ってきたその声に、勢いよく顔を上げる。

「俺が登校してきたのに挨拶もないの? 生意気だね」

き、き、来たな! 腹黒王子!

『生意気だね』の意味がわからないし！

いつもみたいに、女の子たちにキャーキャー騒がれながら登校してきた七瀬くん。

みんな騙されないで。その甘いルックスは罠(わな)だよ。

みんな裏ではハエって言われてるんだよ……。

「おはよう、は？」

「お、おはようございます……」

「ん」

蚊(か)の鳴くような声で挨拶をすると、七瀬くんは満足そうに笑って隣に座る。

相変わらず全てが整っている七瀬くん。

胸元のネクタイは少し緩(ゆる)めに締(し)められており、鎖骨(さこつ)が視界に入る。

思わずドキッとしてしまい、あわてて視線を逸らした。

どうにかして欠点を見つけてやりたいけど、何もかも完璧(かんぺき)すぎて見つからない。

しかも、ドキッとしてしまったことがまた悔(くや)しい。

「あーあ、なんか喉(のど)かわいたな、俺」

「あぁ、そう……。自動販売機なら1階の──」

「なごみちゃんさ、気がきかないね」

七瀬くんはズボンのポッケに手を入れ、長い脚を組みながらこちらを見る。

「なごみちゃんが買いに行くんだよ」

はい……!?

「なんで私が!? それくらい自分で買いに行ってよ！ 私

は七瀬くんのパシリじゃないよ!」
「なごみちゃんは、本当に何もわかってない」
　呆れたように笑う七瀬くんは、ポッケから片手を出して私の頭に手を置くと、グイッと顔を近づけてきた。
「どーしてなごみちゃんに拒否権があると思うの?」
「な……ぅ……」
　あぁ……なんて恐ろしい笑顔なんだろう。
　あのとき、『撮影じゃなかったら、どんなふうに笑うのかな?』と騒いでいた女子のみなさんに見せてあげたい。
「約束したじゃん。俺の言うことをなんでも聞くって」
　七瀬くんは撮影じゃなかったら、こんな悪魔みたいに笑うんです!!
「約束はきちんと守らないと。俺は一度した約束はちゃんと守るよ。そうでしょ?」
　そもそも私はそんな約束した覚えはない!
　七瀬くんが勝手に決めたんだ!
　自分の味方を盾にして。
「それともなに? 俺に退学させられたいの?」
　ほらね、命令の次は絶対こうやって脅してくると思ったもん。
　言い返したところで、私に勝ち目はない。
「あーもう! わかったよ! 行くよ! 行くから! 七瀬くんのおバカ!」
「『おバカ』は余計だね」
　HRが始まるまであと5分しかないのに……!

下駄箱に自動販売機あるんだから、ここに来るついでに自分で買ってきてよ……！
　という言葉も呑み込む。
　どうせ言ったって、この人には通じない。
「お茶でいいの!?」
「うん。ちなみに俺、緑茶しか飲まないから」
「緑茶しか飲まないって……。なかったらどうすればいいの？」
「その頭は機能してないの？　学校の自動販売機にないなら外まで買いに走ればいーじゃん」
「あ、なるほど。外へ買いに行けばいいんだね……」
「そうそう。もっとその頭、ちゃんと使おーね」
　……って、ふざけるなぁぁ！
　あぁ、これ以上言い合いしてたらチャイムが鳴っちゃう。
　とりあえず早く買いに行こう。
　私は財布を持って椅子から立ち上がると、急いで買いに走ろうとしたが、今度は後ろからグイッと制服を引っ張られる。
「ちょっ……！　なに？　危ないよ！」
「忘れ物だよ、ほら」
　そう言って差し出されたのは、超高級ブランドの財布。
　しかもこのデザインは、世界で数個しかないと言われている超絶レアなものだ。
「え？」
「なに？」

てっきりお金を払わされると思ったから、まじまじと顔を見つめると、七瀬くんは首を横に傾げる。
「あ、いや……自分で払うんだと思って……。払わされるかと思ったから……」
「はぁ？　俺がそんなことするわけないじゃん。しかも、そんなちっぽけな金額」
　七瀬くんは「アホだね」と言い捨てる。
「なごみちゃんが１ヶ月バイトして稼ぐ額を、俺は１日で稼ぐよ」
　そ、そんなこと、聞いてないよ！
　その人をバカにするような言い方、どうにかならないの？
「上手にお使いしてきなよ、なごみちゃん」
「バ、バカにしないでよ！　ていうか、勝手になごみちゃんって呼ばないで！」
「ハハッ」
『ハハッ』じゃないよ！
　何が面白いの？
　私は七瀬くんから財布を奪うと、教室を飛び出した。
　……お茶くらい自分で買いに行ってよ！
　何様のつもりなの？
　……って、まさか私は卒業するまで、ずっとこんなふうにコキ使われちゃうの!?
　あの腹黒王子が言っていた『言いなり』ってこのこと!?
　私は七瀬くんのパシリ要員として、残りの高校生活を過

ごさなきゃならないの!?
　やだ……。先が思いやられる……。

　それからというもの、お茶を買ってくれば『遅い』と文句をつけられ、授業中はノートを取らされ、移動教室では荷物を持たされ……。
　しかも、周りにバレないように、こっそりと。
　私は完璧に七瀬くんの言いなりにさせられていた。
　極めつけは……。
【お昼ごはん買って屋上。3分以内】
「……は!?」
　お昼休み。
　いつもみたいに綾菜とお弁当を食べていると、スマホにメールが届いた。
　差し出し人は七瀬くんだ。
　じつは先ほど授業中に、無理やり連絡先を交換させられたのだ。
　きっとこれは、全国の女の子がお金を払ってでも知りたいものだと思うけど、私には嫌な予感しかしなかった。
　その嫌な予感は見事的中。
　今度は呼び出しですか。
　しかも、お昼ごはんを買ってこいとな！
「ごめん！　私ちょっと屋上に行かなきゃ！」
「は？　屋上？　な、なんで？」
「本当にごめん！」

ここから屋上までは結構遠い。
　しかも、屋上へ行く前に購買に寄って、お昼ごはんを買わなきゃならない。3分以内はほぼ不可能だ。
　でも遅れたら、何をされるかわからない。
　私は綾菜の質問に答える暇もなく、財布を持つと急いで教室を飛び出した。
　まずは3階から1階まで一気に階段を下りて、購買でお昼ごはんを購入。
　七瀬くんがどれだけ食べるのか、何を食べたいのかわからないので、とりあえずおにぎり2個とサンドイッチ1個を購入した。
　そして、すぐさま今度は屋上まで階段を駆け上がり、屋上に到着する頃には息も絶え絶え。
　バンッ！と屋上のドアを開けると、日陰のほうで地面に座り、フェンスにもたれかかりながら呑気にスマホを弄る七瀬くんの姿。
「はぁ……っ……はぁ……っ……」
「遅い。21秒の遅刻。レッドカード」
　七瀬くんは私の顔を見るなり、呆れたようにため息1つ。
「俺が呼んだらすぐに来てよ」
「ひ、人をパシらせておいて、なにその態度！　だいたい3分でつけるわけないよ！」
「でも、ちゃんと来てくれるんだね」
「だ、だってそれは七瀬くんが……た、退学させるって脅すから！」

「あー、そっかそっか」
　……なんですか。その適当な返事は。
「はい、これ、お昼ごはん」
　私は七瀬くんの元へ近づくと、さっき買ったお昼ごはんが入ったビニール袋を差し出した。
「あー、ありがとう。こんなに買ってきたの？　いくらだった？」
「ちょうど500円かな」
「ん。じゃあこれ」
　七瀬くんは自分の財布からスッと5千円札を出すと、私に渡してきた。
「あ、私、今お財布に小銭しかないから、明日でいいかな？」
「おつりはいらない。あげる」
　あ、あげる!?
　おつり、いくらだと思ってるの!?
「ダメだよ、そんなの！　お金はちゃんとしなくちゃ！」
「俺、今千円札持ってないし、いいって言ってるじゃん」
「いや、だから！　それならおつりをね……！」
「いらないなら募金でもしとけば？」
　……な、なんで七瀬くんがイラついてるの！
『いる』とか『いらない』とか、そういうことを言ってるんじゃないよ！
　あぁでも、こんな惜しみなく『おつりいらない』とか言っちゃうあたり、自分でかなり稼いでるんだろうなぁ。
　財布だって、あんなにすごいもの持ってるし。

この間お茶を頼まれたとき、財布の中を見たら1万円札がいっぱい入ってたし。
　大人気モデルとなると、金銭感覚もおかしくなっちゃうんですか？
　こちとら100円だって大事なのですよ。
「とにかく明日おつり返すからね！」
「あー、はいはい。わかったよ。うるさい」
　……う、うるさいって。
　まぁ、いいや。これで私の用事は終わったし、さっさと戻ろう。
「じゃあ、私戻るね！　バイバイ！」
　クルリと七瀬くんに背を向けて、その場を去ろうとすると、
「はぁ、なんで？　やだよ」
　七瀬くんが不満そうな顔で、私のスカートのすそを引っ張ってきた。
「ダメ」
　ダ、ダメ？
「いや……私ここにいる意味ないよね？」
「だって、1人で食べるのさびしいじゃん」
　当たり前というような顔をして言う七瀬くん。
「し、知らないよ！　だったら教室で食べればいいじゃん！」
「教室だと静かに食べられない」
　なにそれ……。

たしかに七瀬くんが教室にいるだけで、他クラスの子が来て騒がれちゃうけど。
　今は9月でまだまだ暑く、屋上でお昼ごはんを食べる人は誰もいないから、静かな場所はここしかない。
　だからといって、なんで私が……！
「嫌だよ！　私まだお昼ごはん食べ終わってないもん！」
「じゃあ、これあげる。俺、こんなに食べないし、好きなの選んでいーよ」
　七瀬くんは私が買ってきた袋を差し出すと、
「退学が嫌だからここへ来たんでしょ？」
　と、またそんなことを言ってきた。
　そう言われれば逆らえるはずもなく。
「も、もう！　わかったよ！」
　私はそれに、素直に従うしかない。
　どういうわけか、七瀬くんと2人きりでお昼ごはんをとることになってしまった。
　私も七瀬くんと同じように地面に座ると、サンドイッチを取り出した。
　七瀬くんはおにぎり。
「七瀬くんさ……」
「んー？」
「やっぱり昨日のこと相当怒ってる？」
　サンドイッチの袋を開けながら、隣に座る七瀬くんに聞いてみる。
「んー、うん」

「それなら謝るからさ」
「うんうん」
　パクパクとおにぎりを食べ、スマホを弄りながら適当に相づちを打つ七瀬くん。
　七瀬くん、それちゃんと聞いてるの？
「こういう扱いってね、おかしいと思うんだよね。仮にもクラスメートだよ、私たち。仲よくしなきゃ」
「うん」
「だからね、七瀬くん」
「はい」
「もうさ、その……。退学を脅しに使っていじめてくるの、やめにしないかなぁ？」
「…………」
　ん？　あ、あれ
　相づちがなくなった？
「ねぇ、七瀬くん、今の聞いてた？」
　チラッと横を見る。
　すると七瀬くんは
「あー、やっぱりまだ暑いね、屋上」
　……はい、聞いてないですよ。この人。
　まったくもって聞いてない。
　今、そんな話してないよね。
　話聞いてなさそうには見えたけど、やっぱり聞いてなかった！
「七瀬くん、ちゃんと聞いてよ！」

「聞いてた、聞いてたよ」
「じゃあ、私、今なんて言った？」
「うん。んー……」
「ほら、聞いてない」
「あ」
「あ？」
　何かひらめいたような顔をする七瀬くん。
　かと思えば、
「……俺、ちょっと寝るね」
　……ハハッ、そうきますか。
　もうね、おかしいよね。
　どうして今寝ることをひらめいたの？
　私は理由を聞きたいよ、七瀬くん。
「ねぇ、なんで今寝るの？　私、話してる途中なんだけど」
「お腹膨れたら眠くなっちゃった。昼休み、あと何分？」
「20分だよ。って、そんなことより……！」
「おやすみ」
　完全スルー。
　もうこれ、聞いてないというよりは無視だよ、無視。
　七瀬くんは「はいはい」と適当な返事をすると、すぐに目を閉じてしまった。
　……私の膝を枕にして。
「ちょ、ちょ、ちょっと!?　七瀬くん、なにしてるの!?」
　七瀬くんが当たり前のように私の膝に頭をのせてきたから、ビックリを通り越して、一瞬固まってしまった。

うそでしょ!?　この人！　距離感おかしくなってるよ！
「七瀬くん！　どいてよ！　勝手に膝を枕にしないで！」
「いーじゃん、ケチ。別に減るもんじゃないんだし」
　必死にどかそうとする私とは対照的に、七瀬くんは呑気にあくびをする。
「睡眠取っておかないと撮影頑張れない。頑張ってほしいんでしょ？」
「し、知らないよ！　そんなこと！　もう雑誌買わないもん！　ファンやめるもん！　いいからどいてよ！」
「あー、でも膝硬いかも。寝心地悪い。品質改善が必要だね、これは。もうちょっと肉つけよーね」
　私の言うことは聞き流し。
　おまけに文句まで！
　七瀬くんの膝枕の好みなんて知らないよ！
「まぁでも、今日はこれでいーや」
　ダメだ、この人。
　完全に自分のペースで生きてるよ。
　マイペースにも程がある。
　これ以上は何を言っても聞いてはくれないと悟った私は、あと20分の辛抱だと、こらえることにした。
　一方、七瀬くんはというと。
「あーあ、撮影めんどくさいし、インフルエンザにでもなろーかなぁ」
「インフルエンザはなりたいときになるものじゃないよ、七瀬くん」

「じゃあ、胃腸炎?　胃腸炎ってことにしとこーかな。リアルだよね。胃腸炎なら」
「七瀬くん、さっきおにぎり2つ食べてたじゃんか」
　撮影を休みたいがために、わけのわからない理由をあれこれ考えている。
「あのおにぎりね、まずかったよ、とても」
「あのね、普通は買ってきてくれた人に面と向かって『まずかったよ、とても』とは言わないんだよ」
　わざわざ調達したおにぎりにまで文句をつけてきて。
「七瀬くんさ……」
「…………」
「あ、あれ……?　寝たの?」
　ものの数分で眠りについてしまった。
　寝息を立てて、こんなに暑いのにどこか心地よさそうな七瀬くん。
　目を閉じると、まつ毛がすごく長いのがわかる。
　七瀬くんのこんな無防備な寝顔……きっと私しか知らないだろうな。
　七瀬くんは寝ても覚めてもカッコいい。
　……って、空気に呑まれちゃダメだ!
　七瀬くん、顔はいいけど性格は最悪最低なんだから!
　顔を見ているとドキドキしてしまうので、必死に視線を逸らしながらこらえること15分。
　やっと、お昼休みが終わる5分前に、予鈴が鳴った。
「七瀬くん!　起きて!　予鈴鳴ったよ!　あと5分で5

限目が始まっちゃう！」

「んー……嫌だ」

「嫌じゃないよ！　もう！」

　もー。こうなったら……。

「起きろー！」

　私は強行手段に出ることにして、七瀬くんの両肩をガシッとかなり強めにつかむと、グラグラ揺すってみる。

「痛いっ……」

　いきなり勢いよく肩を揺すられた七瀬くんは、やっと目を覚ました。

「……なにすんの」

「七瀬くんが起きないからだよ！」

　身体を起こした七瀬くんは、痛そうに肩を押さえながら私を睨んでくる。

「あー、もう昼休み終わるの？」

「だからそう言ってるじゃん！　ほら、早く教室戻――」

「そう、じゃあバイバイ」

　……バ、バイバイ？

「え？　七瀬くんは教室戻らないの？」

「俺は午後から撮影だから早退するよ。迎えが来るまでもう少しここにいるから、なごみちゃんは戻ってもいーよ。ていうか戻って。なごみちゃんさっきからうるさいよ」

「な、なにそれ……！」

　お昼休みが終われば、私は即用なしですか！

　さっき戻ろうとすれば『ダメ』って言ってきたくせに、

今度は『戻れ』!?
「あのね、七瀬くんは自由すぎるよ！　いくら七瀬くんが怒ってるからって、いい加減私も怒るよ！」
「ハハッ、怒るの？　可愛い」
「な……!?　か、可愛っ……!?　もう絶対バカにしてるよね!?」
「ほら、早く戻りなよ。授業始まるよ」
　　……あーーもう！
　本当に自由な人ですね!?
「い、言われなくても戻るよ！　じゃあね！」
「ん、バイバイ。走って転ばないようにね」
「転ばないよ！」
　私はフンと顔を背けると、急いで屋上を後にした。
　七瀬くんのせいで、また教室まで走るはめになったというのに……。
　七瀬くんは呑気にヒラヒラと手を振っていた。
　本当にさ……。
　HR開始５分前にお茶を買いに走らせるし。
　急に呼び出してくるし。
　人の膝を勝手に使って寝始めるし。
　かと思えば『うるさいから戻れ』とか言うし。
　人の話を全然聞いてないように見えて、本当に聞いていないし……。
　七瀬くんは緩すぎる。
　完全に自分のペースで生きている。

こっちはずっと振り回されまくりだ。
　おまけに撮影に対してのやる気はゼロ。
　いつも無気力で、もはや『めんどくさい』が口癖。
　そんな状態で、いったいどうやってモデルの仕事をしているの？
　なら、どうしてモデルなんてやっているの？
　そもそも私が脅されて言うこと聞かなきゃいけない理由もよくわからないし……。
　つい最近まで私が持っていた七瀬くんのイメージは、ことごとく崩れていく。
　今更ながら、私はとんでもない人に捕まっちゃったんだ。

第2章

七瀬くんにはかなわない

「はぁー……。もう疲れたぁ……」

あれから数日。

相変わらず七瀬くんから、いいように使われている私は、まさに不登校寸前。

お弁当を食べ終わるなり、机にへばりつくように倒れ込むと、ため息を漏らす。

ちなみに七瀬くんは朝からいない。

多分撮影だと思う。

本当に毎日毎日撮影って……。

単位は大丈夫なのだろうか。

……って七瀬くんの心配をしている場合ではない。

私が大丈夫じゃない。

「なごみー、最近なんか疲れてるね。どうしたの？」

「……ハッ！ そうだ、綾菜！ 聞いてよ！」

そういえば綾菜にはまだ言っていない。

七瀬くんに、裏の顔があることを。

……ふふふ。バラしてやる。

「あのね、ここだけの話、七瀬くんってじつはとんでもないヤツで、腹黒——」

「俺がなに？」

「……うわっ!?」

『腹黒だし、俺様だし、横暴だし、裏表が激しいし、綾菜

の言うとおりだったよ!』

　……というセリフの続きは、聞き覚えのあるあの声に遮られた。

　その声の主は嫌でもわかる。

「何を話してたの?」

「な、七瀬くん……」

　私の真後ろには、さっきまでいなかったはずの七瀬くんの姿。

　七瀬くんは私に挨拶をしながらニコッと笑う。

　私は知っている。この笑顔が偽物であることを。

「七瀬くん……なんでいるの?」

「俺が学校に来たらダメなの?」

「いや、そうじゃなくて……。撮影じゃなかったの?」

「あー、違うよ。寝坊しただけ。今日の撮影は放課後から」

　七瀬くんはそう言いながら、自分の席に座る。

　寝坊って……。もうお昼ですよ?

「さっき、俺のこと話してた?」

「は、話してない……!　話してないです!」

「ふーーん、そう」

　悪口を言おうとしてました。

　……なんて言えない。

　また怒らせてしまうかもしれない。

「5限なに?」

「数学だよ」

「うわ、めんどくさい。来るんじゃなかった」

数学がめんどくさいから学校来ないとか……。
「七瀬くんは、相変わらずめんどくさがりだね」
「自分が嫌なことは、したくないだけだよ」
「それをね、めんどくさがりって言うんだと私は思うんだけどね。違うのかな」
　そんな会話をしていると、何やら視線を感じた。
　ふと前を見ると、綾菜がじーっと私たちを見ていた。
「なに？　綾菜」
「いや、なんていうか……。2人はいつの間に、そんな会話するようになったの？　友達みたいになってない？」
　綾菜は、私と七瀬くんを交互(こうご)に見る。
　友達とは心外だ。
「と、友達じゃないよ！　七瀬くんは――」
「つい最近、お友達になったんだよ」
　……な!?
「ね？　なごみちゃん」
　七瀬くんが、綾菜に見えないように睨んできた。
　顔は笑っているけれど、目は笑ってない。
　まるで『うんって言えよ』と脅されているみたい。
　ここで、七瀬くんの裏の顔なんて暴露(ばくろ)した日には、本当に退学させられてしまうかもしれない。
　この人には味方が多すぎる。
　……ここはおとなしくしておこう。
「あ……うん。そうなんだ。ハハッ……」
「へぇ、そうなんだ」

『そうなんだ』じゃないでしょ、綾菜。
　納得しないで。
　七瀬くんに騙されないで。
「安堂くんって意外と気さくなんだね〜。私たちみたいな凡人とは、住む世界が違うとか思ってそうなのに」
「まさか」
　思ってるよ！
　この人、めちゃくちゃそう思ってますよ！
　私の必死の心の叫びは、綾菜には届かない。
　そのときちょうど予鈴が鳴った。
「ま、安堂くんと仲よくなれてよかったじゃん」
　綾菜はそう言って適当に笑うと、自分の席へ戻っていってしまった。
　……とうとう綾菜まで騙されてしまった。
　私の味方がいません。
「なごみちゃん、あの子を味方につけようとしたの？　悪い子だね」
　綾菜がいなくなり、七瀬くんは頬杖をつきながらこちらを見てくる。
　あ……バレてたんだ。
　綾菜に七瀬くんの裏の顔を暴露しようとしたこと。
　ていうか、『悪い子だね』ってなに!?
　七瀬くんには言われたくない！
「なごみちゃんはあの子と仲いいの？　あの子、あまり俺のことよく思ってないでしょ？」

「え……?　なんでわかったの?」
「態度でわかるよ。『意外と気さくなんだね〜』ってあれね、遠回しに俺に対する嫌味だよ」
　え、あ、そうなんだ。
　それならよかった……!
　てっきり綾菜まで、七瀬くんの甘いマスクに騙されちゃったかと思ったよ!
　さすがサバサバ女子の神、綾菜!
「俺ねー……、俺のこと嫌いな子は嫌いなんだよね。わかるかな?　なごみちゃん」
　はいはい。そうですか、そうですか。
　わかりません。意味不明です。
「だから俺は、あの子と仲よくしたくない」
「私だって、もう七瀬くんと仲よくしたくないし、友達とか嫌だよ」
「……またそういうことを言う。2年間も俺のこと追ってるくせに」
「も、もう七瀬くんのファンやめるもん!」
　ギロリと睨まれたので、強気に返す。
　他の女の子の前ではいつも爽やかスマイルを作るくせに、私の前では裏の顔丸出しで態度が変わるんだもん。
　もうこれは一種の詐欺だよ、詐欺。
「本当に?　雑誌ももう買わない?」
　七瀬くんが、どこか悲しげな目で私の顔を見てくる。
　……う。

なに、そのちょっとさびしそうな顔は！

不覚にも胸がキューンとしてしまった。

ダメだ、ダメだ。

七瀬くんに流されては！

もう七瀬くんなんか、大嫌いなんだもん！

「か、買わない…！」

私は邪念を必死に振り払い、大きく首を横に振った。

ここは強気でいくんだ。

「ファンクラブも退会したの？」

私の顔を見つめる七瀬くん。

あぁ、もう、だから……！

そんなに、見つめないで……！

「こ、これから退会するもん……！」

「……なんでそんなに俺をいじめんの？　楽しい？」

「それはこっちのセリフだよ！」

なおも意思を曲げない私に、七瀬くんは「もういい」と顔をプイッと背けると、机に顔を伏せた。

あ、あれ……？

もしかして、また怒らせちゃった……？

「あのぉー、七瀬くん……？」

「……なに？　もう寝るから話しかけないで。5限、ノート取っておいてね」

七瀬くんは机に顔を伏せたまま、ツンとして私を突き放す。

これは……。

怒らせたというよりは拗ねちゃった……？
てっきりいつもみたいに、『生意気だ』とか『退学させる』とか言われると思ったのに。
私の話なんか、いつもみたいにちゃんと聞かずに流せばよかったのに。
どうして今日に限って、そんな真に受けてしまうの？
「あ、あの……七瀬くん、そんなに落ち込まなくても……。今のは……べ、別に本気で言ったわけじゃ……」
……って、違う違う！　ここで折れちゃダメなんだってば、私！
だから、私は七瀬くんに振り回されるんだよ！　私は本気なんだから！
ていうか、七瀬くん、今から寝るの!?
七瀬くんの分のノート、私が取るの!?
君はいったい何をしに学校へ来たの!?
私はハッと我に返ると、気を紛らわすように机の中から次の授業に使う教科書やノートを取り出した。
結局七瀬くんは、放課後になるまで私と目を合わせてくれなかった。

放課後。
やっと長い1日が終わった。
綾菜は委員会でもう行っちゃったし、七瀬くんは不機嫌だし、私も早く帰ろ……。
と、帰り支度をしていると、

「なごみちゃん、今から暇？ 暇だよね？ 暇そーだし」
　お昼休みからさっきまで、ひと言も私にしゃべりかけてこなかった七瀬くんが、そんなことを聞いてきた。
　暇そうだしってなに……？
　私、そんなに暇そうに見えますか？
　暇だけど。
「え？ あぁ、うん……なんで？ まさか、さっきのことまだ怒ってるの？ もしかして今からパシリ……？ 私、やだからね……。私は悪くないもん」
「違う、行くよ」
　七瀬くんが言う前に否定をしてみると、七瀬くんは私の腕を引っ張り、立ち上がらせた。
「い、行く!? 行くってどこに……!?」
「裏門」
「う、裏門……!?」
　私の腕をつかんだままスタスタと歩く七瀬くん。
　まさか、私……さっきの腹いせに、今から人目につかない裏門でボコボコにされる!?
　そこまで怒らせるつもりじゃなかったんだけど……。
　ていうか、私は七瀬くんにイジワルされている側で、何も悪くないと思うんだけど……。
「先生、さよーなら」
「おう、気をつけてな。仕事頑張れよ」
　戸惑う私なんかお構いなしに、七瀬くんは教室の前に立っている生徒指導部の先生に呑気に挨拶をする。

七瀬くんが転校してきた当初は、毎日休み時間や放課後は他クラスの女子生徒たちがたくさん来て大変だったけど、今はその対策として、こうして生徒指導部の先生が廊下を歩いて見張っているから、だいぶマシになった。
　……あぁ、先生、助けてください。
　私は今から、この人にボコボコにされます……。
　そんな嘆きは先生には届かない。
　しかも、七瀬くんと２人で歩いていると、周りからの視線が痛い。
　七瀬くんが私の腕なんか握って歩くから、いろいろな女の子に見られてるよ……。
「な、七瀬先輩！　さようなら！」
「撮影頑張ってください！　応援してます！」
　途中で、下駄箱にいた後輩の女の子たちに声をかけられた。
「うん、バイバイ」
　その子たちに対して、七瀬くんはちゃんと手を振り挨拶を返してあげる。
　たったそれだけで「キャー！　七瀬先輩と会話しちゃった！」と女の子は嬉しそうだ。
　裏でハエと呼ばれていることも知らないで。
「七瀬くんはめんどくさがりのくせに、一応無視はしないんだね……」
「挨拶は大事だよ」
　……そうですか。

にしても……生徒指導部の先生に守られたり、いろいろな人に憧れの眼差しを向けられたり……。
「七瀬くんって……大統領みたい」
「ハハッ、大統領とか」
　私の発言に、七瀬くんが軽く笑う。
　……あ、あれ？
　笑った？　怒ってるんじゃなかったの？
　結局わけがわからないまま、私は裏門へと連れてこられてしまった。
「まだか」
　七瀬くんは門にもたれかかり、高そうな腕時計を見ながらつぶやく。
「あのー、七瀬くん？」
「なに？」
「私になんの用なのかな？　なんでこんなところに連れてきたの？　七瀬くんはそこで何を待っているの？」
「質問が多いね。見てわからないの？」
　わからないから聞いてるんだよ！
「やっぱり私、今からボコボコにされちゃうの……？」
「ボコボコ？　どーいう意味？　なに言ってるの？　されたいの？」
　え？　あれ？　違うの？　ボコボコにされないの？
　なんだ……よかったぁ。
　とりあえず安心して、ホッとひと息つく。
「じゃあ、どうして私はここに……？」

「俺、放課後は撮影って言ったじゃん。今マネージャーの車待ち」
　マネージャーの車待ちって……。
　だからって、なんで私を連れてくる必要があるの？
「あの、ますます意味がわからないんだけど……。どうして七瀬くんの車待ちに、私が必要なの？」
「どーしてって……。なごみちゃんも一緒に行くんだよ」
「……は、はい？　どこに？　どこにですか？」
「スタジオ」
　……はいぃ!?
　何を言い出すかと思いきや……。
『スタジオ』じゃないよ！
　もう本当に、この人の思考回路がどうなっているのか知りたい。
「どうして七瀬くんの撮影に、私がついていくの!?」
「連れていきたくなったから」
　それ、理由になってないよ！
　自由気ままにもほどがある！
「意味わからないよ！　い、行かないよ……！」
　私はフイッと顔を逸らし早々に去ろうとするが、七瀬くんはそれをさせてくれない。
　乱暴にスクールバッグを引っ張られ、動きを止められてしまった。
「ダメだよ。なに逃げようとしてるの？　また歯向かう気？　普通は喜んでついて来るんじゃないの？」

「喜ばないよ！ あのね、いつも七瀬くん中心で世界が回ってると思ったら大違いだから！」
「バカだね、なごみちゃんは。ほんとバカだから困るよ」
　七瀬くんは呆れたようにフッと笑う。
「俺中心で世界が回ってないならね、なごみちゃんが俺中心で回ればいーじゃん」
　…………。
　ねぇ、あのさ、七瀬くん。
　そのセリフは、いったいどうやって生きてきたら思いつくの？
　私、生まれて初めて聞いたよ。
　啞然とする私に「ね？」と笑う七瀬くん。
『ね？』じゃないし。
「それにね、俺まだ昼休みのこと根に持ってるよ。あーいうのは軽々しく言うもんじゃないよ。わかってる？」
「あ、だからそれは……！」
「ほんと、生意気でムカつく。言うこと聞かないし、可愛げない」
　そ、そこまで言いますか……？
「あんな言葉をこの俺に吐いたこと、後悔させてやるから」
　やっぱり七瀬くんは、相当怒ってるみたいだ。
「あ、車来た。行くよ」
「ちょっ……！」
　門の前には、あのいつぞやの黒塗りのベンツが停まり、私は無理やり連れていかれる。

私たちが車の元までやって来ると、助手席の窓が開き、運転席のマネージャーさんの姿が見えた。
「遅い」
「ごめん、社長との会話が長引いて。飛ばすわ」
　20代半ばくらいだろうか。
　綺麗な黒髪にスーツをバッチリ着こなしていて、まさに仕事のデキそうなイケメンさんだ。
　ベンツがこれほど似合う人を見たことがない。
　この人こそモデルをやれるのではないか。
　マネージャーにしておくのは、もったいないのではないだろうか。
　そう思ってしまうくらいだ。
「てか、その子は？」
「俺のお友達。撮影の見学に行きたいんだって。仕方ないから連れていってあげることにした」
　あー！　またそんなデタラメ言って……！
　文句を言おうとしたけど、「乗って」と七瀬くんに促（うなが）され、そのまま車に乗せられてしまう。
　すぐに走り出す車。
　どうして私は今ここにいるんだろう……。
　本当に、七瀬くんの考えてることはよくわからないや。
　チラッと隣を見る。
　七瀬くんはズボンのポッケに手を入れ、座席に深く座り「めんどくさ……」とつぶやく。
「皇（こう）。今日の撮影は何時間あるの？」

窓の外を流れる景色をぼーっと眺めながら、七瀬くんがマネージャーさんに問いかける。
　マネージャーさんに向かって『皇』って呼び捨てしましたよ、この人。仮にも年上なのに。
「今日は空き入れたら3時間くらい？」
「なんでそんなに長いの。もうやだ」
「文句言うなよ。撮影押してんだから」
「行きたくない」と嘆く七瀬くん。
「また表紙をもらえたんだから、しっかりしろ」
「別に頼んでないじゃん」
　マネージャーさんが活を入れるも、七瀬くんはどこまでもやる気がなさそうだ。
　見てください。
　この気だるげで無気力な顔。
　雑誌の中の、あのキラキラした笑顔の裏側はこれですよ、みなさん……。
　しかも3時間ってそんなに長くないよね。
　アルバイトなら放課後はみんなだいたい5時間くらい働いてるよ。
「あ、そうだ。隣の子、名前聞いてなかったね。聞いてもいい？」
「へ？　あ、はい！　櫻木なごみです！」
　マネージャーさんが運転しながら名前を聞いてきて、ルームミラー越しに目が合ったので、私はあわてて答える。
「櫻木なごみちゃんね、了解。俺は安堂皇ね。芸能マネー

ジャーをやってるよ。七瀬のマネージャーも俺。七瀬の友達なら、後で一応名刺渡すね」
「あ、はい。ありがとうございます」
　友達じゃないですがね。
　……って、ん？
　安堂皇……？
　私はハッとすると、もう一度ルームミラー越しに映るマネージャーさんを見た。
　なんか、顔もどことなく七瀬くんに似てるような……。
「あの、もしかして、マネージャーさんと七瀬くんって……」
「ん？　あぁ、兄弟だよ。こいつ、俺の弟」
　あぁ、やっぱり！　どうりで苗字が同じで、顔も似てると思ったら……。
　七瀬くんとマネージャーさんは兄弟らしい。
　年の離れたお兄さんがいることは知ってたけど、まさかそのお兄さんがマネージャーをやっていたとは……。
「俺のことは皇でいいよ」
「あ、じゃあ皇さんで……」
　皇さんは腹黒でいい加減な七瀬くんとは対照的で、とても大人っぽくて、優しそうで、しっかりしてそうな人だ。
　兄弟でどうしてここまで差がつくのか。
　七瀬くんもお兄さんみたいに育てばね……。
　そんなことを考えながら、じーっと七瀬くんを見ていると「なに？」と睨まれる。

「別に一……」
 七瀬くんはひねくれすぎだ。
 そうこうしているうちに、スタジオへとついた。
 思ったよりも大きくて、外壁は白く、とても清潔感のある建物だ。
 3階建てだが、ピロティ形式で1階部分は全て駐車場になっているので、入り口は2階にある。
 中に入るには、外の階段を使って2階まで上るらしい。
 駐車場に車を停めると、私は2人の後ろを歩き、階段を上がっていく。
 今更だけど、すごく緊張してきた。
 だってここは、モデルたちの撮影を行うための場所なんだよ。
 私みたいな一般人が簡単に入ってもいいのかな。
 そんな不安を感じながら建物の中へ。
 スタジオ内は、開放感溢れる吹き抜けの作りだった。
「俺は今から編集長と話があるから。なごみちゃんは適当に見学してていいよ。あ、これ俺の名刺」
「あ、はい、ありがとうございます」
 名刺を私に渡してヒラヒラと手を振る皇さんを見送り、ぐるりとスタジオを見回す。
 わぁ、すごい……。
 これが撮影スタジオか……。
 見たこともない器具がたくさんある。
 ここで毎日、無名のモデルから大人気モデルまで、たく

さんの人が撮影しているんだ……。
　初めて入る場所に感心しながら、ついぽかーんと口を開けて突っ立っていると、
「なに間抜けな顔してんの」
「痛……！」
　後ろから七瀬くんに、ぽかっと頭を軽く叩かれた。
「俺、着替えがあるから、なごみちゃんはそこら辺に座ってていーよ」
「あ、うん……」
　そこら辺って、どこに座ればいいんだろう……。
　勝手に座ってもいいのかな？
　私はためらいつつも、端っこのパイプ椅子に座った。
　セットの調整をしている人や、カメラの状態を確認している人。
　みんな、七瀬くんの撮影のためだけに、せっせと動いている。
　こうしてモデルは周りの人たちに助けてもらいながら、日々ファンに笑顔を届けようと頑張っているんだよね。
　そして、その頑張りがあるからこそ、雑誌越しに笑顔になれる人がいる。
　元気だってたくさんもらえる。
　笑顔の力ってすごいんだよ。
　私が七瀬くんのファンになった理由もそこにある。
　私だって、七瀬くんにはたくさん……。
　なんだか初恋の人を思い出しちゃうな。

カッコよくて、優しくて、あたたかくて。

あの人といると、私はいつも笑顔になれた。

「安堂七瀬くん、表紙撮影入りまーす」

あ、撮影が始まる。

いつの間にか、着替えの終わった七瀬くんが戻ってきていた。

七瀬くんがカメラの前に立つ。

さっきまでの制服姿の七瀬くんとは、全然雰囲気が違う。

耳にはさっきまでしていなかったシルバーのピアス。

髪は丁寧にセットされていて、前髪をワックスで軽く上げている。

背が高いから黒のショートブーツがよく似合っている。

ビシッと着こなされた撮影用の衣装は、まるで七瀬くんのためだけに作られたかのよう。

七瀬くんが入ったその瞬間からスタジオの空気がまるで変わったのが、一般人の私でもわかる。

撮影が始まると、七瀬くんはたくさんの照明やスタッフに囲まれ、光を浴びせられる。

七瀬くんのその姿に、私は目を奪われるようだった。

どうしてあんな……。

さっきまで撮影をずる休みしようとしていたくせに。

さっきまで、『だるい』だのなんだの文句を言っていたくせに。

スタジオに入ればあの姿はどこへやら。

完全に仕事モードがONに切り替わって。

カメラに向かって笑ったり、少し睨んだり、流し目をしたり、真剣(しんけん)な眼差(まなざ)しを送ったり。
　シャッター音が鳴るたびに一瞬で変わってしまうその表情に、私はもはや釘(くぎ)づけだった。
　表情が変わるたびに、私の鼓動(こどう)が速くなる。
　そこにいるのは、さっきまで私の隣にいた高校生の七瀬くんじゃない。
　モデルの七瀬くんだ……。
　目が離せなくなる。
　いや、離すことを許してくれない。
　その姿をずっと見ていたくなってしまう。
　あぁ、そうだった。
　初めて七瀬くんに出会ったあのときも、私はこの姿に惚(ほ)れたんだ。
　この姿をずっとずっと見続けていたいと思ったんだ。
「すごい……」
　思わず両手で口を塞ぎ、そうつぶやいていた。
　キラキラした目でずっと七瀬くんを見つめていると、不意に私と七瀬くんの視線が合って、七瀬くんが私を見ながらフッと笑った。
　……ドキッ。
　その顔に私の胸が大きく鳴る。
　……いや、違う。
　撮影が始まってからずっとドキドキしている。
「お、その目線を外した顔いいね！」

私と不意に視線が合い、笑ったその顔さえ商品になるらしく、カメラマンさんはすかさずシャッターを押していく。
　表紙撮影だけで何枚もシャッターを切られ、それでも七瀬くんは疲れを見せない。
　それどころか、カメレオンみたいに次々と表情が変わっていって。
　改めて、七瀬くんはプロのモデルなんだって気づかされた瞬間だった。
　表紙撮影が終わると、七瀬くんはいったん休憩に入ることになった。
「七瀬くん、いい表紙ができあがりそうだよー、さすが！次は30分後ね。休憩してて」
　カメラマンさんのその言葉に七瀬くんは笑顔で軽く会釈をすると、ピアスを外しながらこちらへやってくる。
　出たよ、あれが営業スマイル……。
　あれにみんな騙されているんだ。
「はぁーー、疲れた」
　私の元までやって来ると、取り外したピアスをテーブルの上に置き、長いため息をつきながら隣のパイプ椅子に腰かける七瀬くん。
　相当疲れているのかな……。
　タオルを顔にかけて椅子の背もたれにもたれかかり、椅子の後ろにある机に頭を乗せながら上を向く。
　まさにグッタリって感じ。
　そういえば、昨日も撮影だったんだよね……。

やっぱり疲れるんだろうなぁ……。
撮影以外では本当にだるそうだもん。
それでも撮影になれば、その姿を見せないのがすごいんだけど。
思ったよりもしっかり仕事してるんだ。
「お疲れ、七瀬くん」
「ん」
遠慮がちに声をかけると、七瀬くんは短い返事をしてくれた。
「どーだった、撮影？」
タオルを顔にかけたままの七瀬くんにそう尋ねられる。
「そりゃあもう、さすがだなぁと思ったよ！　すごくカッコよかった！」
「ハッ、当たり前じゃん」
私のありきたりな感想に七瀬くんはタオルを顔から取ると、こちらを見て自信ありげに笑う。
「だからなごみちゃんは、俺のファンなんでしょ？」
相変わらず自信たっぷりだ。
やる気はないくせに、自信だけはあるんだもん。
でも……そのとおりだから仕方ない。
しばらくの沈黙の後。
「俺がね……」
「ん？」
不意に七瀬くんが少し遠くを見ながら口を開く。
「俺が今日なごみちゃんを連れてきたのは、ずっとわから

ないことがあったからだよ」
「へ……？　わからないこと……？」
「そう。だけど今日やっとわかった」

　七瀬くんがそっと手を伸ばし私の頬に触れ、少しだけこちらへ身体を近づける。

　それに反応するように、ピクリと私の身体が動いた。
「なごみちゃん……さっきの撮影中すごく楽しそうな顔して俺のこと見てたね？」

　そう言う顔が、なんだか少しだけ優しく見えるのは気のせいだろうか……？
「ずっと気になってた。俺のことをどんなふうに見てるんだろうって。2年間ずっと……あんなふうに俺を見てたんだね」

　そう言うと、少しだけ目を細める七瀬くん。

　なんだかドキッとしちゃうような顔。

　……な、なんかおかしい。

　いつもの七瀬くんじゃない。

　いつもの七瀬くんは、こんなこと絶対言わないじゃん。
「七瀬くんは……私のことなんてずっと気にしてたの？」
「だってなごみちゃんが、俺のファンやめるって、もう雑誌買わないって、そればっかり言うから」

　なんでそんな甘えてるみたいな、さびしいと主張するような顔をするの？

　七瀬くんにはファンなんて余るほどいるじゃん。

　私なんて、いてもいなくても困らないくらいの存在じゃ

ないの？
　周りにはまるで無関心で、自分のペースで生きているくせに……。
「俺、そんなこと言われたらやだよ」
　撮影中はあんなにもたくさん表情を変えてキラキラしていたのに、今、その表情からは、ただただ切なさしか感じない。
　そのとき、思った。
　あぁ、そっか。
　七瀬くんは人に評価される仕事をしているから、きっとそういうのには人一倍敏感(びんかん)なのだろう。
　だから七瀬くんは、綾菜が自分のことをよく思っていないことにも気づいたんだろう。
　誰よりも目立つ世界で活躍(かつやく)してて、七瀬くんが知らない会ったこともないような人にも、一方的に知られてて。
　七瀬くんはそういうのに疲れたりする？
　心ない言葉に傷ついたりしたことある？
　だって、ファンもいれば、七瀬くんをよく思っていない人も当然いるわけで。
　悪口なんて言われたりしたら……と思うと、私だったらそんなのたえられない。
　もしも、私の知らないところで七瀬くんが傷つけられたりしてたら……。
　それはなんかちょっと……嫌だな。
　あぁ……今更自分が軽々しくした発言を後悔してきた。

私は七瀬くんを傷つけたかったわけじゃないのに。
「七瀬くんは……悪口とか気にするタイプ、なの……？ 私ね、七瀬くんはそういうのは気にしないのかと思ってたよ……。私にあんなこと言われて、もしかして傷ついちゃったの……？」
　なんだかわけもなく泣きそうになる。
　意味わかんないよ。
「悪口？　なんのこと？　俺、悪口言われてるの？」
　おかしそうに笑うその顔に、なんだかドキッとしてしまった。
　本当に意味わかんない。
　私は悲しいのか、ドキドキしているのか、どっちなんだよ、もう。
「俺が気になるのは、なごみちゃんがどんな顔をして俺を見ているかだけで、他はどーでもいい。気にしたくもない」
　なにそれ……。
　私のことだけなんて。
　そんな、本気なのか適当なのかよくわからないことばかり言って。
　私はついムキになってあんなふうに言ったことを、申し訳なく思ってるんだよ。心の底から反省してるんだよ。
　なのに、それはちょっと違うよ。
　私は謝ろうとしているんだから、ドキドキさせないで、おバカ。
「あのね、なごみちゃん」

「な、に……?」
「今日見た景色をしっかり目に焼きつけておいてよ。忘れたら許さないから」
　私をまっすぐに見ているその瞳に、自分が映っているのが見える。
　今、それくらい近い距離。
「俺がこれからなごみちゃんに見せてあげる景色を、絶対に忘れちゃダメだよ?」
　あれ? なんでだろう?
「それで、どんなときもなごみちゃんは、必ず俺を思い出すんだよ?」
　なんで今、七瀬くんのその言葉をこんなにも優しく感じるんだろう?
「わかった?」
　ほら出た、『わかった?』って。
　もはやNOとは言わせない言い方。
　七瀬くんはいつもそう。
　まるで『自分の言うことは絶対だ』って。
『全て自分の言うとおりだ』って。
　そんなふうに私を見るから。
　なんだって、言いなりで。
　なんだって、言うとおりで。
「返事は?」
「わ、忘れないよ……」
　だから私はいつも……素直にうなずいてしまう。

「ん。いい子」
「わっ……」
　七瀬くんがワシャワシャッと髪を撫でてくる。
　ねぇ、七瀬くん。
　私は、七瀬くんにそんなことを言われずとも、今日見た光景は忘れないと思うんだ。
　あんなカッコいい姿……忘れるほうが難しいもん。
　この目が勝手に覚えちゃうよ。
　今は当たり前のように一緒にいるから、つい忘れがちだけど。
　イジワルばっかりしてくるから、ついムキになってしまうけど。
　いつだって私はあんなふうに、七瀬くんのことを夢中で見てきたんだ。
　私は今日改めて気づかされたよ。
「で、なごみちゃん。来月号は本当に買わないの？　俺のファンもやめちゃうの？　やめられるの？」
　いくら私が『もうファンなんてやめる！』って騒いだところで、七瀬くんに逆らおうとあがいたところで、
「それとも、撤回する？」
　今日こんな間近で、あんなキラキラしたカッコいい姿なんか見せられちゃったら……。
「て、撤回します……。やめません……。買います……」
　七瀬くんのファンをやめることなんて、できるはずがないんだって。

「ハハッ、だよね。わかってたよ。じゃあなごみちゃん、ごめんなさいは?」
「ごめんなさいぃ……」
　ねぇ、まさかこれを言わせるために連れてきたの?
　後悔させてあげるってこのこと?
　また七瀬くんの思いどおりじゃんか。
「なごみちゃんは扱いやすいね」
　あぁ、もう、本当に。
　七瀬くんにはかなわない。

七瀬くんと放課後お忍びデート

「明日の撮影さ、朝からあるんだって。行きたくない。めんどくさい。寝てたい」
　……また言ってる。
　6限も終盤頃。
　七瀬くんは頬杖をつき、クルクルとペン回しをしながら、ぼんやりといつものセリフをつぶやいた。
　古典の先生の声は落ちついていて、眠気を誘ってくる。
　七瀬くんも眠たそうに黒板を見つめている。
　どうやら明日の土曜日は丸1日撮影らしく、明日のことをもう嘆いている。
「時間遅らせてもらえば……？」
「できるわけないじゃん。なに言ってるの？　バカ？」
「ですよね……ごめんなさい」
　ん？　あれれ？　なんで私が怒られているのかな？
「それに、そんなこと言ったら皇が怒るもん。皇、厳しいからやだ」
「それは皇さんが、七瀬くんのことを応援してるから厳しくするんだよ。だからその分、毎日送り迎えとかサポートしてくれてるんでしょ？」
　授業中のため、私は少し声のボリュームを下げながらそう言うも、
「それは皇が勝手にしてくるんだよ。俺は頼んでない」

……もー、ああ言えばこう言う。
　きっと皇さんが七瀬くんを送り迎えするのは、撮影で忙しい七瀬くんが、ちょっとでも楽できるようにと思ってのことなんだよ。
　本当、仕事モードONとOFFのギャップがすごすぎるよ。
　撮影に入っちゃえば、そこにいるのは〝人気モデルの七瀬くん〟なのに。
　私の前では〝めんどくさがりの無気力な七瀬くん〟なんだもん。
　スタジオにいた七瀬くんと、今ここにいる七瀬くんがまるで別人すぎて、この間の七瀬くんは偽物だったのではないかと疑いたくなるよ。
　モデルはみんなこうなのかな？
　こんなにイヤイヤモデルの仕事をしてるの、七瀬くんだけじゃない？
「俺、仕事とか別にどーでもいいもん」
　またそういうことばかり言って。
　まったくー……。
「七瀬くん、どうにかして頑張らないと」
「やだ」
「どうしてやなの？」
「頑張るのが嫌いだもん。疲れるじゃん」
「あのねぇ……」
　はぁーー……。
　ここまでくると、いっそのこと清々しいね。

でもやっぱり、ちゃんと仕事頑張ってほしいし……。
「あ、そうだ！　じゃあ自分にごほうびをあげたらどうかな!?」
　うん、我ながらいいアイディアだ。
　ごほうびがあれば、嫌なことも頑張れるよね。
　私もよく自分にごほうびを作って、テスト勉強頑張ってるもん。
　だから七瀬くんも、撮影が終わったらケーキ屋に行くとか、欲しいものを買うとか、そういうのをしたらいいんだよ。
「あー、なるほど。なごみちゃん頭いーね」
「でしょ？　これでもうめんどくさいとか言わな——」
「それって、なごみちゃんにお願いしてもいーの？」
「え？」
　七瀬くんは身体ごとこちらに向けて、そんなことを尋ねてきた。
「どういうこと？　私に何をお願いするの？」
「だから、ごほうびはなごみちゃんにお願いしたら、なごみちゃんがくれるの？って」
　……な、なんじゃそりゃ。
　どうして私が七瀬くんに、ごほうびをあげなきゃいけないの？
　金銭感覚がおかしい七瀬くんのことだ。
　絶対数百万もする財布とかカバンとか、当たり前のようにおねだりしてくるに違いない。

「わ、私はお金ないから、何も奢れないよ……」
「バーカ、違うよ。そんなことしないよ。俺は人に奢ることはあっても、奢られるのは嫌いだもん」

 そんなちょっとカッコいい発言をする七瀬くん。

 なんだか七瀬くんが大人っぽく見えてしまう。

 ……かと思えば、

「俺は欲しいものは全て、自分で買って手に入れることができるからね。なごみちゃんとは違って」

 ……わーお。

 またどストレートな嫌味が来たよ。

 あのね、七瀬くんはいつもひと言余計なんだよ。

 そりゃあ七瀬くんからしたら、私は凡人で貧乏人かもしれないけれど、いたって普通なんだからね。

「……じゃあ、私に何をお願いするつもりなの？」
「んー、俺ね、今日の放課後は撮影ないんだよね。だからさ」

 七瀬くんにまじまじと見つめられ、「なに？」と首を傾げると、七瀬くんはこんなごほうびを求めてきた。

「今日の放課後、俺と2人きりでお出かけしよーよ」

 ビックリするくらい、とても軽いノリと表情で。

 ……え。

 お、お出かけ……？

 2人きりで……？

 それって……。

「それって、デー……んんんん！」

 思わず叫びそうになってしまうと、七瀬くんはとっさに

片手で私の口を塞いできた。
「しーっ。声大きいよ」
　私の口を塞いだまま、人差し指を顔の前に立てる七瀬くん。
『しーっ』じゃないよ！
　だって、だって！
　男の子と2人きりでお出かけなんて……！
　そんなのデート、みたいじゃん……。
「……ぷはっ。そんなことできるわけないじゃん！　七瀬くんはモデルさんだよ!?　ファンの子に、私と2人きりで歩いているところなんて見られたらどうするの!?」
　私は七瀬くんの手を退けると、小声でしゃべりつつも身振り手振りでわなわな。
「俺とお出かけするの嫌なの？」
「い、嫌とかじゃなくて……」
「じゃあ、問題ないじゃん。今日、俺と遊んでよ」
　問題大ありだよ！
　七瀬くん、自分が置かれてる環境をわかっているの？
　そんな簡単に女の子と出歩くなんて、七瀬くんが一番しちゃいけないことじゃん！
「そもそもなんで私となの!?　友達と遊びに行きなよ！」
「俺ね、友達いないんだよね。かわいそうでしょ」
「じゃあ、モデル仲間の人とか……」
「俺はなごみちゃんがいいって言ってるんだけど」
「う……」

七瀬くんのどストレートな発言に、ついドキッとしてしまい、言葉に詰まる。
「俺、最近放課後はずっとスタジオ直行で、どこも出かけられてないんだよ。そんな俺の貴重な放課後を、なごみちゃんにあげるんだよ？　何が不満なの？」
　横暴すぎる！
「でも、２人きりでいてバレちゃったらどうするの……？」
「だいじょーぶ、だいじょーぶ」
　適当すぎる！
「それにね、なごみちゃん、忘れちゃったの？　俺の言いなりになるって約束。退学したいの？」
　腹黒すぎる！
　ここぞとばかりに、またそんな脅しを使って。
「もう本当……七瀬くんって何様なの？」
「……ん？　俺様」
　……やっぱり七瀬くんなんか大嫌いだ。
「楽しみだね」
　私はまだ行くと言っていないのに、七瀬くんは勝手に決めて嬉しそうに笑う。
　なんで、私とお出かけするってだけで、そんなに嬉しそうに笑ってるの？
　なんで、そんなに私に構うの？
　なんで、私がいいの？
　七瀬くんは私のことが嫌いだから、イジワルしてるんじゃないの？

「どこ行こっかなぁー」
「七瀬くん、私まだ行くって言ってないよ」
「放課後遊びに行くのいつぶりだろ、俺」
　……また、人の話聞いてないし。
　勝手に決めちゃったし。
　でも、あまり表情を変えない七瀬くんが、楽しそうにしているのがとても珍しいから、なんだか『嫌だ』とは言えなかった。
　まさかこれも、七瀬くんの思いどおり？

　放課後になると、七瀬くんは「先に裏門行ってるね」と私に言い残し、早々に教室を出ていく。
　七瀬くんが先に教室を出たのは、2人で一緒に教室を出ると怪しまれるからで、裏門で待ち合わせしたのは人目につかないかららしい。
　同じクラスの女の子に「バイバイ」と手を振られ、優しく笑って手を振り返してあげる七瀬くん。
　七瀬くんは、本当に顔を使い分けるよね。
　ファンの子の前では営業スマイルで、なぜか私の前だけでは裏の顔を見せまくり。
　……差別だ。
　って、そんなことより！
　今から七瀬くんと、遊びに行くことになっちゃったんだっけ！
　本当にいいのかな。

ただの友達同士が遊びに行くんじゃないんだよ？
　　　七瀬くんは有名人なんだよ？
　　　バレたりなんかしたら……。
「なごみ〜。帰り、買い物に行かない？　私新しい服、見たいんだけど」
　　なかなか教室から出られないでいると、綾菜が私の元へやって来た。
「え、あ……ごめん。今日は無理なんだ……」
「なんか用事でもあった？」
「あ、うん……。今日は七瀬くんと……」
「え？　安堂くん？」
　　……はっ！　しまった！
　　七瀬くんと2人きりで出かけるなんて、誰にも言っちゃダメじゃん！
　　つい口が滑（すべ）ってしまったよ……。
「なんで安堂くん？」
「あ、いや……。えっと……その……」
　　綾菜に不思議そうな顔をされ、私は不自然に顔を逸らす。
「なーんか最近、2人が異様に仲いいなぁーとは思ってたけど……。まさかつき合ってるの？」
「な……!?　つ、つき合ってないよ！　七瀬くんと2人で遊びに行くだけだもん！　さ、誘われちゃったから！」
　　……って、私、今声大きかったかな!?
　　誰かに聞かれてたかもしれない！と、とっさに周りを確認する。

教室にはまだ結構人が残っていたが、ガヤガヤしているので、どうやら私の声が聞こえた人はいなかったみたい。
　七瀬くんと会話をしたり、七瀬くんの話をするときは、気を使わなくちゃ。
「へ？　安堂くんと遊びに行くの？」
「綾菜！　誰にも言わないで！　秘密にしてて！　バレたら大変なことになっちゃう！」
「いや、別に言わないけど……。それっていろいろ大丈夫なの……？」
「わかんない……。やっぱり大丈夫じゃないよね？　なんか断れなくて……」
　私は視線を落としながら「はぁ」とため息をつく。
「なごみは安堂くんの大ファンだもんねぇ」
「いや、そうじゃなくて……」
　勝手に決められたんです。
　断らせてくれなかったんです。
「本当にさぁ、私は２人の距離感がいまだに謎なんだけど。あ……！　もしかして仲がいいのは私の勘違いで、じつはいじめられてるの？　あいつやっぱり性格悪いでしょ？　どうなの？」
「いや、それは違う違う！　大丈夫だよ。うん……」
　はい、ズバリそのとおりです。
「本当に？　ならいいけど……。それならまた今度つき合ってよ。バイバイ」
　七瀬くんに興味がまるでない綾菜は、とくに驚くことも

なく手を振ると帰っていった。
　知られたのが綾菜でよかった……。
　もしも、七瀬くんのファンなんかに知られた日には、殺されちゃうよ。
　綾菜は七瀬くんの甘いマスクに騙されないし。
　綾菜、大好き。

　綾菜がいなくなり、私は周りに怪しまれていないかなぁと不自然にキョロキョロしながら裏門へと向かう。
　裏門へつくと、七瀬くんは門の前で待っていて、声をかけると私に気づいてこっちを見た。
　あ……。
　七瀬くん、さっきとちょっと違う。
　うちの学校は比較的校則が緩くて、七瀬くんは今日シャツの上からファスナーつきの黒いパーカーを着て登校してきたんだけど、頭にはそのパーカーのフードを被っている。
　そして、さっきまでしていなかった、黒縁のメガネもつけている。
　変装……のつもりかな？
　私は知っている。
　この一見シンプルに見える黒いパーカー、じつは超有名ブランドのもので、軽く3万円を超えるってことを。
　やっぱりすごいや……。
　黒縁メガネをしている姿もカッコいい……。
　……じゃなくて!!

そんな変装じゃ、絶対周りに気づかれちゃうよ。
　遠くから見ればわからないかもしれないけれど、近くで見ればすぐに七瀬くんだってわかるもん。
　それに、オーラまでは隠しきれない。
「なごみちゃん遅いから、来てくれないかと思った。ちゃんと来たね」
「な、七瀬くんが脅すから……」
「ふーーん」
　な、なにその疑うような顔……。
「俺に誘われて本当は嬉しかったくせに。だから来てくれたんじゃないの？」
　……なにぃ!?
　そんなわけないよ！　違う！　断じてそうじゃない！
　た、たしかに、よく考えれば七瀬くんの言うことなんか無視して帰っちゃえばよかったんだ。
　だけど、そんな考えが浮かばなかったのは……。
　素直にここへ来たのは……。
　七瀬くんが『言うこと聞け』って脅してきたからで。
　別に七瀬くんに誘われて嬉しかったからとか、そんなんじゃない！
「ち、違うもん！」
「じゃあ、嬉しくなかった？　俺に誘われて」
「う……。そ、それは……」
「ハハッ、なごみちゃんは面白いね」
　まるで見透かしているみたいに笑う。

何も面白くないよ……。
　もう、そういうイジワルするのはやめてください……。
「そ、そんなことより七瀬くん！　それ変装のつもりなの!?　メガネしてフード被っただけじゃん！　それはただのオシャレした七瀬くんだよ！」
　恥ずかしくなってとっさに話を逸らす。
「これなら俺だってわからないよ。ほら、ネクタイも取ればどこの高校かわからないし」
　そう言いながら、七瀬くんはネクタイを取ってカバンの中へしまう。
「わ、わかるよ！　もっとサングラスとかマスクとかしなきゃ！」
「やだよ、大袈裟。これならだいじょーぶだって。バレない、バレない」
「でも……」
「心配性だね、なごみちゃんは。俺のお母さんみたい」
　君が適当すぎるんだよ！
「ていうか、いつまでここにいるの？　早く行こう」
　私の心配をよそに、どこまでも適当で呑気な七瀬くんは、グイッと私の腕を引っ張り歩き出す。
　まったく……。七瀬くんは変装も適当なんだから。
　それにしても、七瀬くんの隣を歩くという行為は相変わらず緊張する。
　見上げないと顔が見えないほど背が高くて、いい香りがして、横顔もとても綺麗で。

1つ1つのことに、いちいちドキドキしてしまう。

　だって、仮にも私は2年前から七瀬くんの大ファンなんだもん。

　そんな人とこうして、放課後2人で遊びに行く日が来るなんて、夢にも思わなかったことで。

　それも、七瀬くんのほうから誘ってくれて。

　やっぱり、なんだかんだいっても、私にとって七瀬くんは特別な存在なんだと思い知らされる。

　……って、ドキドキしている場合ではない。

　さっきからみんな、七瀬くんをチラチラ見ている。とくに女子高生。

「あの人カッコいいー」

「なんかモデルの七瀬に似てない？」

　そんな声がヒソヒソと聞こえる。

　幸い七瀬くんだって気づかれてはいないけれど、そのうちバレてしまいそうだ。

　既に『似てない？』と言われているし。

　似てるも何も、本人ですよ……。

　あなたたちが今見ているのは、あの、安堂七瀬くんなんですよ……。

　あーもう、ヒヤヒヤが止まらないよ。

「ねぇ、みんな七瀬くんのこと見てるよ……。大丈夫なの？」

「見てない、見てない」

　もう！　七瀬くんは呑気すぎる！

「あのね、七瀬くん。わかってるの？　バレたりしたら私

が──」
「ねぇ、なんかお腹すかない？　どっか入ろーよ」
　もう話を聞いていないのは、七瀬くんのお決まりだ。
　七瀬くんに連れてこられたのは、彼がオススメだと言うお寿司屋さんだった。
　まだ午後4時すぎだけど、七瀬くんがお腹がすいたと言うので、私たちは少し早めの夕食をとることに。
　けど……なんだかすごく高級そうなお店に見えるのは、気のせいかな……？
　お店自体は小さく落ちついた外観だが、高級感があり、ライトに照らされた看板がかなりの存在感を放っている。
　どう見ても、普通のお寿司屋さんではなさそう……。
「こ、ここで食べるの……？」
「そうそう」
　お店を見上げ、思わず顔を引きつらせる私には気づいていないのか、七瀬くんは当たり前のような顔をして店内へ入っていく。
　とても静かで清潔感が溢れている店内。
　全席カウンターで、目の前で寿司職人さんがお寿司を握ってくれるらしい。
　普段私が行くような、若者や家族連れでにぎわう回転寿司屋とはまったく違う。
　席について、恐る恐るメニュー表を見る。
　あぁ、やっぱり……ほとんどが千円以上もするよ。
　お寿司は流れてくるものじゃないの……？

私が知っているお寿司は、1皿100円だよ？
　高校生なんだし、もっとこう……ファミレスとかでいいのではないだろうか。
「七瀬くんは、いつもこういう高いお店に来るの？」
「高い？　何が？　ここ美味しーよ」
「いや、あのね、そうじゃなくてね」
　どうやら七瀬くんには、このお店が高いという認識はないらしい。
「なごみちゃん、好きなの食べなよ。何が好き？」
　そんなこと言われても、今財布の中にお金はそんなに入ってないし……。
　かといって、せっかく連れてきてもらったのに、食べないわけにもいかないし……。
　やっぱりここは一番安いやつにしとこう。
「か、かっぱ巻き……かな」
　私は一番安いかっぱ巻きを指さして「七瀬くんは？」と尋ねた。
　すると、七瀬くんは驚いたようにちょっと目を大きくしたかと思うと……
「ん？　か、かっぱ巻き……？　クッ……ハハハッ」
　なぜか爆笑されてしまった。
「ほ、他にもたくさんあるじゃん。なんでかっぱ巻き、なの、かな……っ……」
　言葉途切れ途切れでお腹を抱え、苦しそうな七瀬くん。
　なんだかその笑顔に、ちょっとドキッとした。

だって、いつも気だるそうでやる気ゼロな七瀬くんが、こんなふうに笑っている姿……初めて見たもん。
　作られたカッコいい笑い方とも、大人っぽいクールな笑い方とも違う。
　子供みたいに無邪気で楽しそうな、自然な笑顔。
「そ、そんなに笑わないでよ……」
「だって……まさかかっぱ巻きが来るとは思わなくて……。好き、なの？　ハハッ、やばい。お腹痛いよ、俺。どうしよう」
　まだ、笑ってる……。
　いったい何がそんなにおかしいのだろう。
「もしかして値段気にしてる？　俺が出すから好きなの食べなよ」
「お、奢り!?　そんなことさせられないよ……！」
　私があわてて首を横に振ると、七瀬くんは呆れ顔をしながらこっちを見てきた。
「あのさ、俺は親からもらったお金で奢ってあげるって言ってるんじゃないんだよ？　何を気にしてるの？　俺がいいって言ったらいいんだよ」
　だって、今までこんな高いお店で、友達に奢られたことないし！
　それに七瀬くんの言うとおり、親からもらったお小遣いとかじゃなくて、七瀬くんが自分で頑張って稼いだお金なわけで。
　だからこそ、私のために使わせるだなんて、そんなこと

できないじゃん！」
「なごみちゃんに気を使われるほど、俺の財布はさびしくない」
「でも……」
「なごみちゃんの財布事情とは違うんだよ」

　うわ！　出た！　また嫌味！
「もー、七瀬くんはいつもひと言多――」
「だから、かっぱ巻きなんか食べないで、もっと他のものを選びなよ」

　七瀬くんは私の話を聞かずに遮ると、「ほら」と再び私にメニュー表を渡してきた。
「ほ、本当にいいの……？」
「うん。いーよ」
「じゃ、じゃあ……たまご」

　それなら、お言葉に甘えて……。と、私はお寿司のネタの中で一番大好きなたまごを指さした。
　すると、
「プッ……ハハッ。え……た、たまごって……っ。なんでまた、その、チョイスなの……？」
　また七瀬くんは笑い出した。
　た、たまごの何が面白いの!?
「あー、次はそう来るの……」
「たまごダメなの……？　面白いの……？　私が一番好きなネタだよ……」
　私がたまごを選ぶことのどこが、七瀬くんのツボにハ

マッたのか謎だよ。
「……ううん。そうだね、ダメじゃないよね。たまご、頼もっか……。ハハッ」
　七瀬くんてば、私が何を頼んだって、結局バカにして笑うじゃん……。
　意味わかんない。

　お寿司屋さんに1時間ほど滞在した私たちは、お店を出た。
「七瀬くん、ありがとう。美味しかったよ」
「はいはい。あ、ねぇ、俺あそこの雑貨屋行きたいんだけど、入ろーよ」
『はいはい』ってその返事はなに？
　放課後の休みがそんなに貴重なのか、七瀬くんは少しの時間も無駄にすることはせずに、今度は雑貨屋へ行こうと言い出した。
　でも雑貨屋には、学校帰りの女子高生や若い子がたくさんいる。
　大丈夫だろうか……。
「ねぇ、なごみちゃんってピアスするの？」
　七瀬くんはピアスやイヤリングを手に持ち、いろいろと見比べながら私にそんな質問をする。
「しないよ。イヤリングはよくするけど。ピアスの穴開いてないから」
「ふーん、そっか。開けないほうがいーよ、痛いから。俺

はちょっと泣いた」
　やっぱり穴開けるとき、痛いんだ……。
　しかも泣くほど。
「そういえば七瀬くん、今日は皇さんのお迎え大丈夫だった？」
「あー、うん。補習あるから自分でタクシー拾って帰るって言っといた」
　……またそんなうそを。
「なごみちゃんと２人で出かけるなんて言ったら絶対怒るもん、あいつ」
　アクセサリーを選びながら、七瀬くんが不満そうにため息をつく。
　そりゃあそうだよ。
　皇さんはマネージャーさんなんだもん。
　女の子と２人で遊びに出かけるなんて、許すはずがない。
　皇さん、ごめんなさい……。
「やっぱりこっちのほうが似合うかな」
　ていうか、さっきから妙にピアス選びに真剣だね？
「七瀬くん、ピアス買うの？」
「ピアスじゃなくてイヤリングね。だってなごみちゃん、ピアスの穴開いてないんでしょ？　あれ？　俺の聞き間違い？」
　七瀬くんは首を傾げる。
「いや、私は開いてないけど……」
「あ、これ可愛いーね」

七瀬くんは聞いてきたくせに無視すると、小さなさくらんぼのイヤリングを手に取って、私の耳に当てがった。
「ほら、似合う。これにしよーね」
「え？　え？」
「買ってくる。なごみちゃんは？　さっきからずっと俺の横にいるけど、もういーの？」
「え、あ、ちょっと……！」
　とっさに七瀬くんの腕をつかむ。
　七瀬くんは「ん？」と振り返ってきた。
　意味がわからないのだけれど……。
　七瀬くんはそのさくらんぼのイヤリングを、いったい誰のために買うの？
「なに？　他に欲しいのあった？　どれ？」
「いや、そうじゃなくて……。七瀬くん、それ誰に買うの？」
「誰って……なごみちゃんしかいないでしょ」
　わ、私!?　なんで!?
「ど、どうして!?　私は別に……」
「今日つき合ってくれたお礼ね」
　七瀬くんはそう言い残すと、レジのほうへ向かっていく。
　お礼だなんて、そんな……。私は別にいいのに。
　脅して連れ出してるくせに、お礼をするなんて。
　七瀬くん、変なの。
　お店から出ると、七瀬くんはさっき買ったイヤリングを取り出す。
「可愛いでしょ、これ」

「う、うん……」
「つけてあげる」
「へ……!?」
　七瀬くんが私に近づくと、そっと私の髪を耳にかけた。
　イヤリングをつけてくれる七瀬くんとの距離が近すぎて、私の胸はまたもやドキドキ。
　このドキドキが七瀬くんにまで聞こえてしまいそうだ。
　ち、近いよ……。
「はい、できた。よく似合うよ」
　やっと七瀬くんが離れ、お店の窓ガラスで確認する。
　私の耳についたさくらんぼのイヤリングが、小さく揺れている。
「可愛い……」
「でしょ？」
　私は窓ガラスに映る自分を見つめながら、コクコクとうなずく。
「ありがとう……。本当にいいの？　お寿司も奢ってもらったのに」
「これからも俺の言いなりになってもらうからね。これくらいはしておかないと。あまりいじめすぎるのもかわいそうだから」
　イジワルに笑う七瀬くん。
　な……!?
　そ、そういう魂胆か！　どうりで優しいと思ったら！
「七瀬くんのおバカ！　こ、こんなんで私が七瀬くんのお

尻に敷かれると思ったら大間違いだよ！」
「じゃあ、返して？」
「や、やだよ！　もう、もらったもん！」
　……でもこのとき、本当はすごく嬉しかったり。
　そんなやり取りをしながら、ふとゲームセンターのほうを見ると、店外にあるUFOキャッチャーのちょっと大きめなウサギのぬいぐるみが視界に入った。
　わぁ、あれ可愛い……。
「あれ、欲しいの？」
「ち、違うよ！　見てるだけ！」
　七瀬くんに気づかれてしまい、恥ずかしくなってとっさに首を横に振る。
「俺が取ってあげる」
　七瀬くんはそのままUFOキャッチャーのほうまで行くと、100円を入れた。
　だがしかし、
「なにこれ、全然取れないじゃん」
　七瀬くんはUFOキャッチャーがド下手くそだった。
　それはそれはビックリするほどに、センスがない。
「七瀬くん、できないじゃん……」
「うるさいよ。俺はね、ゲームとかUFOキャッチャーとかしたことないの」
　どうやらUFOキャッチャーには初挑戦らしい。
　取れないことがよっぽど悔しいのか、七瀬くんは何度も挑戦するけど、なかなか取れず。

「七瀬くん、もういいよ。買ったほうが安いよ、絶対」
「俺にできないことなんてないよ」
　本当、変なとこでプライド高いんだから……。
「あーもう、なんで取れないの。ムカつく。貼りつけてんの？」
「それはないよ。そもそもアームが届いてないもん」
「だってアームが進まないじゃん」
「七瀬くんが下手なんだよ。ボタン押すのが早いもん。それじゃあ進むものも進まないよ」
「下手って言うな」
　ちょっと子供みたいな一面に思わずクスリと笑ってしまうと、七瀬くんはムッとした顔で睨んできた。
　そして、挑戦し続けること数十分。
「あ、取れた！　七瀬くんすごい！」
　七瀬くんはやっとウサギのぬいぐるみを取ることに成功したのだった。
「ほらね、俺はなんでもできるんだよ」
　と、自慢げに笑って、落ちてきたウサギのぬいぐるみを取り出すと、私にボフッと渡す。
　そりゃあ、何十回もやってれば取れるよ……。
　とは言わない。
「えへへっ、可愛い……！　ありがとう！」
　だって、このウサギのぬいぐるみ、すごく可愛いもん。
　これを取ってくれたんだからね、素直に感謝しとこう。
「ふわふわだぁー」

「なごみちゃんさ」
　思わずぎゅーっとぬいぐるみを抱きしめると、七瀬くんがこちらを見てきた。
「普段は警戒心丸出しで、俺にとことん歯向かうくせに、そーやって無防備に笑うこともあるんだ？」
　な、なんですか……それ？
「……無防備に笑うのは、七瀬くんじゃん」
「そーかな？」
「そうだよ」
　今日の七瀬くん、すごく楽しそうでずっと笑ってたもん。
　いつもの七瀬くんからは想像もつかない。
「こんなに楽しいと思ったのは久々だからかも」
　七瀬くんがぽつりとつぶやく。
「毎日こうできたらいーのにね」
　……そっか。
　七瀬くんはきっと、モデルになってからあまり自由に過ごせる時間がないんだ。
　七瀬くんだって私と同じ高校生だもんね。遊びたいよね。
「意外だよ。七瀬くんはめんどくさがりだから、撮影がない時間は家で寝てそうなのに」
「まぁ、あまり好きじゃないよ。寝てるほうが好き」
　……な、なんじゃそりゃ。どっちなんだ。
「でも、なごみちゃんとなら楽しかったよ」
　あ、またそういうこと言う……。
　七瀬くんは時々、簡単に嬉しくなるようなことを言うか

ら、適当な言葉だとはわかっていても、私はなんだかドキドキしちゃうんだよ。
「また俺とこうして遊んでよ」
　七瀬くんは首を横にして、ぬいぐるみを抱く私を見ながらそっと笑う。
　吸い込まれそうなほど綺麗な瞳に、なんだか視線が逸らせなくなってしまう。
「それがなきゃ、俺は頑張らない」
　"頑張れない"じゃなくて"頑張らない"なのね……。
「そもそもね、俺に自由な時間がないのはなごみちゃんのせいだよ。ちゃんと責任取ってもらわないと困る」
　……私のせいで自由な時間がないっていうのは、意味不明だけどね。
　でもね、私とこうして遊びに行くだけで、七瀬くんを『頑張ろう』という気にさせることができるなら。
　今日見た七瀬くんの、子供みたいな無邪気な笑顔を思い出したら……。
　またこうして七瀬くんとデートしてもいいかなぁ……なんて、ちょっと思っちゃったよ。
「きょ、今日はたまたまバレなかっただけなんだよ。お忍びデートは危険なんだから。で、でも……七瀬くんが言うなら……その──」
「え？」
　まだ言い終わってないのに、七瀬くんがまじまじと私の顔を見つめる。

「え?」
　なに?　なに?
　私、なんか変なこと言った?
「これってデートだったの?」
「へ?」
「なごみちゃんにとって、俺と遊びに出かけることはデート?」
「……ぁ……」
　フッと笑う七瀬くん。
　途端、私の顔がブワッと熱くなる。
　そ、そ、そうじゃん……!
　私は勝手に放課後デートとか思ってたけど……私と七瀬くんはそもそもつき合ってないじゃん!
　あ、でも、男女2人きりで遊びに出かける＝デートって言うんじゃないの!?
　七瀬くんにはデートという認識はまるでなかった、ってことだよね……。
　私1人で勝手に勘違いして、恥ずかしすぎる……!
「お忍びデートって可愛いーね。俺、なごみちゃんとお忍びデートしてたんだ?」
「へぇ」と感心したようにイジワルな笑顔を向けられると、もう恥ずかしくて、自分の顔がゆでタコみたいに真っ赤なのが鏡を見なくともわかる。
「違う!　違うよ!　今のは言葉の綾で……!　デートじゃない!　間違えたの!」

「いーよいーよ、デートで。また俺とデートする？」
　イジワル。
　本当にイジワル。
　私の初恋の人は、こんなイジワルじゃなかった！
　もしも、今ここにその人がいたら『七瀬くんを懲らしめて！』とお願いしたい。
「し、し、しない！　もう七瀬くんとはどこにも行かない！」
　前言撤回。
　もう二度と七瀬くんとはデートをしてあげない！
　あ、間違えた！
　遊びには出かけてあげない!!

知らなかったよ、七瀬くん

「なごみ、なごみ。金曜日どうだった？」

月曜日。

朝、私が教室に入って自分の席につくなり、綾菜がこちらへ駆け寄ってきて、七瀬くんとのデートのことを聞いてきた。

「うん……。なんとかバレなかったよ。危なかったけど」

「そう、よかった。心配してたんだよ」

と、ホッとひと息つく綾菜。

綾菜はサバサバしているけれど、なんだかんだで私を心配してくれるよね。まるでお姉ちゃんみたいだ。

「ん？　そのイヤリングどうしたの？　買ったの？」

「え!?　あぁ、うん……。そう、なんだ」

私はちょっと恥ずかしげにイヤリングを触(さわ)りながら目を伏せる。

七瀬くんが買ってくれたイヤリング。

土曜日も日曜日も、そして今日もずっとしてる。

別に変な意味はないよ。

ただ、可愛いからで……！

「おはよ、なごみちゃん」

突然ポンと後ろから肩を叩かれ、私の身体がビクッと揺れる。

「あ、おはよ……」

七瀬くんだ……。
　　なんかちょっとだけ、七瀬くんと顔を合わせるのは恥ずかしい。
　　だって私は、七瀬くんとデートしたんだよ。
　　ファンの子がいくら望んでも一生できないようなことを、私はしたんだ。
　　七瀬くんはとくにそういうのを意識してないみたいだけれど……。
　　って、だからあれはデートじゃない！
「あ、イヤリングしてるね。似合ってるよ」
　　七瀬くんがそっとイヤリングに触れ、私は思わずぎゅっと目をつぶった。
「安堂くんさぁー」
　　そんな私と七瀬くんを見ながら、綾菜が口を開く。
「何を企んでいるのか知らないけど、あまりなごみのこと振り回さないであげてね。金曜日だって安堂くんが無理やり連れ出したんでしょう？」
「俺が何か企んでいるように見えるの？　なごみちゃんがそう言ったの？」
「その胡散臭い笑顔で全部わかるの」
「へぇー、すごいね。その能力を活かして超能力者にでもなれば？　まったく当たらないことで有名ね」
　　ちょっと、ちょっと！
　　なんで２人ともケンカ腰なの!?
「ケ、ケンカしないでよ！」

私は朝から険悪ムードの漂う2人の間に、あわてて割って入った。
　この2人がお互いのことをあまりよく思っていないのはわかっているけども……。
　某モンスター育成型RPGのごとく、目が合って早々にバトルを開始するのはやめてよ。

　そして、お昼休み。
「あのさ、七瀬くん……」
「んー?」
「『んー?』じゃなくてね!　なんでまた私はここにいるの!?」
　なぜかまたもや、私は七瀬くんと屋上で2人きり。
　綾菜とお弁当を食べようとしたとき、『来てよ』と無理やり連れてこられたのだ。
『だから、なごみを振り回すのはやめてよね!』
　せっかく私とお弁当を食べようとしていたのに、私を連れ出そうとして怒った綾菜にそう言われると、
『いーじゃん別に。なごみちゃんは御影さんのものじゃないでしょ』
　なんて、答えになっているような、いないようなことを言っていた。
『いーじゃん別に』の意味がわからないのだけれど……。
　私は七瀬くんのものでもないのだけれど……。
　そして、ここへはもちろんバラバラで来た。

学校内では、あまり２人きりで一緒にいるところは見られないようにしている。
　とくに最近はそういうのにかなり気を使っているし、七瀬くんは私以外の女の子とも普通に会話をしている。
　だからみんなには、私が七瀬くんとこうして特別親しくしている仲だということはバレていない。
「御影さんってさ、相当俺のこと嫌いだよね。だから俺はあの子が嫌い」
　七瀬くんはフェンスにもたれかかり、パンをもぐもぐ食べながらつぶやく。
「嫌いというか、七瀬くんに興味ないんだよ。あとね、私のことを心配してくれてるの」
「心配されるようなことしてないじゃん。それは御影さんの勘違い」
　……うん。まぁ、君は無自覚ですから。
「それより七瀬くん、土曜日の撮影どうだった？」
　私は気を取り直し、お弁当を食べながらそんな質問をしてみた。
「頑張ったよ。本当は頑張りたくなかったけど、なごみちゃんがごほうびくれたからね」
　あのね、"頑張りたくなかった"なんて言葉、初めて聞いたよ。
「ねぇ、七瀬くん……」
「なーに？」
「どうして七瀬くんは……モデルをしているの？」

「どーして？」
「だっていつもめんどくさいとか言ってるから。そもそもなんでモデルになったんだろうって……。時間に自由がなくて、人から注目されて。七瀬くんが一番嫌そうなお仕事じゃん」
　とくに会話もないので、なんとなくずっと気になっていたことを聞いてみた。
　無気力で、何事にも適当で、やる気なくて。
　撮影はずる休みばかりしようとして。
　それでもそれは口だけで、実際はずる休みなんかしないし、仕事に入れば驚くほどに真剣。
　七瀬くんがそこまで変われる目的や理由があるなら、やっぱり気になるよ。
　それはなに？
　どっちが本当の七瀬くん？
　すると、七瀬くんはこう答えた。
「どーしてもやらなきゃいけない理由があるからだよ」と。
　やらなきゃいけない理由……？
「その理由と仕事を始めた理由は同じだよ」
　つまり、モデルになろうとしたきっかけが、モデルをやり続ける理由だということ……？
「それを失くしたら、俺はこんな仕事をやる意味がなくるよ」
　こ、こんな仕事って……。
　七瀬くんに、モデルの仕事をさせ続ける理由ってなんだ

ろう。ますます気になる。
「理由なんて、そんなの俺が仕事をするうえで誰も興味ないし、みんな俺が笑っていればそれでいーだろうから。誰にも話したことないけど」
　なんかちょっと悲しい言葉だなぁ。
『みんな自分の表面しか見てくれない』と言っているみたいで。
「その理由ってなに……？」
　でも、私は知りたい。
　この七瀬くんが仕事をし続ける、大切な理由を。
　それなのに……。
「んー、言わない。まあ、なごみちゃんはバカだからね。わからないよ」
　……え、えー!?　な、なにそれ！
　教えてくれるんじゃないの!?
「そこまで言ったら教えてよ！　気になるよ！　モデルになろうとした理由ってなに!?」
「ハハッ、内緒だって。一生気になってればいーよ」
「そんな蛇の生殺しみたいに……ずるい！」
「それなら、なごみちゃんが当ててよ。俺の口からは言わないよ。ここまでヒントあげたでしょ」
　なに、その変なこだわり……！
　意味がわからないところで頑固なんだから！
　それに、今までのどこがヒントなの!?
　結局七瀬くんは"モデルを続ける理由"と、一番気になっ

ていた"モデルになった理由"は教えてくれなかった。
　このイジワルめ……。
「教えてくれたっていいじゃん」
　私はプンプン怒りながら、からあげを口に放り込む。
「なぁ、なごみちゃん」
「なに？　私今怒ってるよ？　七瀬くんが教えてくれないから」
「フハッ、なにその発言。可愛い」
　七瀬くんは真剣に怒っている私をおかしそうに笑うと、こんな質問をしてきた。
「なごみちゃん、俺のこと好きでしょ？」
　……へ？
「ブッ……！　ゲホッ……！　ゲホッ……！」
「うわっ、急にどーしたの。だいじょーぶ？」
　そ、それはこっちのセリフだよ！
　急になに!?
　い、今『俺のこと好き？』って聞かれた!?
　七瀬くんがいきなり変なこと言うから、ビックリしてむせちゃったよ！
「今日の撮影もすごく嫌だから、ちゃんと確認しとかないと」
　意味不明だよ！　今日の撮影が嫌だから確認ってなに!?
「きゅ、急になに聞いてるの!?」
「え、嫌いなの？」
「いや、き、嫌いとか、好きとか……」

「じゃあ、好き？」

　七瀬くんが唐突にしてきた質問に、私は意味もなく恥ずかしくなって、頭が噴火しそうになる。

　お、お、おかしいよ。

　なんでこんな質問をされただけで、私はドキドキしちゃうの？　顔が赤くなっちゃうの？

　私には、ずっとずっと想い続けている、初恋の人がいるじゃん。

　その人とはもうずっと会えていないけれど、私はまだその人のことが好きなはず。

　七瀬くんへの好きとは全然違うって。

　それなのになんで？

　なんで私はこんなに動揺してて、七瀬くんはそんな質問をするの？

「あ、あ、あのね、七瀬くん……！」

「うん？」

「『うん？』じゃなくて……！　またそうやって変な質問して私を困らせようという魂胆なら、私は騙されないから！　でも、私は、その……えっと……あの……」

　あ、あれ？　私は今、七瀬くんに何を言おうとしているの？

『でも』なに？

　その続きは何を言おうとしている？

　もう……！　自分が何を答えたいのか、自分でもわからなくなってきちゃったじゃん。

そんなパニックに陥る私に、七瀬くんはきょとんとしながらひと言。
「好きじゃないの？　この間ファンやめないって言ったのに。もしかして……やっぱりファンやめちゃったの？」
「え？　え？」
「え？　なに？」
　あ……！　そ、そ、そういうことか！
『俺のこと好き？』って、モデルとしてってことか！
　て、てっきり異性として『好き？』って聞かれたのかと！
「もう、七瀬くん、紛らわしいよ！」
「えー？　なに怒ってるの？」
「お、怒ってない……！」
　1人で勘違いして、1人で恥ずかしくなって、バカみたいだ……。
「俺のこと好きでしょ？って」
「そ、そりゃあ……好きだよ……。だから私は七瀬くんのファンなんだもん。みんなそうだよ」
　こんなイジワルでも、めんどくさがりでも、腹黒王子でも……。
　私はそれでも七瀬くんのファンだよ。
　それは七瀬くんがモデルの仕事をし続ける限り、多分きっと変わらない。
　こんなこと言わせないでよ、恥ずかしい。
「そう、ならいーや。それじゃあ俺は、今日もちゃんと撮影行くよ」

私の答えに、七瀬くんはどこか安心したように笑う。
　どうして私がモデルとして『好き』って言ったら、七瀬くんがちゃんと撮影へ行くことに結びつくの？
　私が『嫌い』と言ったら行かないの？
　なんだかそれじゃあまるで……私に嫌われたらモデルをする意味がないみたいだよ。
　……変なの。
　ていうかね、私にファンをやめられると困るならさ……もうちょっと私を大切に扱ってくれないかな？
「ねぇ、七瀬くん。何が『ならいーや』なの？」
「ほらね、やっぱりなごみちゃんはバカだ。言うだけ無駄」
　あ、またバカって言った……。
　応援してくれてるファンの子に、面と向かって『バカ』だなんて言うのは七瀬くんしかいないよ、きっと。
「それならね、なごみちゃん。今日もスタジオ一緒に来てよ」
「あのね、七瀬くん。"それなら"の意味がわからないよ。今どうして"それなら"になったの？」
「ハハッ、本当だね。意味不明」
　自分で言ったくせに、なに笑ってるの。
　何が面白いのですか。
「決まりね」
「まだ、行くって言ってない……」
　私の放課後の予定も聞かないで、そんなマイペース発言をして、私を振り回して。
　それなのに、

「俺最近ね、仕事楽しいよ。めんどくさいけど。なごみちゃんがこうして構ってくれるから」
　そんなこと言われたら、
「来るよね？」
「し、仕方ないなぁ……」
　断れないんだってば、七瀬くん。
「優しいね、なごみちゃんは」
「ど、どうせ断ったら、『退学させるぞ』とか言うんでしょ？」
「そーだね、そのとおり」
　確信犯だからタチが悪い。

「皇さん、すみません。また………」
　放課後、七瀬くんと一緒にスタジオへと向かうことになってしまった私は、この間と同様に皇さんのベンツに乗せられた。
「いいよ、いいよ。まぁ、本当はあまりよくないのかもしれないけどね。なごみちゃんを許したら他の子も許さなきゃならないし……」
　で、ですよね……。
　ほら、やっぱり皇さんも困ってるじゃん。
「でもこいつ、『なごみちゃん連れていけないなら仕事しない』とか言い出すから。そのほうがもっと困るわ」
　運転しながら皇さんがハハッと苦笑する。
「なにそれ！　七瀬くんそんなこと言ってるの!?」
「だって、皇が『ダメ』って言ったから」

七瀬くんは相変わらず気だるげな態度で、窓に頭をつけながらあくびを1つ。
「だ、だからって私を口実にしないでよ！」
「な？　本当にこいつ、困ったヤツだろ？」
　困ったヤツを通り越してるよ。
　問題児だよ、問題児！
　マネージャーを脅して『仕事しない』なんて、そんなのどこのモデルを探しても、七瀬くんだけだよ。
　皇さんは相当七瀬くんに振り回されているに違いない。
　スタジオにつくと、早速七瀬くんは着替えに行った。
　私は前に座った場所に腰を下ろす。
　どうやら今日も七瀬くん以外にモデルがいないみたい。
　……そう思っていると。
「皇さん、お久しぶりでーす」
「お、春希じゃん。久しぶり」
　は、春希……!?
　その名前に私は思わずバッと顔を上げると、声のするほうを見た。
　あわわわわ、すごい。あ、あれって……！
「お前最近学校どうなの？」
「普通に楽しくやってますよ」
　あれって、二階堂春希くんじゃん！
　二階堂春希くんとは、私たちと同じ年の高校生モデルだ。
　春希くんは七瀬くんよりも1年遅いデビューで、七瀬くんと同じ事務所に所属し、同じ雑誌の専属モデルを務めて

いる。
　七瀬くんが今人気NO.1モデルなら、春希くんはNO.2と言っても過言ではない。
　デビューしてたった1年で、七瀬くんに次ぐNO.2まで上り詰めた、かなりの実力派。
　その人気は、今にも七瀬くんを追い抜かそうとするほどの勢いだ。
「ん？　あれ？　この子は誰ですか？」
「あー、この子は七瀬の友達。あいつが連れていきたいってうるさいんだよ」
「ハハッ、相変わらずですね、七瀬は」
　春希くんは私に視線をやると、「はじめまして」とにっこり笑った。
「あ、は、はじめまして……」
　す、すごい……。私、今春希くんと話しているんだ。
　まさかこんな日が来るなんて……。
　七瀬くんといると、こんな経験もするんだ。
　春希くんは七瀬くんよりも少し背が高く、髪を明るめのミルクティーブラウンに染めていて、七瀬くんがシンプルな洋服を着こなすなら、春希くんは少しやんちゃな洋服を着こなすような。
　いわば、2人は正反対なタイプだ。
　聞くと、どうやら皇さんは春希くんのマネージャーもしているらしい。
「七瀬と同じ高校なの？」

「あ、はい。そうなんです」
「七瀬って相当性格ひねくれてるだろ？　大丈夫？　いじめられてない？」
　あぁ、よかった。
　春希くんは雑誌の中のイメージどおり、気さくな人だ。
　いや、七瀬くんが異常なだけか。
「あ、七瀬！」
　着替え終わった七瀬くんが戻ってくると、春希くんの顔がパァッと明るくなった。
「あぁ、春希。いたの」
　春希くんに気づいた七瀬くんは、椅子に座ると長い脚を組み、撮影のスケジュール表を確認し始める。
「いたのってなんだよ！　撮影被ることあんまりないよな、俺ら。元気にしてた？　俺はすげー元気だったけど！」
「そう、よかったね」
　す、すごいなぁ……。
　この２人が並んで会話している姿を、こんな間近で見られる日が来るなんて思わなかった。
　ただ会話しているだけなのに、もうそこだけ世界が違う。
「俺、すごく七瀬に会いたかったんだぞ！」
「はぁ、そうですか」
「七瀬は電話もメールも無視するし！　なんでいつも無視すんだよ！」
「寝てた……かなぁ」
　七瀬くんはさっきから春希くんに見向きもしないし、返

事もかなり適当。
　多分ちゃんと聞いてないよね？
　もっとなんかリアクションをしてあげればいいのに。
　本当に相変わらず。
　春希くんは七瀬くんに会えて、こんなにも嬉しそうにしているのに。
「撮影終わったらメシでも行こう。もちろん七瀬の奢りでな。どう？」
「意味わかんないよ」
　この様子だと、春希くんも慣れているのか、気にしていないみたいだけど。
　そういえば……春希くんはデビュー当時雑誌のインタビューで、七瀬くんに誘われてモデルになったって語っていたっけ。
　つまり、七瀬くんがスカウトしたってことだよね？
　春希くんをスカウトするだなんて、七瀬くんは見る目があるなぁ。
　ん？
　てことは、この２人はモデルを始める前からの知り合いってこと？
　うーん。この２人の関係性が気になるところ。
「なに春希ばっか見てんの」
「……ふぇ？」
　急に七瀬くんが、ちょっとムッとした顔をしながら私の両頬を軽くつまんできた。

「春希がそんなにカッコいい？」
「え？　ち、違うよ！　別に見てないよ！」
「じゃあ、春希ばっかり見なくてい−よ」
「いや、だから……」
　私の両頬をつまんだまま、自分のほうに顔を向かせてくる七瀬くん。
「今日連れてきたのは間違いだったかな」
　……なに、それ。
　なんで私、今怒られたの？
「春希、邪魔だから帰ってい−よ」
「は、はぁ？　い、意味不明すぎんだろ！」
　本当に、意味不明だ。
　そんなこんなで撮影が始まった。
　今日は人気NO.1、NO.2を誇る七瀬くんと春希くんの特集ページの撮影らしい。
　2人は隣に並び、カメラマンさんに求められることを的確にこなしていく。
　やっぱりこうして見ていると、七瀬くんはモデルなんだよね。
　あと少しのやる気があれば完璧なのに。
　そもそもどうしてモデルを目指し始めたのだろう？
　七瀬くん教えてくれなかったからなぁ。
　ぼーっとそんなことを考えながら七瀬くんたちを見ていると、急に私のスマホが鳴った。
　着信はお父さんからだ。

「はい、もしもし」
　私はちょっと声のボリュームを下げながら電話に出る。
『あ、なごみか？　今どこにいるんだ？』
「え？　ど、どこって……。が、学校かな、補習で。どうして？」
　七瀬くんとスタジオにいるとは、なんとなく言えない。
『そうか。じつはな、母さんにまた喘息が出てしまって、入院することになったんだ』
　え……？　お母さんが、入院……？
『そんなにひどくはないらしいんだが』
「そ、そんな……」
　もう入院なんてずっとしてなかったから、すっかり安心してしまっていた。
『父さんは今から仕事を切り上げて見舞いに行くけど、なごみも補習が終わったら行ってあげなさい』
「うん……」
　私は電話を切ると、そのままうつむいた。
　お母さんは具合が悪くても私に言わないから、知らなかった。
　いつから体調が悪化してたんだろう。
　幼い頃もそうだった。
　お母さんの入院はいつも急で、私はそのたびに不安で苦しくて。
『やだ……！　ママと一緒に帰りたい！』
『ママが入院なんてやだぁ……！』

そんなふうに大泣きして、周りをたくさん困らせていた。
　また、あんな思いしなきゃいけないのかな。
「……っ……」
　しだいにポロポロと溢れる涙。
　私はいつもそうだ。
　お母さんが入院するたびに泣いてしまうんだ。
「お母さん……っ……」
　早くお見舞いに行ってあげなきゃいけないのに、私は声を殺して泣くだけ。
「ちょっと、すみません」
　私が泣いていることに気づいたのか、撮影中の七瀬くんが撮影を止めて駆け足でこっちにやってきた。
　隅っこで泣いている私に、カメラマンさんや皇さんや春希くんも、撮影をやめて不思議そうにこちらを見ている。
　あぁ、撮影の邪魔をしてしまった。
「えっと……なごみちゃん？　泣いてるの？　どーしたの？」
　七瀬くんは私の元までやってくると、少し屈んで私と目線を合わせて顔を覗き込んできた。
　急に泣き出した私に、七瀬くんはわけがわからないといった様子だ。
「七瀬くん……っ。お母さんが……お母さんがね………」
「お母さん？」
「うん……。お母さんが、入院しちゃってそれで……っ」
　あぁ、もう。泣いちゃダメじゃん。みんな仕事中なのに。

七瀬くんは私のお母さんの喘息のことなんか知らないのに、こんな……。
「……本当嫌い」
「……へ？」
　グズグズと泣いていると、七瀬くんがぽつりとそうつぶやいた。
　嫌い……？
　私が顔を上げると、その泣き顔を見て、七瀬くんの眉間にはしわが寄り、顔が歪む。
「なごみちゃんのその泣き顔、俺は好きじゃない。とても気に食わない」
　どうして？
「俺が今ここにいるのに、なんで笑ってくれないの？」
　どうして今、私よりも七瀬くんのほうが辛そうな顔をするの……？
　七瀬くんのほうが悲しいみたいだよ。
　きょとんとする私に、七瀬くんは「はぁー」とため息をつき立ち上がる。
　そして、ポンと私の頭に手を置いて、
「だいじょーぶだよ」
　いつもみたいに適当な……だけどどこか優しい言葉をかけてくれた。
「七瀬く――」
「皇、車出して」
　七瀬くんが少し遠くにいる皇さんにそう頼むと、皇さん

は目を大きくさせてこちらへやってくる。
「は？　なに言ってんの？　どこ行くんだよ」
「病院だよ、病院。なごみちゃんのお母さんがまた入院しちゃったんだって。車で行ったほうが速いでしょ。俺もつき添うから」

　え？　どういう、こと………？
『また入院』って……。

　私、いつの間に七瀬くんに、お母さんのこと話してたんだろう。

　私は覚えていないけど……七瀬くんはちゃんと覚えていてくれたんだ。
「病院って……。お前、撮影は？」
「そんなの戻ってきてからでいい。それか明日の撮影に回して」

　七瀬くんはそんなことを言うとこちらを振り返り、
「俺がついていってあげるから」

　そう言って笑った。

　なに、それ……。

　どうして七瀬くんが、そんなに優しくしてくれるの？
『泣きながら許しを乞うまで、とことんいじめ抜いてやる』とか意味不明なことを言って、泣かせようとしてきたじゃん。

　それなのに私が泣いているのを見て、私よりも辛そうな顔をして。

　なんで今に限って、そんなふうに優しいの？

「……ったく、しょうがないな。絶対、明日出ろよ」
　皇さんは、七瀬くんのお願いに渋々だけど承諾すると、カメラマンさんに事情を話しに行った。
「七瀬くん、私は大丈夫だよ。七瀬くんは大事な撮影があるでしょ……」
「そんなもの明日でいーよ」
「でも、今日の分終わってないでしょ？」
「そーだね。なごみちゃんのせいで明日大変になっちゃった」
「ほら、やっぱり──」
「だけど」
　七瀬くんが私の声を遮った。
「なごみちゃんがそうやって泣いてるから。そっちのほうが俺は嫌だよ」
　また、優しい言葉で。
「七瀬くん……」
　七瀬くんは「立って」と私を立ち上がらせると、細い指で私の涙を優しく拭った。
「それにね、なごみちゃんは俺に逆らえる立場じゃないでしょ？」
　もうもうもう。
　なんでそんなカッコいいこと言うの？
　こういうときに、そんな脅しはずるいよ。
「あ、ありがとっ……七瀬くん……」
　そんなの、拒めないじゃん。

「どーして泣くの。俺はなごみちゃんに泣かれるのはやだって言ったでしょ。泣いてると連れていってあげないよ？」
「泣いてないもんっ……！」
　不思議だね。
　七瀬くんの優しさに触れただけで、悲しい不安の涙があたたかい安心の涙に変わっちゃったんだもん。
　まるで……。
　まるであのとき出会った、私の初恋の人みたい。
　あのときも、あの人がいつもこうして私に寄り添って泣きやませてくれたんだ。
『いつまでも泣いていないで』
　──名前しか知らない、私の初恋の人。
「泣かれるのはやだって言ったでしょ」
　──今、ここにいる七瀬くん。
　似ている、とても。
『泣かないで。隣にいてあげるから』
「なごみちゃんが泣かなくてすむように、俺がここにいるんでしょ」
　重なる２つの優しさが、あたたかいんだ。
「ほら、七瀬。カメラマンさんを説得させといたから行くぞ。あ、その前にお前も詫び入れてこい。『明日死ぬほど働きます』ってな」
　皇さんがそう言いながらこっちへ戻ってきた。
「え？　は？　七瀬、帰んの!?　俺とメシに行くって約束は!?」

「そんなのしてないよ。いったいいつしたの?」
「はぁぁぁ!? やだよー。行こーぜー!」
「わっ……。ちょっと」
　行かせまいと七瀬くんの腰にしがみつく春希くんに、七瀬くんは転びそうになってしまう。
「なぁー、七瀬ってー!」
「あーもう、わかった。わかったよ。今度一緒に行くから離れろ、アホ」
　七瀬くんは鬱陶しそうに春希くんを引きずりながら、カメラマンさんの元へ。
「あの……皇さん、すみません。私のせいで……」
「んー? 大丈夫。明日、今日の分もあいつが働けば。明日は元々少し撮影入ってたし、そのときに今日の続きを撮ってもらうことになったから。カメラマンさんも、普段七瀬は頑張ってるからって、快く承諾してくれたよ」
　皇さんはカメラマンさんと話している七瀬くんを見ながら続ける。
「初めてなんだよね。あいつが誰かのために何かしたいって俺にお願いするの。普段のあいつは、驚くほど周りに無関心。あー見えても、七瀬は転校してから仕事頑張るようになったんだよ。それは多分なごみちゃんと出会ったから」
「私、と……?」
「そうそう、それだけじゃなくて、よく笑うようになったし。それに一番安心してんの、俺」
　七瀬くんが……私と出会ってから変わった?

「私は……別に何もしてないですよ……?」
「ううん、俺はあいつと兄弟だし、一番長い間一番近くで見てきたから、あいつの変化なんてすぐにわかるよ」
　私の言葉に皇さんは首を横に振ると、
「なごみちゃんには感謝している。だから、今回はそのお礼ってことで」
　そう言って、ニコッと優しく笑った。
　その笑った顔が、七瀬くんとよく似ている気がした。

　七瀬くんが戻ってきて、私たちは駐車場へと向かった。
　車に乗り込むと、すぐに走り出す。
「皇、もっと飛ばして。100キロくらい」
「ふざけんな。病院つく前に警察行かなきゃならなくなるだろ」
　七瀬くんは後部座席から身を乗り出し、皇さんに無茶な要求をする。
　私は不安で胸がキューッと締めつけられていたけれど、そんな七瀬くんが少しおかしくて、自然と笑顔になった。

　病院へは15分ほどでついた。
　皇さんは車で待っていると言うので、私と七瀬くんはそのまま病院の中へ。
　七瀬くんは一応フードを被っているし、病院内には年配の方が多いのでバレていない。
　受付でお母さんのいる部屋を聞いて、病室へと向かった

ものの……。
　いざ病室の前につくと私の身体は固まってしまい、なかなかドアを開けられない。
　もしも、この扉の向こう側に、苦しんでいるお母さんがいたら……？
　そう思うと怖くて、手は動いてくれない。
　すると、
「だいじょーぶだよ。死んでないんでしょ？」
　七瀬くんがぎゅっと私の手を握ってくれた。
　相変わらずいい加減で気のきかない言葉。
　だけどその適当さが、なんだか今は心地いい。
　私は七瀬くんに背中を押されコクリとうなずくと、そっと病室のドアを開けた。
「お母さん……」
　遠慮がちに声をかけると、病室には既に来ていたお父さんと、少し身体を起こしベッドの背にもたれかかるお母さんの姿があって……。
「……なごみ？」
「……っ」
　その声で名前を呼ばれた瞬間、視界が滲み、ブワッと涙が溢れてきて、
「うわぁーーん！　お母さん！」
　私は七瀬くんの手から離れると、すぐさまお母さんの元へ走って、胸の中に飛び込んだ。
「お母さん！　お母さん！」

私は昔からそう。
　お母さんが入院したってだけでとても悲しくて。
　結局は泣いちゃう。
「い、痛いよ……なごみ」
　ぼろぼろと泣き出す私にお母さんは困ったように笑いながらも、そっと私の肩に触れる。
「心配かけてごめんね」
　お母さんは申し訳なさそうに眉毛(まゆげ)を下げた。
「本当だよ……！　すごい心配したんだよ？　いきなり入院だなんて……！　でもよかった、元気そうで！」
「だから死ぬような病気じゃないって言ってるでしょ。念のため1週間入院するだけだから」
「そう、だけどぉ……！」
　そんなことわかっているけれど。
　幼い頃に見た、お母さんがとても苦しそうにしているあの光景が頭から離れなくて。
　高校生になった今も、『もしもまたあんなふうに……』と思ったら、怖くて仕方ないんだ。
「こら、なごみ。病室であまり騒ぐんじゃない」
　どうにもこうにも涙が止まらなくて泣きじゃくっていると、お父さんは私の頭をコツンと小突(こづ)いた。
「でも、来週には退院できるから本当によかったよ。一緒に結婚(けっこん)記念日を祝えるな。今年はどこで過ごしたい？」
「フフッ。あなたとならどこでもいいわよ」
　お父さんは、優しく笑いながらお母さんの髪を撫でてあ

げる。
　2人はとても仲睦まじく、毎年結婚記念日を2人きりで祝っている。
　相変わらずだなぁ……と2人を見ていると、お父さんがふとドアのほうに視線をやった。
「ん？　その子は？」
　首を傾げるお父さん。
　はっ！　そうだった！
　お母さんと会えたらすっかり安心して、七瀬くんの存在を忘れてた！
「あ、えっと……。あの人は、ここまで連れてきてくれた、えーっと……」
　どうしよう。
　安堂七瀬くんだって言ってもいいのかな？
　どう説明しようか悩んでいると、七瀬くんはフードを取って、
「はじめまして。なごみちゃんのお友達の、安堂七瀬です」
　そう自ら挨拶した。
　すると、2人ともぽかーんとしてしまって、しばらく病室が静まり返り……。
「えーーー!?」
　やっと理解ができたのか、大きく目を見開き声をあげた。
　反応が見事に同じだ。
「あ、安堂七瀬くんって、あの七瀬くん!?」
「そうですね、多分それです」

「どうしましょう」と、半分パニック状態なお母さん。

　まさか、あの大人気モデルがこんなところに来るなんて、思いもしないだろう。

「もう、なごみ！　なんで早く言わないの！　なごみの母です。いつもなごみがお世話になってます」

「はい、こちらこそ。なごみちゃんがいつもお世話になってます」

　あのね、七瀬くん。

　それは七瀬くんの言うセリフじゃないよ。

「あら、やだ……。本物もすごくカッコいいのね……」

　ねぇ、お母さん。

　いい年して目をハートにしないで。

　ちゃんと突っ込んでよ。

「よく言われます」

　だから、七瀬くん。

　それは自分で言うセリフじゃないよ！

「なごみを連れてきてくれてありがとね」

「連れてきたのは俺じゃなくて、俺のマネージャーですよ」

「あら、そうなの！　それならマネージャーさんにもお礼を言っておいてね」

「仕事は？　忙しいのか？　高校生なのに大変だろう？」

「まぁまぁです」

　我が子がここにいるのにもかかわらず、お母さんとお父さんは七瀬くんに質問攻め。

　2人とも、いつも私が七瀬くんの話をすると『またその

話か』とあしらってくるくせに。

　初めて見る有名人に興味津々だ。

　まぁ2人は、嫌な顔1つせず爽やかスマイルで応える七瀬くんの裏側を知らないからね……。

「さすがモデルさんね。しっかりしてるわ。なごみも見習いなさい」

　まったくしっかりしていませんけどね……。

　裏ではかなり無気力で、毎日不満ばっかり言ってますけどね……。

　そんな会話をしていると、七瀬くんのスマホが鳴った。

「あ、皇から電話だ。ちょっと電話してくる。なごみちゃん、待合室で待ってるね。ゆっくり話してきなよ」

「あ、う、うん！」

「じゃあ、俺はこれで失礼します。お大事になさってください」

　七瀬くんは、軽く頭を下げて病室を出ていこうとしたが、何か思い出した様子でこちらを振り返ってきた。

「そういえばもうすぐ結婚記念日なんですよね？　何か贈りますね」

「え？　そ、そんな気を使わなくてもいいのよ？」

「いつもなごみちゃんと仲よくさせてもらってるお礼です。ここら辺だと……『リーズ』っていうレストラン知ってますか？　結構美味しかったと思うんですけど。ペアのディナー券を贈るので、よかったら使ってください」

「リ、リーズ!?」

七瀬くんの発言に、お母さんたちは目を大きく見開いた。
　それもそのはず。
　だって『リーズ』とは、誰もが知る超高級レストランだから。
　お母さんとお父さんも、よくそこで食事をしてみたいとは言っていたけど、なんせ値段がすごく高い。
　ディナーとなると、1人2万円以上も取られてしまう。
　簡単に行ける場所ではない。
「そ、そんなのいただけないわ！　あんな高いお店……」
「なごみちゃんに渡しておきますね。いらなければ処分してください。それでは」
「あ……！」
　お母さんが断る間もなく、七瀬くんは病室を出ていく。
「ほ、本当にいいのかしら……」
　七瀬くんがいなくなり、お母さんはおどおどした様子で私を見てきた。
「七瀬くんはね、私たちといろいろ感覚が違うんだよ。とくに金銭感覚はぶっ飛んでるよ」
　4万円以上のディナー券を『いらなければ処分してください』とか簡単に言っちゃうあたりとかもうね、すごいよ。
　私だって、2人の結婚記念日は花束くらいしか贈ったことないのに……。
　七瀬くんが実の娘よりも、そんなにすごいものを贈るなんて、ちょっと悲しくなってきちゃったじゃん。
「ハハッ、さすが大人気モデル様だな」

「あなた、なに呑気に笑ってるの」
　そんなお父さんに、お母さんはため息をつく。
「あ、そういや父さんな、さっきから思ってたんだけど、なんだか彼に見覚えある気がするんだが……」
「なごみが毎日雑誌を見て騒いでるからでしょ。この子、私たちにもよく雑誌を見せてくるじゃない」
「んー……。たしかにそうかもな」
「でも、ほんとにビックリしたわ。まさかあの、安堂七瀬くんが来るなんて。いつも雑誌でしか見てなかったから、変な感じね。本物は雑誌よりもとてもカッコいいわ」
　どうやら七瀬くんは、会ったことない人にも見覚えがあると錯覚させてしまうほど存在感があって、若い子だけでなく主婦層まで虜にしてしまうらしい。
「ファンになっちゃいそう」
「まさか浮気するつもりか？」
　お母さんがフフッと笑うと、お父さんは困ったように苦笑しながら、お母さんの目にかかる前髪をそっと払い退ける。
　やり取りがまるでつき合いたてのカップルみたいだ。
　その後、病室には10分ほど滞在した。
　本当はもう少しいたかったけど、七瀬くんを待たせているし、今日はお父さんが面会時間が終わるまでここにいると言うので、私は先に帰ることに。
　病室を出て待合室へ向かうと、七瀬くんの姿があった。
　座っているだけなのに、相変わらず目立っている。

「七瀬くん、遅くなってごめんね！」
「ううん。むしろ早かったね」
　七瀬くんは私に気づくと立ち上がり、歩き出した。
「あ、そうだ、七瀬くん。私のお母さんとお父さんが騒いでごめんね。うるさかったよね。それからディナー券もありがとう。2人ともかなりビックリしてたけど、ずっと行きたがってたから喜んでると思う」
「なごみちゃんのお父さんとお母さんって、いい人そうだよね」
「うーん、怒るとすごく怖いけど」
「へぇー」
　うわっ、興味なさそう。
　七瀬くんが聞いてきたんじゃん。
「それに、なごみちゃんのお父さんとお母さんはとても仲がいいんだね」
　そう言うと、七瀬くんはフッと笑った。
　その顔は……なんだかさびしそうに見えた。
　七瀬くんってこんな顔で笑う人だっけ……？
　少し気になってじっと七瀬くんの顔を見ると「なに？」と首を傾げられ、私は「ううん」と首を横に振った。
　なんだったんだろう？
　気のせい、かな……？
「うちのお父さんとお母さんはね、ラブラブでカップルみたいなの。たまに娘の私が恥ずかしいくらいだよ」
「いーじゃん、そういうの」

いいのかな？
　まぁたしかに、仲がいいに越したことはないけれど。
「七瀬くんのお父さんとお母さんは？」
　なんとなく聞き返してみた。
「俺のお母さんは全然怒らないよ。あとね、無駄に心配性。
　今は皇と２人で暮らしてるから一緒に住んでないけど、毎日メールくるよ」
「え!?　皇さんと２人で暮らしてるの!?」
「そうそう、転校して家から学校が遠くなっちゃったから」
　そうなんだ。それは初耳だ。
　長いこと七瀬くんのファンをやっていても、まだまだ七瀬くんのことは知らないことだらけなんだなぁ……。
「心配性だから、初めはこの仕事を始めるのに反対してたけど、今は応援してくれてる」
「七瀬くんは、お母さんのことをすごく大切に思っているんだね」
　普段あまり自分のことを話さないけれど、お母さんのことはこんなふうに優しい顔をして話してくれるんだもん。
「そりゃあそうだよ。それはなごみちゃんと同じだよ」
　七瀬くんは私の言葉にそう言って笑った。
　私がお母さんを大切に思うのと同じくらい、七瀬くんもお母さんのことを大切に思っているんだね。
　七瀬くんはきっとお母さんのために、仕事を頑張っているんだ。
　離れて暮らしていても、応援してくれているお母さんに

応えるために。
　そんな素敵な理由があるなら、隠さずに話してくれればよかったのにね。
　七瀬くんは私が思うよりも、ずっとずっと親思いな人。
　そう思ったけれど、
「じゃあ、お父さんは？」
「お父さんは……」
　私のそんな問いには一瞬間を置いて、
「お父さんは俺に興味がない。だから俺も興味がない」
　そう言い放った。
　それはお母さんのときとは全然違う、どこか冷たい言い方で。
「この仕事してることも知らないんじゃない？」
　自嘲気味に七瀬くんが笑う。
　どういう、こと……？
「そんなことあるわけないよ。きっとお父さんも——」
「ううん、あるよ」
　私の言葉を遮る七瀬くん。
「お父さんの話はやめよ。言ったでしょ？　俺のこと嫌いな人は俺も嫌いって。嫌いな人の話はしたくないよ」
「ご、ごめん………」
　七瀬くんは、お父さんが嫌いなの？
　七瀬くんのお父さんとお母さんは仲が悪いの？
『それに、なごみちゃんのお父さんとお母さんはとても仲がいいんだね』

だからあのとき、さびしそうなうらやましそうな顔をしたの？

聞きたいことはたくさんあったけれど、七瀬くんが嫌がったので私はもう聞かなかった。

駐車場に戻り、再び皇さんの車に乗り込んだ私たち。

皇さんは、私の家の前まで送ってくれた。

本当に、皇さんには何から何までお世話になりっぱなしで申し訳ない。

「なごみちゃんの家、これなの？」

七瀬くんは車内から私の住む一軒家を見上げ、そう聞いてくる。

「うん、そうだよ」

「へぇー、普通だね」

ふ、普通で悪かったね！　普通でいいんだよ！

また七瀬くんは、ひと言多いんだから。

でも、いつもの七瀬くんに戻ったみたいでよかった。

さっきの七瀬くんは少し変だったから。

七瀬くんには、こっちのほうが似合う。

私は皇さんに「ありがとうございました」と挨拶をすると、車から降りた。

「バイバイ、なごみちゃん」

車内から七瀬くんが私に手を振る。

「うん、バイバイ」

私も七瀬くんに手を振り返し、家に入ろうと背を向けた

けど、
「あの、七瀬くん……」
　もう一度、七瀬くんのほうを見た。
「ん？　なに？」
　なんだか改まって言うのは少し恥ずかしいけれど、ちゃんと言っておかなくちゃ。
「七瀬くん、今日は本当にありがとう。七瀬くんがいたから心強かったよ」
　ねぇ、知らなかったよ、七瀬くん。
　七瀬くんはいつもイジワルばっかりしてくるから。
　いつも適当で、めんどくさがりで、マイペースで、私を振り回してくるから。
　こんなにもこんなにも優しい人だったなんて。
　でも、いつだってそうだったんだよ。
　七瀬くんは知らないかもしれないけど、いつだって七瀬くんは私をこうして笑顔にしてくれてたんだよ。
「だいじょーぶだよ。この借りはちゃんと返してもらうつもりだから」
「……へ？　か、借り……？」
「当たり前じゃん。この俺が休みの日に仕事を回してあげたことが、どれだけありがたいことなのか、ちゃんとわかってる？」
　……とても腹黒、だけど。

第3章

七瀬くんにドキドキ

　それから数日後。
　気づいたらもう10月。
　お母さんも無事に退院し、ホッと一安心の今日この頃。
「えー、今からもうじき行われる体育祭の種目決めをしたいと思います。必ず1人1種目は出てください」
　HRの時間、体育委員が教壇に立って、そう私たちに呼びかける。
　私は運動が大の苦手だ。
　毎年玉入れとか綱引きとか、大勢に紛れ込み目立たないような種目ばかり選んできた。
　今年もやっぱり玉入れか綱引きかなぁ……。
　チラッと隣を見ると、七瀬くんは体育委員の話を聞かず、机に顔を伏せている。
「ねぇ、七瀬くん、起きてる？」
「寝てる」
「起きてるじゃん」
　七瀬くんは身体を起こすと、目を擦りながらこちらを向いた。
「……なに？」
　なんだかいつにも増してだるそう……。
「七瀬くん、体育祭なに出るの？」
「……やだ、めんどくさい」

『やだ』って出ないってこと!?
　そんな選択肢ないよ!
「七瀬くん、1人1種目は必ず出なきゃいけないんだよ。勝手に出ないなんて選択肢作らないで」
「なごみちゃんはなに出るの?」
「私は玉入れにしようかなぁって」
「ハハッ、地味」
「う、うるさいなぁ……!」
　地味で悪かったね!
　別に体育祭で目立ちたいとか考えてないもん!
「じゃあ……俺は一……」
「ん?」
「……もう1回寝る」
「はい?」
「HR終わったら起こして」と、七瀬くんは再び机に顔を伏せる。
　寝るって、なんでこのタイミング!?
「ちょっ、ちょっと! 七瀬くん! 寝ちゃダメだよ! 種目決め!」
「……頭痛いから無理。考えたくない」
「え? 具合悪いの?」
「んー……」
　……寝落ち。
　いつもこんな調子なので、本当に具合が悪いのか、ただ眠たいだけなのかは謎だけど、寝ちゃったものは仕方ない。

私は七瀬くんを放っておいて、玉入れに立候補しようと身体を前へ向けるが……。
「あとはチーム対抗リレーだけになりました。まだ種目が決まってない人は……」
「え……!?」
　思わず、ガタッと大きく椅子を鳴らして立ち上がった。
　も、もう玉入れも綱引きも取られてる……！
　しかも、あとはチーム対抗リレーしか残っていない！
　どうやら私が七瀬くんと話している間に、種目決めはこんなにも進んでいたらしい。
「どうしよう、七瀬くん！　起きて！」
　私は涙目になりながら、ゆさゆさと七瀬くんの肩を揺らす。
「……なぁに、もう。寝るって言ったじゃん。俺、頭痛いんだってば……」
　また私に起こされ、七瀬くんの眉間にしわが寄る。
「私たち、チーム対抗リレーになっちゃった！」
「おめでとう」
「うん、ありがとう」
「じゃあ、おやすみなさい」
「うん、おやすみ」
　……って、違う違う！　おバカ！
「七瀬くん、寝ないで！　起きて！　お願い助けて！　私ね、足が遅いんだよ……とても！」
「休めばいーじゃん」

七瀬くんじゃあるまいし、そんなことできるわけないでしょ！
　それに、七瀬くんもチーム対抗リレーしか残ってないよ？　わかってる？
「七瀬くん、お願いだから休まないでね。ちゃんと体育祭に来て」
　チーム対抗リレーは、各クラスから２人ずつ選出して行われる種目だ。
　仮にどちらかが欠席した場合は、チーム内で話し合って代わりに２周走る人を選ぶらしいけど……。
　七瀬くんがいなかったら、私はこのクラスから１人で出ることになるんだよ。
「私、１人じゃ心細いよ。一緒に走って」
「えー……やだよ。俺、足遅いし」
「私だって遅いよ！」
　七瀬くんは乗り気ではない。
　もうこれは休む気満々だ。
「七瀬くんのせいなのに……おバカ」
「なんで俺のせいなの？」
　七瀬くんがちゃんと起きていれば、私はチーム対抗リレーなんかにはならなかったのに……！
　よりによってチーム対抗リレーって、一番注目されて一番盛り上がるやつじゃん……。
「じゃあ、残りの安堂くんと櫻木さんはチーム対抗リレーでいいですか？」

「あ、はい……」
　あぁ、本当に休んでしまおうか。

　そして、やってきた体育祭当日。
「綾菜～！　リレーやだよぉ～！　どうしてこんな日に限って快晴なの？」
　開会式が終わるなり、私は泣きながら綾菜に抱きつく。
　ちなみに綾菜は、無事に玉入れを勝ち取った。
「あきらめて走りな。大丈夫、誰も見てないよ」
「見てるよ！　一番最後の種目だし、一番ポイント高いし、一番盛り上がるじゃん！」
　私のクラス以外の人はみんな、陸上部やら野球部やら足の速い人たちばかり。そんな中、鈍足な私が走ったら、絶対足を引っ張っちゃうよ！
「綾菜～、変わって～。綾菜は足速いじゃんか～」
「あーもう！　くっつくな！　私、今から玉入れだから行かなきゃ！」
　綾菜は私を引き離すと、そそくさと召集場所へと行ってしまった。
　取り残された私は、ぽつんと１人ぼっち。
　もしも神様がいるのならば、どうか今ここで、大雨でも大雪でもなんでもいいので降らせてください。
「ねぇねぇ、七瀬くんってどの種目に出るのかな～？」
「絶対写真撮ろ～！」
　私とは対照的に、すぐそばでは七瀬くんのファンの子た

ちがキャーキャー楽しそうに騒いでいる。
　あ、そういえば……七瀬くんは？
　今日の朝は、学校についてすぐに更衣室で着替えて、そのままグラウンド集合だったから見てないけど……。
　どうせ、おサボりだろうなぁ……。
　『出ない』って言ってたし。
　私を見捨てておサボりだなんて。
　仲間でしょ？　同じチームでしょ？
　七瀬くんの薄情者……。
「はぁ……ん？」
　深いため息をつきながら、木陰のほうを見ると、どこか見覚えのある人。
　あそこにいる人ってもしや……。
　足音をたてぬようそっと近づくと……。
　……あ、やっぱり七瀬くんだ。
　七瀬くん、ちゃんと体育祭に来てたんだ。
　絶賛お眠り中ですが。
　グラウンドからは見えないよう、太い木を背にして座り、体操服のジャージをかけ布団にして眠ってる。
　相変わらずだね。
　それにしても、やっぱり七瀬くんの寝顔は綺麗だ。
　……あ、髪に葉っぱがついてる。
　そっと手を伸ばし、七瀬くんの髪についている葉っぱを取ろうとしたとき、
「悪い子」

「へ!?」
　急にその手をグイッと引き寄せられる。
　バランスを崩して、七瀬くんの上にまたがるような体勢で倒れてしまった。
「お、起きてたの……!?」
「寝込み襲うなんて悪い子だね、なごみちゃんは」
　クスクスと笑う七瀬くん。
「お、襲……!?　違うよ！　髪に葉っぱがついてたから取ろうとしただけだよ！　ほら！」
　私はあわてて立ち上がると、七瀬くんの髪についた葉っぱを取って見せる。
「なごみちゃん、隣座って」
「え？　え？」
『寝込みを襲う』なんて言われて恥ずかしくなっている私をよそに、七瀬くんはポンポンと自分の隣を叩く。
「ダメだよ。もしも２人で並んで座っているところをファンの子に見られちゃったら……」
「お願い」
　お願いって……。
　まぁ、ここなら、あまりグラウンド側からは見えないからいいかな……。
「ちょっとだけだよ？」
「ん、ありがとう」
　私は渋々七瀬くんの隣に腰を下ろす。
　そうすると七瀬くんはなんと、いつかのお昼休みみたい

に、私の膝を枕にして寝始めてしまった。
「な、七瀬くん!?」
「やっぱり硬いね、なごみちゃんの膝枕は。でもまぁ、木よりはマシかな。……やばい、本当に寝そう」
　うとうとし始める七瀬くん。
「どいてよ、七瀬くん！　膝枕はいいって言ってない！こんなところ、ファンの子に見られたらそれこそ──」
「だいじょーぶだって」
　だからいつもいつも、それは何を根拠にした『大丈夫』なの!?
「もー……。知らないからね？」
　……って、なんだかんだで許してしまう私もどうかしてるのだけど。
「なごみちゃん、リレー頑張ってね」
　七瀬くんは私の髪の毛先をクルクルと弄り、下から顔を見ながら笑ってくる。
「言っとくけど七瀬くんもリレーだよ？　しかも七瀬くんアンカーだよ？　知ってる？」
　つい先日、放課後に同じチームの人との集まりがあって、走る順番決めをした。
　七瀬くんは撮影があったから出席していないので、知らないかもしれないけれど、七瀬くんはアンカーになっちゃったよ。
　私は七瀬くんの１個前だ。
「アンカーなの、俺？」

「うん、なんかね、有名人の七瀬くんをアンカーにしたら、すごい盛り上がるだろうってチームの人の悪ノリで……」
「意味不明だね」
　うん。それはさすがに気の毒だと私も思ったよ。
「でも、俺は出ないよ。中村くんだか秋村くんだか沢村くんだかに頼んだ。あれ、名前なんだっけ。忘れちゃった」
　……え？　た、頼んだ!?
「なにそれ、ずるい！　そんなのアリなの!?」
　私は嫌でも走るのに、七瀬くんは他の子に頼んでサボるだなんて！　しかも、代わりに走ってくれる子の名前も随分と曖昧だね!?
　多分そのどれでもないと思うよ？
　そんな苗字の人、うちのクラスにいないし。
「じゃあ今日は、いったいなんのために来たの？」
「んー。そろそろ単位が危ないから、かなぁ……。皇がね、体育祭行けってうるさいんだよ」
　あぁ、そう……。
　たしかに七瀬くんは撮影で早退が多いもんね。
「それに俺……なんか体調悪いし」
「え、まだ悪いの？」
　心配になって七瀬くんの顔を覗き込む。
　だるそうなのはいつものことだけど、たしかにあまり顔色はよくない。
　ここ最近七瀬くんは、あまり体調がよくなさそうだったもんなぁ。ずっと無理して撮影してたの？

「大丈夫？　保健室行く？」
「心配してくれてるの？　優しいね」
「そりゃあまぁ……心配くらいはするよ」
　一応はクラスメートですし……。
「おとなしくしてれば治るよ」
　七瀬くんはそう言って目をつむると、睡眠モードに入ってしまった。
「まったく……」
　私は呆れながらも、七瀬くんの寝顔を見つめる。
　寝ている七瀬くんを見ていると、なんだか私まで眠くなってきてしまい、小さなあくびを1つ。
　本当、皇さんに無理やり来させられたとはいえ、種目には出ないで寝てるなんて、根からのめんどくさがりでマイペース。
　でも今日だけは、この膝枕も大目に見てあげるよ。
　体調が悪いみたいだし。今日だけ、だからね……？

「……な……み！　……なごみ！」
「ん……？」
　誰かに肩を大きく揺すられ目を開ける。
　ぼやけた視界の中、目を凝らすと、私の目の前には綾菜の姿。
「あ、れ……？　ここどこ…？」
「なに言ってんの！　もう午前の部が終わってお昼だよ！」
「うそ！」

わ、私ったら、いつの間にか七瀬くんと一緒に寝てたよ！
「なごみってば、どこ探してもいないし。と思ったらこんなところで安堂くんと寝てるし……。どうなってんの？ なんで安堂くんはなごみの膝で寝てるの？　はい、これなごみのお弁当」
　私にお弁当箱を差し出しながら、綾菜もその場に座る。
「なんか、七瀬くん体調悪いらしくて……」
「それで膝枕？」
「あはは……うん」
　私はどこか気まずそうに視線を逸らしながら苦笑い。
　七瀬くんはというと、まだスヤスヤ眠っている。
　今日はポカポカしてあたたかく、木陰のこの場所は風が通って心地いいのだろう。
「起こしてやろうか？」
「あ、いいよ、いいよ！　このまま寝かせておいてあげて！　私はどうせ最後の種目だし！　お弁当食べよ！」
　具合が悪そうなので起こしちゃうのもかわいそうだからと、私は七瀬くんの頭を膝の上に乗せたまま、綾菜とお弁当を食べ始める。
「あ、綾菜のからあげ美味しそ～」
「食べる？」
「うん！」
　あーんと、綾菜からからあげをもらう。
「美味(おい)しい！」
「これ、私が作ったんだよねー。朝から揚(あ)げたの。無駄に

気合い入れちゃった」
「綾菜、天才だよ！」
　地獄のチーム対抗リレーまでの束の間の楽しいランチタイム。綾菜とお弁当のおかずを交換しながら、美味しく食べていると……。
「うるさい……」
「あ、七瀬くん。起きたの？　結構寝てたね」
　私と綾菜の会話がうるさかったのか、七瀬くんが目を覚ましました。
「なんか増えてる……」
　七瀬くんは眠たそうに目を細めながら綾菜に視線をやると、なんとも嫌そうな顔をする。
「私がなごみといたら悪い？　安堂くんね、そんなところで寝てたら、なごみが食べづらいでしょう。人の迷惑っていうのを考えたら？」
　本当、綾菜って七瀬くんには手厳しい。
　ここまで七瀬くんにズバズバ言えるなんてさすがだ。
「御影さんって小言多いよね。俺、御影さん苦手」
　しかも、七瀬くんも気の強い綾菜にはあまり言い返せないみたいだし。これが精一杯って感じ。
「なごみが安堂くんに甘いんでしょ？」
「なごみちゃんは優しいんだよ、俺に」
「私が冷たいみたいに言わないでよ。言っとくけど私は、その甘い顔に騙されないからね。あんたが、なごみを振り回してることなんてお見通しなんだから」

「あんた……？」
『あんた』と呼ばれ、七瀬くんの顔が引きつる。
　ずっと思ってたけど……綾菜って七瀬くんに興味がないというか、毛嫌いしてる感じじゃない？
　しかも日に日にそれが激しくなっていくような……。
「前から思ってたんだけど、御影さんって俺に何か恨みでもあるの？」
　七瀬くんもここまで言われる筋合いはないと言わんばかりに尋ねる。
「別になんにもないけど？　私、次の障害物リレーに出るから、もう行くね」
　綾菜は食べ終わったお弁当箱を片づけ立ち上がると、プイッと顔を背け、そのまま行ってしまった。
　うーん、謎だ。
「やっとうるさい子がいなくなった」
　再び2人きりになると、七瀬くんは髪の毛を掻きながら起き上がる。
「あーいう生意気な子ほど、思いっきりいじめて泣かせて、俺の言いなりにさせたくなるんだけど」
　またわけのわからないことを……。
　なに、その危ない発言。
「今、それはなごみちゃんだからいーや」
　いやいや。『いーや』じゃないからね!?
　私でもダメだよ!?
「それよりさ、もう午後の部始まってるけど、リレーは何

時からなの?」
　へ？　……は！　そうだった！
　七瀬くんと綾菜に気を取られて忘れてた！
「えっとね……リレーは最後だよ……」
「泣きそうじゃん。そんなに嫌？」
「嫌だよ！　だって私、足が遅すぎて、走ってても歩いてるみたいって言われるんだから！」
「ハハッ、それは面白い」
　何も面白くないよ！
「だいじょーぶだよ。なごみちゃんの醜態(しゅうたい)なんて、どーせみんな明日には覚えてないよ。忘れてる」
「そういう問題じゃないよ……」
「でもね、俺だけは覚えててあげる」
「な……!?　ほんと、七瀬くんはイジワル！　七瀬くんが一番忘れてほしい存在だよ！」
　こんなときにでもイジワルを忘れない。
　そんな君の前世はきっと、大悪党だ。
　それからも七瀬くんとぼーっと木陰で過ごし、午後の部も着々と進んでいった。
　そして、
【チーム対抗リレーの出場選手は召集場所へと集まってください】
　いよいよチーム対抗リレーがやってきてしまった。
　私は「行ってくるね……」と生気のない顔で七瀬くんに手を振り、背を向ける。

「なごみちゃん、待って」
「ん……？ なに？ 代わってくれるの？」
「まさか」
　不意に七瀬くんに呼び止められ、後ろを振り返る。
「頭のハチマキ取れかけてるよ」
「え、うそ……！」
「おいで。結び直してあげる」
　そう言われ、七瀬くんに背を向けて座る。
　七瀬くんの『おいで』ってセリフに一瞬キュンとしちゃったのは内緒。
「頑張って走りなよ。死ぬ気で走ればなんとかなるよ」
　七瀬くんはハチマキを結び直しながら、どこか笑ってそんな適当なアドバイス。
「はい、できたよ。行っておいで。頑張ってね」
「ありがとう……」
　ポンと背中を押され、私は立ち上がる。
　あぁ、今から私は本当に走るんだ……。
「そんな暗い顔しなくてもアンカーが助けてくれるよ。アンカーはなごみちゃんが思うよりも足が速い」
「本当……？」
「うん、多分」
　多分、ですか……。
　他人事だと思って随分と適当だね。
「七瀬くんのおバカ……」
　私はそう言い残すと、トボトボと歩き出す。

代わってもらえていいよなぁ……七瀬くんは。
　私の足の遅さをわかってる？
　絶対しばらくの間、笑い者になるよ……。
【それではただいまより、最後の種目、チーム対抗リレーを行います！　みなさん張りきって応援しましょう！】
　憂鬱な気分の私とは正反対の放送に、私は「はぁ……」とため息を漏らす。
　張りきらなくていいよ……。

【位置について……よーい……】
　──パンッ！
　スターターピストルの音とともに、第１走者が走り出す。
　その途端、昨年同様、四方八方から声援が飛び交い、熱い視線が走者たちに注がれる。
　わ、わぁ……。みんな速すぎ！
　なにあれ！
　しかも、私のチーム、ぶっちぎりの１位じゃん！
　私はこんな中、走るの……!?
　あっという間に私の手にバトンが回ってくる。
　私はバトンを受け取ると、七瀬くんの言うとおり死ぬ気で走った。
　それでもやはり足の遅い私は、１人また１人と簡単に抜かされてしまう。私のチームはさっきまで１位だったのに、気づいたらビリ。
「あーあ、抜かされちゃった」

「これもう無理だろ」

　がっかりしたような声や視線が突き刺さり、ぎゅっと目をつぶった。

　しまいには……。

「きゃ……！」

　アンカーの元へたどりつく直前、思いっきり転倒してしまった。

　膝には鋭い痛みが走る。

　もう恥ずかしいやら、申し訳ないやら、惨めな気持ちでいっぱいになり……。

　しだいに視界が滲んでいく。

　もう、やだ……。

　やっぱり休めばよかった。

　アンカーの人にどんな顔してバトン渡せばいいのかな。

　死ぬ気で走ればなんとかなるって言ったくせに……無理だったじゃん。

「グスッ……。七瀬くんの、うそつき………」

　あまりの辛さに、理不尽に七瀬くんのせいにしながら鼻をすする。

　七瀬くんのせいにしたって仕方ないのだけど。

　と、そのときだった。

「選手交代」

　聞き覚えのある声が私の耳に届いたのは。

　思わず顔を上げる。

　目線の先にいたのは、

「俺が走るよ」
　さっきまで木陰でサボっていた七瀬くんだった。
「え、安堂が走んの？　代わってって頼んでこなかったっけ？」
「もういーよ。俺はきっと君より速いからね」
　七瀬くんは、せっかく代わってもらったクラスメートをなかなか失礼な態度で押し退け、ハチマキを奪い取ると自分の頭に巻いた。
「なごみちゃん、なにしてるの？　立って、走って、バトンちょーだい」
　そして、私へまっすぐに手を伸ばした。
　なんで……？　なんで、七瀬くんが走るの……？
　サボるんじゃなかったの？
　何がなんだかわからないけれど……。
　私は激痛の走る膝にぐっと力を込めて立ち上がると、七瀬くんの元まで走った。
「七瀬くん……！」
　私から七瀬くんへバトンが渡って、七瀬くんがそのバトンを握りしめる。
　そして、
「俺は、なごみちゃんが思うよりなんでもできるから。ちゃんと見てなよ」
　そうひと言言い残すと走り出した。
　七瀬くんが走り出した途端、さっきまでの声援とはまるで違う、黄色い歓声が飛び交う。

私のせいでビリからスタートの七瀬くんに、歓声も声援も視線も全てが集まる。
　　たくさんの注目を浴びて走る七瀬くんは……
「は、速い………」
　　思わず声に出してしまうくらいに速かった。
　　なんというか……とにかく速い。
　　いつも無気力で、気だるげで、適当で。
　　そんな姿からは想像もつかないほど。
　　全部で4チームある中、ビリからスタートした七瀬くんはスピードを上げていき、他の走者たちと開いていた距離をどんどん埋めていくと、あっという間に1人追い越した。
　　アンカーは2周走るのだけど、2周目に入る頃にはまた1人抜き、さっきまでビリだった七瀬くんは、なんと2位まで躍り出てしまった。
　　なに、あれ……。
　　七瀬くんってあんなに足が速かったの……？
　　めんどくさいとか言っていたくせに。
　　さっきまでサボって寝てたくせに。
　　体調悪いくせに。
　　私がどうなろうが他人事だったくせに。
『俺、足遅いし』って言ってたくせに。
　　それなのに今、あんなにも真剣に走って。
『アンカーが助けてくれるよ』
『アンカーはなごみちゃんが思うよりも足が速い』
　　ねぇ、それって私のため？

七瀬くんが私を助けてくれるつもりだったの……？
　──ドキッ。
　瞬間、自分の胸が大きく鳴ったのに気づいた。
　その最初の1回を合図に、ドキドキドキドキとテンポよく一定のリズムで鳴り続け、七瀬くんから目が離せなくて、走る姿があまりにもカッコよくて。
「……ばれ……！　頑張れ、七瀬くん！」
　気づいたら私は誰よりも大きな声で、七瀬くんに声援を送っていた。
　1位との差はほんのわずか。
　だけど、あと少しの差がなかなか埋まらない。
「七瀬くん！　七瀬くん！　頑張って！　ちゃんと見てるよ！」
　私のこの声が七瀬くんに聞こえてるのかはわからない。
　それでも私は声援を送り続けた。
　ゴールテープ直前。
　七瀬くんがひと際足に力を込めるように地面を蹴った。
【ゴール!!】
　2人、ほぼ同時に切られるゴールテープ。
　ここからじゃ、どっちが1位なのかよくわからなかった。
　結果は……？
【1位はなんと……Dチームです！】
　その放送とともに「わぁぁぁぁぁぁ！」と今日一の歓声が鳴り響く。
「う、うそ……！」

【アンカーの安堂くんの活躍により見事に逆転勝利をおさめましたー！】

　１位はなんと、私たちのチーム……七瀬くんだった。
「キャー！　今の見た!?」
「やばい！　七瀬くん！　カッコよすぎ！」
「なんだよ、あれ……！　あいつ速すぎんだろ！」
　誰もが驚くような結果に、鳴りやまない大きな拍手(はくしゅ)と歓声が七瀬くんへ贈られる。
「七瀬くん……っ。すごい……」
　ゴール地点で膝に手を置き、苦しそうに呼吸をする七瀬くんを見つめる。
　鳴りやまない。
　ドキドキが鳴りやまないんだ。
「七瀬くん！　すごい！　すごいよ！」
　私はとっさに七瀬くんの元へと走った。
「はぁ……っ。はぁ……。だから、言ったでしょ？　俺は、なごみちゃんが思うよりも、速いって」
「うんっ……！　うんっ……！　速かった！　もっとカメさんかと思ってたよ……っ」
　苦しそうに、だけどどこか勝ち誇ったように笑う七瀬くんに、私はわけもなく泣きそうになってしまう。
「なごみちゃんはね、遅すぎだからね……っ」
　相当苦しいのか、七瀬くんの顔が歪む。
「だ、大丈夫……？」
「ちょっと静かなところで休みたい……。なごみちゃんも

一緒に来て」
　七瀬くんはそう言うと場所を移動し始めたので、心配になった私は、周りに怪しまれないよう七瀬くんから離れて後をついていく。
　こういうときも、周りの目を気にして行動しなくちゃいけないんだ。
　誰もいない校舎裏に来ると、七瀬くんはコンクリートブロックに腰を下ろした。
「俺、死ぬかも、しれない……」
　座っているのもやっとな様子で七瀬くんはつぶやく。
　あれ……。
　なんだかさっきよりも顔色が悪い？
　呼吸もずっと苦しそうなままだ。
「な、七瀬くん……大丈夫？　なんか、顔色が……」
　そっと七瀬くんの身体に触れる。
　すると、
「やばい……っ。本当に、死にそ……」
「七瀬くん……!?」
　突然グラリと七瀬くんの身体が傾き、私にもたれかかってきた。
　私は力の入っていない七瀬くんの身体を、とっさに受け止める。
　嫌な予感がしておでこに手を当てると……。
「な、七瀬くん！　お熱！　お熱あるよ！」
「ん……。ハハッ、"お熱"って」

「笑ってる場合じゃないよ！」
　七瀬くん……熱があったの？
　そんなに具合が悪かったの……？
　それなのに、そんな辛い身体で走ってくれたの……？
「とりあえず保健室行こう！　歩ける？」
「歩ける……」
　七瀬くんは身体を起こし歩こうとするが、身体はちょっとフラついている。
　1人じゃ連れていけないかもしれないと思った私は、急いで保健室の先生を呼んでくると、2人で七瀬くんを両側から支えながら保健室へと運んだ。
　保健室へつくと七瀬くんは限界を迎えたのか、ベッドに横になるなりすぐに眠りについてしまった。
「熱が高いわね。彼、走ってたみたいだけど、相当辛かったんじゃないかしら？」
　眠っている七瀬くんの体温を計ると、熱は38度もあったらしく、先生は氷枕を敷いてくれた。
「すぐにお家の人に電話しなくちゃ」
「あ、それなら私がしておきます。知っているので」
　私から皇さんに電話しておこう。
　たしか、もらった名刺が財布の中に入っていたはずだ。
「あら、そう？　私、今からまたグラウンドに戻らなきゃいけないから、任せてもいいかしら？　なるべく早く連絡をお願いね……ってあれ？　あなたケガしてるじゃない」
「……へ？　あ！　本当だ！」

先生に言われて初めて気づいた。
　自分の膝から血が出ていることに。
　そうだった……。
　私、さっきのチーム対抗リレーの最中に、かなり派手に転んで膝を擦りむいたんだった。
　どうりで痛いと思ったら……。
　私ったら、七瀬くんのことで頭がいっぱいで、自分がケガをしていたことにさえ、気がつかなかったよ。
　先生はそんな私を見て、おかしそうに笑うと、消毒液と絆創膏で手当てをしてくれた。
「これでよし。じゃあ、電話よろしくね」
「はい。ありがとうございます」
　手当てを終え、先生が保健室から出ていく。
　とりあえず電話しなくちゃ。
　七瀬くんを起こさぬようにそっと保健室を出て、急いで更衣室へと向かった。
　自分のスクールバッグから、財布の中に入っている皇さんの名刺とスマホを取り出し電話をかける。
『はい。もしもし、安堂です』
「あ、私です。櫻木なごみです」
『あれ、なごみちゃん？　どうしたの？』
「えっと……じつは……」
　私は手短に事情を説明して、皇さんに迎えに来るように頼んだ。
『はぁぁぁ!?　体育祭!?　あいつ体育祭出たの!?　ていう

か、学校行ったの!?』

　私の話を聞くなり、皇さんが驚きの声をあげる。
「え？　どういうことですか……？　皇さんが体育祭に出ろって言ったんじゃ……」
『いやいや、言ってないよ。七瀬、ずっと体調悪そうだったから体育祭は休めって言ったんだよ。撮影もあるし。熱でも出されたら困るから。俺、今日は会議で早く家を出たんだけど、てっきり家で寝てるかと……』

　それじゃあ、皇さんに無理やり体育祭に行かされたわけじゃないってこと？
　七瀬くんの意思で来たの？
『まぁいいや。今から仕事切り上げて迎えに行くね。電話ありがとう』
「あ、はい……」

　皇さんと電話を終え、私はまた保健室へと戻る。
　再び保健室にやって来ると、七瀬くんが寝ているベッドの隣にパイプ椅子を置いて、腰を下ろす。
　苦しそうな七瀬くんの顔。
　目にかかる前髪を払い退けてあげる。
　何をするわけでもなく、ただその顔を見つめる。
　しばらくその状態が続き、
「ん……」
　七瀬くんが目を開けた。
「あ、七瀬くん！　起きた!?　わかる？　ここ保健室だよ！」

「あー……なごみちゃん……?」
　七瀬くんは視界を凝らすように目を細め、ちょっとかすれた声で私の名前を呼ぶ。
「もう……そんなに具合が悪かったなら言ってよ……」
「あれ? なんで泣きそうなの? 俺、1位取らなかったっけ?」
　なんで泣きそうなのかは自分でもわかんないよ。私が聞きたいくらいだよ。
「七瀬くん、どうしてそんな身体で走ったの……?」
「なごみちゃんがあまりにも遅いから。転ぶし。随分盛大に転んだよね、ドジ」
「イジワル……」
　おかしそうに笑う七瀬くん。
　具合が悪くても熱があっても、イジワルなのは変わらないんだから。
「うそうそ。なごみちゃんが死ぬ気で走ったら俺が助けてあげるって言ったでしょ?」
　じゃあ、やっぱり……そのときから走るつもりだったってこと?
「じゃあ、体育祭に来たのは? 皇さんに行けって言われたのうそでしょ? さっき電話で聞いたよ」
「なごみちゃんがちゃんと来てって言ったんじゃん」
　なにそれ、なにそれ、なにそれ。
　それじゃあさ……。
　そもそも体育祭に来たのも、走ったのも……全部全部私

のためになっちゃうじゃん。
　あのときは『来て』って頼んでも聞き流してたくせに。
　お母さんが入院したときもそう。
　七瀬くんはいつもそうだ。
　極度なめんどくさがりで、自分の嫌なことは絶対にしないくせに。
「私じゃなかったらどうしてたの？　走ってた……？」
「さぁ。どーしてたと思う？」
　私のためだけには、なんでもしてくれるじゃん……。
「俺はなんでもできるよ」
　少し勝ち誇ったように七瀬くんが笑う。
　その笑みに、なぜか心臓が脈を打つ。
「本当じゃん……。ずるいよ……。欠点はどこ……？　探しても見つからないよ」
　……あれ、なんでだろう。
　ドキドキ。ドキドキ。
　さっきから胸の音が鳴りやまないよ。
　どうして私の胸の鼓動は、今こんなにも速いの？
　いや、違う。
　思えば……
『どんなときもなごみちゃんは、必ず俺を思い出すんだよ？』
　あのときも。
『俺はなごみちゃんがいいって言ってるんだけど』
　あのときも。

『俺が助けてあげるって言ったでしょ?』

さっきも。

そして今この瞬間だって。

七瀬くんの言葉は、いちいち私のこの胸を刺激してくるんだ。

違うんだ。

このドキドキは、少し前まで七瀬くんに抱いていた"憧れ"と全然違う。

だけど、知っている。

このドキドキは、私が初めて恋をしたときとまるで同じような感覚で……。

「あれ、どーしたの? なごみちゃん、顔赤い」

そっと頬に触れられ、身体がビクッと揺れる。

あーもう、なんなんだ。

七瀬くんは普段、腹黒で横暴でイジワルなくせに。

時々こんなふうに急に優しくしてくるから、どれが本当の七瀬くんなのかわかんなくなるよ。

そして、

「あ、赤くないよ! 暑いだけだもん!」

こんなにドキドキしてる私もわけわかんない。

し、しっかりしなきゃ。

七瀬くんは、イジワルで、自由で、気まぐれで。

マイペースで、横暴で、腹黒で。

「あっそ。俺、頭痛いからもう少し寝てるね」

ほら、また。

私は七瀬くんのひと言ひと言に、こんなにもドキドキしているというのに、七瀬くんだけはもういつもどおりで。
　私のことなんてまるで置いてけぼり。
「俺が寝ても隣にいてよ、なごみちゃん」
　かと思えば、またそんな甘えるようなことを言って。
　気まぐれで優しくして、イジワルして、助けてくれて、甘えて、私を振り回す。
　……ずるいよ。
　優しさもイジワルも全部全部、七瀬くんの気まぐれ。
　こんなの七瀬くんの言葉全てに、深い意味なんてないに決まってる。
　私の好きな人は、七瀬くんじゃない。
　七瀬くんへの好きは、ただの"憧れ"。
　わかってるくせに。
「なごみちゃん、聞いてるの？」
　わかっていても。
「なごみちゃんってば」
　わかっていながら。
「な、な、七瀬くんのおバカ！　七瀬くんの脳みそなんかプリンになっちゃえ！」
「はい？」
　こんなにドキドキしちゃったら、ダメじゃん。

七瀬くんでいっぱいだ

「はぁぁぁぁ……」
「異様に長いね、なごみのため息は」

体育祭の日から3日後。

学校が終わり綾菜と2人で帰宅中も、私の口からは深いため息が。

あれから私は、常に頭の中で七瀬くんのことを考えるようになってしまった。

何をしていても七瀬くんのことを思い出して、1人ドキドキして、我に返って恥ずかしくなって、ため息をついての繰り返し。

七瀬くんはというと、皇さんから電話で聞いたところ、3日間熱が下がらないみたいで欠席している。

さびしいような、安心したような。不思議な気分。

「もしかしてさぁ」

隣を歩く綾菜は、いちごオレを飲みながら私を見る。

「安堂くん関係?」
「え!? なんでわかったの!?」
「え? そうなの?」
「あ……」

しまった。

つい、反応してしまった。

「あのさ、綾菜……。たとえばね、たとえばだよ? たと

えばなんだけど……」
「早く言いなさいよ。たとえばなに?」
　なかなか先を言わない私に、綾菜が促してくる。
「たとえば、今までずーっとファンとして応援していたモデルの人に、その……きゅ、急にドキドキするようになっちゃったら……それってなんでだと思う?」
　思いきって聞いてみた。
「なに? 安堂くんにドキドキするの?」
「違うよ! たとえばだよ、たとえば! たとえばだって!」
「だってそれ、思いっきり安堂くんのことじゃん。たとえが下手すぎ」
　鋭く突っ込む綾菜は、ちょっと考えてから、こう聞き返してきた。
「好きなんじゃないの? 安堂くんのこと」
　え……? す、好き……?
　わ、私が七瀬くんを……?
「そ、その好きって……」
「モデルとしてじゃなくて異性として」
　す、好き……。
　私は七瀬くんのことを異性として……好き。
「ち、違う! それは違うよ! 絶対違う!」
　頭の中で『七瀬くんが好き』と、ぶつぶつつぶやいているうちに、しだいに全身が熱くなってきて、私は必死に否定した。

「なんでそう言いきれるの?」
「だ、だって七瀬くんは有名人だもん!　七瀬くんへの好きはただの憧れだもん!」
　たしかに私は七瀬くんが好きだ。
　でもそれはモデルとして、ファンとして。
　"憧れ"の好きで。
　そ、そんな恋愛対象で好きとかは……その……。
　それにほら!
　私にはずっと探している初恋の人がいるし!
　私はそんなに浮ついてないもん!
　って、あぁ、もう!
　こんなにムキになって……。
　これじゃまるで、自分へ必死に言い聞かせてるみたいじゃん。
「あのね、なごみ。憧れなんて簡単に好意に変わるものなんだよ」
「…………」
「まぁ、私はあんな男のどこがいいのか、さっぱりわからないけれど。モデルとかいう職業も、心底気に食わないし」
「けどさ」と綾菜は続ける。
「けど、好きになっちゃったもんは仕方ないんじゃない?」
　本当に?　そんなことありえるの?
　いやいや、ありえないよ。
　ダメだよ。
　私は七瀬くんからしたら、余るほどいるただのファンの

中の1人なわけで。
　私にはずっと好きな人がいるわけで。
　って、そう思う。
　思うのに……。

「おはよう、なごみちゃん」
「……ひゃっ！」
　翌日。
　登校してきた七瀬くんに、後ろからツンと指先で背中に触れられただけで、私の心臓は飛び跳ねる。
「そんなに驚いた？　今どっから声出したの？」
「ぁ……」
　その顔を見ただけで……また胸が鳴り出してしまう。
　なにこれ、なにこれ、なにこれ。
「なごみちゃん？」
「ぁ……。ぐ、具合はもうイイノデスカ……？」
「うん、昨日にはもう元気だったよ」
　ドキドキしてカタコトになってしまった私とは対照的に、七瀬くんはいつもとなんら変わりない様子で私の隣に座った。
　ほらね、七瀬くんはいつもと変わらない。
　私だけがこんな調子。
　じゃあ私も……こんなにドキドキする必要なんてないじゃん。
　好きとか好きじゃないとか。

私だけが、1人で悶々としてる。
「七瀬くんはずるい……」
「え、なに？　なんか言った？」
「別に……」
　私だけがいつもドキドキしている。
「あ、そうだ」
　七瀬くんは何か思い出したような顔をすると、「今日の放課後空けておいて」なんて言ってきた。
「なんで……？」
「今日、皇と春希とごはん行く予定なんだけど、なごみちゃんも来ていーよ」
　いやいや。
『空けておいて』と頼んでおいて、『来ていーよ』と上から目線なのはおかしいよね？
「なんで私を誘うの？　お仕事のお話とかするんじゃないの……？　私、邪魔じゃん……」
「皇にはもう言っておいたよ」
　そういう意味じゃなくて。
　ていうかそれ、もう私を連れて行く前提だよね？
「俺は本当は行きたくないんだけど、春希がうるさいから。あいつね、俺のこと大好きなんだよね。定期的に相手してやらないと」
　まったく意味がわからないし……。
　また質問の答えになってないし……。
「あのさ、七瀬くん……」

「皇の奢りだから好きなだけ食べればいーよ」
　また人の話を聞かずに、私が行くことになってる。
　そうやっていつも、私を振り回すんだ。
　素直に言うことを聞いちゃう私も私なんだけど。
　私がずっと七瀬くんのことで悩んでいるのにも気づかずにさ。
　七瀬くんは呑気でいいね。

「あれ、なごみちゃんじゃん！」
「ど、どうも……」
　放課後、迎えに来た皇さんの車で連れてこられたのは、個室の焼肉屋さんだった。
　しかも超有名な超高級店の。
　1人前1万円のコースって……。
　安堂兄弟は、そろって金銭感覚がおかしいんだ。
「また七瀬は、なごみちゃん連れてきたのかよー」
　先に来ていた春希くんは、私たちを見るなりケラケラと笑う。
「お前は本当になごみちゃんが好きだなー」
「なごみちゃんはね、俺のお気に入りなんだよね」
　そう言いながら七瀬くんは、皇さんと春希くんの向かいに座った。
「たまに反抗するけど、基本は俺の言うことちゃんと聞くし。なんか……犬みたいで可愛いーよ」
　……い、犬!?　犬ですか!?

私は人間以下なの!?
　私のこと、ずっとそう思ってたの!?
「ほら、なごみちゃん、ちゃんとここにお座りしてね」
「い、犬に命令するみたいに言わないで！」
　七瀬くんが自分の隣をポンポンと叩いたので、私は文句を言いながらも隣に座る。
　こんなふうに犬扱いしてくるんだ。
　七瀬くんは私のことを、女として見ていないに違いない。
　せいぜい暇つぶしのペット程度だ。
　こんなの、私が七瀬くんを好きになったところで……。
　……って、だから違うってば！
「お前、女の子を犬扱いすんなよー。なごみちゃんはそうやっていつも、七瀬にいじめられてんの？　俺が可愛がってあげようか？　俺、優しいよ？」
　身を乗り出し、ヨシヨシと私の頭を撫でる春希くん。
『可愛がってあげようか？』ってなに!?
　もしかして春希くんも、七瀬くんと同じような、危ない感じの人!?
「どうしていちいち触る」
　七瀬くんが春希くんを睨みながら、その手をパシッと払い退ける。
「冗談だよ、冗談！　手出したりしねーよ！　俺ね、こう見えてもめちゃくちゃ一途だから！　彼女ひと筋だもん！」
「え!?　春希くん彼女いるの!?」

なんということだろう。それは初耳だ。
あの、七瀬くんに次ぐ人気モデルの春希くんに、彼女がいたとは。
と、思ったが……。
「へ……? あ……」
どうやらこれは秘密にしていたみたいで、春希くんはつい口走ってしまったらしい。
「やべ……」と、とっさに両手で口を押さえ、恐る恐る横目で皇さんを見るが、もう遅い。
「あぁ、なに? お前彼女いたの? 俺知らないけど。いつの間に作ったんだよ。そういうときは俺に伝えろって言ったよな? なんで事後報告?」
ひぃ……。
皇さん、顔は笑ってるけど、目は笑ってない……!
「いや、違う! 違いますって! デビューする前からいたんです! まぁ、今はその……。あまりうまくいってないんですけど……」
「へぇ……」
「別に内緒にしてたわけじゃないですよ?」
皇さんに睨まれ、春希くんは視線を逸らしながら冷や汗を浮かべ、頭を掻く。
「あのなぁ……お前らも高校生だし、俺もうるさくは言わないけど……。頼むからお前らは自分が置かれてる環境を忘れんなよ。社長に注意されんの、誰だと思ってんの?」
どうやら皇さんはそういう部分はあまり縛らないタイプ

らしい。とはいえ、やはり心配なのだろう。
「お前らを相手にしてると、俺は早死にしそうだ」
　皇さんは呆れたようにため息をつく。
「ハハッ、早死にとかされたら困るよ。家事は誰がするの？ 俺も死んじゃうじゃん」
　軽く笑う七瀬くん。
　七瀬くんね、突っ込むところはそこじゃないでしょ？
　君がきっとお兄さんの神経を、一番すり減らしてると私は思うよ？
「大丈夫ですよ！　バレなきゃ問題ないです！」
　春希くんは春希くんで、七瀬くんみたいな適当なこと言ってるし。
「お前ら本当、嫌……」
　年頃の男の子のマネージャーをするのも大変だ。
　それからコースが届いて、私たちは食事をとり始めた。
　さすが超高級店だけあって美味しい。
　なにこのお肉。
　やわらかすぎて歯がいらないくらいだよ。
　美味しすぎてほっぺが落ちちゃいそう……。
「なごみちゃん、美味しい？」
「うん！　うん！　すごく美味しい！」
「そう。なら、野菜も食べよーね」
　七瀬くんは、網の上のニンジンやらピーマンやらカボチャやら、野菜ばかりを取り皿に入れてくる。
「や、野菜ばかり入れないでよ！　それは七瀬くんの分だ

よ!」
「遠慮しなくていーよ。あ、タマネギも焼けたよ」
　自分が野菜食べたくないだけじゃん!
　……まぁ、くれるなら食べるけど。
　ここのは高級だからなのか、野菜もすごく美味しいもん。
「そんなに野菜ばっか食べて、ウサギみたい」
　ククッと笑う七瀬くん。犬の次はウサギですか?
「な、七瀬くんが入れたんでしょ!」
　本当に七瀬くんは、イジワルするときだけは活き活きとして楽しそうなんだから。
　でもじつはこのやり取りも、今は嫌いじゃなかったり。
　それどころか、こうして七瀬くんが笑ってくれることが嬉しい……だなんて。
　私、やっぱり変かもしれない。
「おい、七瀬。なごみちゃんのお皿ばっかに野菜入れてないで、お前も食べろよ。あ、そうだ」
　皇さんが何か思い出したようにハッとすると、何やらカバンの中から1枚の紙を取り出した。
「今日はこの話をするために2人を集めたんだったわ。お前ら、これの出演決まったから」
　ん……?　なにこれ?
　私と七瀬くんと春希くんは、同時に紙を覗き込む。
　紙にでかでかと書かれているのは……
【Winter Collection出演のお願い】の文字。
「ウィンター……コレクション……?　……って、え?

ウィ、ウィンターコレクション!?」

 こ、こ、これって……日本最大級のファッションイベントじゃん!

 毎年冬に開催されていて、数多くの大人気モデルが登場してランウェイを歩くやつ!

 5万人を収容できる会場にもかかわらず、チケットの倍率はそこらの人気歌手のコンサートよりも高く、入手は困難という話だ。

 しかも、このファッションイベントに出ることができるのは、本当に名の知れた大人気モデルだけ。

 毎年開かれる主催者会議で、1年間の活躍ぶりや、知名度などを踏まえたうえ、厳密な選考をしていると聞いた。

 それに、七瀬くんが出るの!?

 七瀬くんが呼ばれたの!?

「マジ? 七瀬だけじゃないの? 俺も出られんの?」

「そうそう。すごいな、お前。七瀬でも2年かかったのに1年で呼ばれるとか」

 本当だ! 春希くん、すごい!

「やばい、嬉しい。母さんたちに電話しよ」

 本当にすごく嬉しそうな春希くん。

「まぁ、俺が一から育て上げたんだから当たり前だな」

 そんな春希くんに誇らしげな皇さん。

 それだけで、モデルやそのマネージャーが、どれだけこのファッションイベント出演を目指して頑張っているのかがわかる。

日本のモデルにとっては、このファッションイベントに出たってだけで、一生の誇りになると言われているほどだもん。
　だけど、七瀬くんは……。
「すごいね、七瀬くん！　ん？　あれ？　七瀬くん？」
　チラッと七瀬くんを見ると……。
　七瀬くんは全然嬉しそうな顔をしていない。
　むしろ嫌そう？
「めんどくさ……。俺はいい」
　ボソッと七瀬くんがつぶやく。
　……な、なに!?　『俺はいい』って言った!?
　それって出ないってこと!?
　このファッションイベントを『めんどくさい』のひと言で片づけるの!?
「はぁぁ？　お前なぁ……断れるわけないだろ。バカか」
「だってこんなの……」
　何か言いたげな七瀬くん。
　どうしたんだろう？
「七瀬くん、こんなチャンスを逃しちゃダメだよ！　めんどくさくないから出ようよ！　ね？　春希くん！」
「え？　お、おう！　そうだよ！　なごみちゃんの言うとおりだわ！　俺、七瀬とこのファッションイベントに出るのが目標だったんだぞ！　俺との友情を蹴るのかよ！　時には一緒に水をかぶった仲だろ？」
「み、水……？」

私が春希くんに話を振ると、春希くんもあわててうなずきながら七瀬くんにそう言うが……。
「めんどくさいよ。歩くのは誰？　俺じゃん。なごみちゃんは出ないからめんどくさくないだけでしょ。それに俺は、春希とは友達じゃない」
　七瀬くんはフイッと顔を逸らす。
「いや、そうだけど！　それでも出てよ！　めんどくさくても、春希くんと友達じゃなくても出ようよ！」
「……ちょっ、なごみちゃん、そこはフォローしてよ」
　どうしてここまで拒むのかわからない。
　本当に、ただ興味がないだけ？
　それでも私はどうにかして、七瀬くんには出てほしいと思っている。
　だけど……。
「七瀬くん、出よう！」
「なごみちゃんが出れば？」
　七瀬くんには私の熱意など微塵も届いておらず、お肉をもぐもぐ食べながら、他人事のような顔をしている。
「もう、七瀬くん、ちゃんと聞いて！」
「皇、俺もう帰りたい」
　私たちの説得に聞く耳も持たず、箸を置くと立ち上がる七瀬くん。
「外で待ってる」
「あ、七瀬くん……！」
　私の呼び止めも虚しく、七瀬くんは個室を出ていってし

まった。
「なぁ、誰か俺に胃薬ちょうだい……」
　問題児の七瀬くんを相手に、皇さんはうなだれてしまう。
　皇さん、ストレスで胃がおかしくなってるじゃん……。
「七瀬くん、どうして出たくないんだろう……」
　こんな機会逃したら、きっと次はないのに。
　絶対にこれは飛躍の糧になるのに。
　めんどくさがりでも自信だけはたっぷりある七瀬くんが、まさかこれを蹴るとは思わなかった。
　いつもみたいに『俺が呼ばれるのは当然だよ』って誇らしげに言うかと思ってたのに。
「……まぁ、まだ時間もあるし、もうちょい説得してみるわ」
　結局このお話は、皇さんのそのひと言で終わってしまったのだった。
　七瀬くんはモデル界において、根っからの問題児だ。

「ねぇ、七瀬くん。本当にイベント出ないの？」
「……またその話。皇も春希もなごみちゃんも……いい加減飽きたよ」
「だってぇ……」
　朝のHR中、みんなには聞こえないように、こそっと七瀬くんに問いかけると、七瀬くんはめんどくさそうに顔を逸らした。
　あれからずっと、七瀬くんにファッションイベントに出るよう促しているけれど、相変わらず七瀬くんは『出ない』

の一点張り。
　私がこの話をすると、七瀬くんは露骨に嫌そうな顔をするのだ。
　こうしている間にも日は過ぎていくのに。
「どうやったら出てくれるの……？」
「どーやっても出たくない」
　うぅー……。
「どうして出ないの？」
「めんどくさいから」
「理由はそれだけ？」
「それだけだよ」
　本当に？　本当にそれだけかな？
「本当は他にも理由があるんじゃないの……？」
「ないよ。あっても言わない」
　ダメだ。七瀬くんの意思は固い。
　めんどくさがりの度を超えている。

　その翌日、七瀬くんは学校を休んだ。
　今日は撮影かな？
　隣がぽかんと空いていると、なんだか居心地が悪い。
　あ、もしかして……！
　私があまりにもしつこいから、嫌になって学校にも来たくなくなっちゃったとか!?
　そんな被害妄想に陥り、頭を抱える。
　別に私は、七瀬くんを無理やりイベントに出させたいわ

けじゃないのに。
　ただ……。
　1限が終わるなりスマホを取り出し、七瀬くんへのメールを打っていく。
【七瀬くん、今日は休み？】
　……って、私、なに送ろうとしてるの！
　自分からメールなんて送ったことないのに。
　こんなのまるで、早く会いたいって言ってるようなものだよ……！
「はぁ……」
　自分で自分がしたいことがわからずにため息を1つ。
　本当にこの間からずっと、私はいったいどうしちゃったんだろう……。
　ますますひどくなってないかな？
　ただでさえこんな調子だったのに、おまけにイベントには出ないと言い張るから、余計に七瀬くんのことを考えちゃうし。
　それでも、こんなメール自分から送れるわけもなく。
　メール、やっぱり消そう……。
　私はそっと削除ボタンに指を伸ばす。
　……が、しかし。
　クラスメートの子がドンッと、私の肩にぶつかった拍子に、なんと送信ボタンを押してしまったのだ。
「な……！　あぁぁぁぁぁぁ‼」
　しっかり七瀬くんへと送られてしまったメールに、私の

口からはこれでもかってくらい大きな声が出る。
「うわっ!?　ご、ごめん。そんなに痛かった?」
「あ、いや……。すみません……」

　私の叫び声にかなり驚いた様子のクラスメートに、私もとっさに謝った。

　お、送っちゃったよ!

　思わぬかたちで、七瀬くんの元へ飛んでいってしまったメール。

　私は残りの授業中も、メールを開いたり閉じたりを繰り返していた。メールが送られたことには後悔しているくせに、返信が来たかどうかは気になってしまう。

　しかし、メールの返事がないまま放課後に。

　どうして、返信が来ないのだろう。

　見てないのかな?

　それともやっぱり、しつこい私が嫌になって、無視してる……?

　私、七瀬くんに嫌われちゃった……?

　そう思うと胸がズキンズキンと痛んだ。

　家に帰ってもまだ、七瀬くんからのメールを期待している自分。

　見たのに返してくれないのか、見ていないから返せないのかもわからない。

　ごはんの最中も返信が気になりスマホを見てしまい、お母さんに叱られる始末。

　午後11時を回った頃。

「まだ、来てないや……」
　たかがメール１通を、こんなに気にしてるなんてバカみたい……。
　もうそろそろあきらめて寝ようとベッドに入ったとき、スマホが鳴った。
　とっさにベッドから起き上がり、画面を確認する。
　そこに映し出されていたのは【着信:七瀬くん】の文字。
「七瀬くんだぁ……」
　……ほら、やっぱり変だよ。おかしいよ。
　待ち続けた七瀬くんの名前を見ただけで、つい笑顔になっちゃうんだもん。
　私、いったいどこまで変になっちゃったの。
　高鳴る胸を押さえ、通話ボタンを押す。
「もしもし……」
『あー、俺。なごみちゃん起きてた？　起こしちゃった？』
「起きてたよ。今寝ようとしたところ」
　約１日ぶりに聞いた声。
　その声は、電話越しだといつもと違って聞こえる。
　七瀬くんには電話越しの私の声は、どんなふうに聞こえているのだろう。
　１日会わないことなんて普通にあるのに。
　むしろ前までは、七瀬くんがいない生活が普通だったはずなのに。
　今じゃもう、七瀬くんがいる生活が当たり前になっちゃったのかな。

『遅くなってごめんね。今メール見たよ。俺に会いたかったの？　学校でスマホ弄るなんて、なごみちゃんは悪い子だね』
「なっ……!?　ち、違う！　ご、誤送信だよ！」
　七瀬くんの言葉に、私は必死に否定するけど、七瀬くんはクスクスと笑う。
　変な私を見透かしているみたい。
『俺ね、今日は寝坊してめんどくさかったから、そのまま休んじゃった』
「本当に……？　本当にそれだけ？」
『うん、それだけだよ？』
　聞き返す私に、七瀬くんが不思議そうな声で応える。
　……なんだ、そっか。
　私、嫌われちゃったわけじゃなかったんだ。
　……あぁ、よかった。
　それがわかれば、今度は不思議なくらい深い安心感。
「あ、明日は来てね。おサボりはダメだよ……」
『うん、行くよ。約束』
　こんなどうってことない約束。
　それでもこれが、明日は七瀬くんに会えるという確証。
「おやすみなさい」
『ん、おやすみ。ちゃんとあたたかくして寝なよ』
　七瀬くんの『おやすみ』という言葉に満たされていく心。
　どっと眠気に襲われた私は、電話を切るとそっと眠りについた。

そして、次の日——。
「うそ……！」
　朝起きて、ビックリ仰天。
　手元の体温計が示すのは38度6分。
　朝からとてつもない喉の痛みと頭痛に襲われ、熱を計ったら想像以上に高い……。
　昨日までは全然平気だったのに。
　当然学校に行けるはずもなく、ベッドに入り深く布団を被る。
「七瀬くんは今日学校だよね……」
　あぁ、昨日約束したのに。
　それなのに今度は私が休むなんて……。
　なんとも情けない。
　その日は1日中、ベッドの中でじっとしていた。
　薬を飲むと眠気に襲われ、いつの間にか眠ってしまっていて、次に目が覚めたときにはもう夕方だった。
　ぼーっとしていると、枕元でスマホが鳴った。
　それは七瀬くんからの着信で。
『なごみちゃんいなかったじゃん、今日』
　電話に出ると、第一声からちょい低音ボイス。
　お、怒ってる……？
『なごみちゃんが来てって言うから、俺、今日は頑張って起きて学校行ったのに。なんでなごみちゃんが休んじゃうの？　約束は守るものだって言ったでしょ？』
「ご、ごめんなさい……。私……」

涙目になりながら謝ると、七瀬くんは『うそだよ』と電話越しで軽く笑う。
『担任から聞いた。熱あるの？　身体だいじょーぶ？』
　あ……優しい声に戻った。
　耳に心地いいその声。
「う、うん……」
『そう、じゃあね。お大事に』
　え、そ、それだけ？　もう切っちゃうの？
「あ、ま、待って……。待って、七瀬くん！」
『んー？』
　あれ……今なんで呼び止めたの？
「あ、その、いや……」
　風邪が治ればいつでも会えるのに。
　別にお別れするわけじゃないのに。
『どーしたの？　俺に会いたいの？　お見舞いに来てほしいの？』
「え、お、お見舞い？　お見舞いに来てくれる……の？」
　それでも今すぐ七瀬くんに会いたい、だなんて……。
『うん、まぁ行けないこともないよ。でもちゃんと言わないとわかんないよ』
　わかってるくせに。
　……なんかまた見透かされてるみたい。
『言えたら、お見舞いに行ってあげる』
「……です」
『なに？　聞こえない。電波悪いのかな』

あぁ、またこれか。
私はまたこのイジワルに、
「な、七瀬くんに会いたい、です……」
まんまと踊らされてるんだ。
ずるい。ずるいよ、こんなの。
『俺と会えなくてそんなにさびしかった？』
「なっ……ぁ……」
　もうやだやだやだ。こんなの私じゃない。
　もうこれは、私じゃない他の誰かが、私の身体に入ってるんだ。
　きっとそうだ。
　だってそうじゃなきゃ私は、綾菜の言うとおり、本当に七瀬くんのことが……。
『いーよ、ついたよ』
　……え？　え？　なに？　なんて？　ついた？　もう？　どういうこと？
『起き上がれる？　外、見て』
　私はその言葉にバッと身体を起こすと、カーテンを開け、２階から玄関を見下ろす。
「な、七瀬くん……！」
　そこにはなんと、スマホを耳に当て、２階を見上げている七瀬くんの姿があった。
　皇さんにここまで送ってもらったのか、いつもの車もあって、七瀬くんは私にヒラヒラと手を振っている。
「な、七瀬くんのうそつき！　あ、あ、あんなこと言わせ

ておいて、いるじゃん！　いたじゃん！　来てるじゃん！」
『うそつき？　誰が？　俺が？　それは心外』
　七瀬くんは下から私を見ながらまた笑う。
『なごみちゃんが絶対俺に"会いたい"って言うとわかってたから、先に来てあげたんだよ』
　な、なにそれ……！
『俺の迅速な行動に感謝してください』
　イジワルだ。
　イジワルにイジワルを重ねている。
　七瀬くんはあらかじめお見舞いに出向いて、それでいてあんな恥ずかしいことを言わせたんだ。
『待ってて』
　電話が切られると七瀬くんの姿が見えなくなり、すぐにインターホンの音が聞こえた。
　私はなぜかあわてて布団に潜った。
　……私、なにしてるんだろう。
　リビングから、七瀬くんと皇さんとお母さんの話し声が聞こえる。
　トントンと階段をのぼる足音が近づき、すぐにガチャッとドアが開く。
　……き、来た！
「あれ？　なんでミノムシしてるの？　せっかく来てあげたのに」
　うぅ……。だって、だって！
　私は七瀬くんにあんな恥ずかしいことを……！

「顔見せてよ」
　ん？　あ、あれ……？
　七瀬くんの声がやけに近いぞ。
　いったいどこから……。
　そっと布団から顔を覗かせる。
「な……!?」
「ん？」
　な、な、なんだ、この近さは！
　七瀬くんはいつの間にかベッドのすぐ真横に座っていて、私を覗き込んでいた。
　ビックリして、私はガバッと起き上がる。
　あまりにも近すぎてドキドキしてしまった。
「本当に熱あるの？　普通に元気じゃん」
「あ、ある！　あるよ！　私は今とても頭が頭痛で痛いもん！」
「日本語おかしい」
　もう……。本当にこの人のやることなすこと１つ１つが心臓に悪い。
「ほ、本当に来てくれた……」
「なごみちゃんが来てほしいって言ったんでしょ？」
　……私が言わなくても来てくれたくせに。
「ほら、栄養ドリンクとか他にもいろいろ買ってきてあげたよ。感謝しよーね」
　普通そこで『感謝しよーね』とか言います？
「七瀬くんっていつも偉そうだよね……」

「偉そうじゃなくて偉いんだよ」
　あぁ、そうですか……。
　私は七瀬くんからいろいろなものが入ったコンビニの袋を「ありがとう」と受け取る。
　1日ぶりに見たなぁ。七瀬くんの姿。
　大きな変化があるわけじゃないのに。
　なんだか胸がすごくキューッてなる。
「意外と元気そうだし帰るね。顔見に来ただけだし。皇もリビングで待ってるし」
　七瀬くんはスクールバッグを持つと立ち上がる。
　え、もう帰っちゃうの？
　もっと、話していたいよ。
　もっと、近くにいたいよ。
　ダメ？　時間はもうないの？　今から撮影なの？
　昨日から私は、七瀬くんに嫌われちゃったのかと思ってたから気が気じゃなくて。
　今、やっと会えたのに。
　……こんなんじゃ足りないよ。
「じゃあ、あたたかくして寝──」
「や、やだよ……」
　私はとっさに七瀬くんのブレザーを引っ張った。
「なに？」
「あ、あの……まだ……」
　自分から引き止めたくせに恥ずかしくなって、制服のそでをつかんだまま視線を逸らす。

そんな私の様子を見て、七瀬くんは察したのかフッと笑うと、再び腰を下ろした。
「あと少しだけだよ？」
その言葉にまた、胸が高鳴るんだ。
少しの間、流れる沈黙。
七瀬くんは何を話すわけでもない。
座椅子に座ってテーブルの上に置きっぱなしの小説を読みながら、自分の部屋のごとく、くつろぎ出した。
七瀬くんが私の部屋で……。
「……っ」
急にそれを意識し出したら、自分の顔が真っ赤になっていくのを感じた。
……今、七瀬くんが私の部屋にいるんだ。
私の部屋で２人きり、なんだ。
それだけじゃない。
枕元には七瀬くんが取ってくれたウサギのぬいぐるみ。
宝物ボックスの中には七瀬くんが買ってくれたさくらんぼのイヤリング。
本棚には七瀬くんが出ているたくさんの雑誌。
私の部屋で七瀬くんのいい香りがする。
七瀬くんがすぐ真横にいる。
最近ずっと考えているのは七瀬くんのこと。
あぁ、どうしようかな。
この部屋の中も、私の頭の中も今、七瀬くん、七瀬くん、七瀬くんって。

七瀬くんでいっぱいだ……。
　自分が七瀬くんでいっぱいになっていく。
　なんかもう胸が痛い。痛いくらい鳴っている。
　こんな静かな部屋では、この胸の音が七瀬くんにまで聞こえてしまいそうだ。
　どうしたんだろう。今日の私は一段とおかしいよ。熱があるからかな？
　ううん、違う。
　ねぇ、七瀬くん。
　私、この間からずっとずっと変なんだ。
　もうずっと。
「七瀬くん……」
「なに？」
　どうして、なんで。
　本当に、なんで。
「わ、私ね、最近変なの……。七瀬くんのことばかり考えちゃうんだ……」
　最初はただの憧れ。
　それだけだったのに。
「だって……だってね、七瀬くんに嫌われちゃったと思ったら悲しくなったし、会えたら嬉しくなって……！」
　今ではもうこんなにも、七瀬くんのことばかりなんだ。
　こんな私、いっそのことおかしいって笑い飛ばして。
「どーして？　どーして俺に嫌われたと思ったの？」
　そんな優しい瞳で見ないで。

「なごみちゃん？」
　あぁ、もう……！
「だ、だって……私がイベントに出てってしつこくお願いしたから……！　それで私はてっきり、七瀬くんは私のことが嫌いになって、不登校になっちゃったんだと思ったんだよ……！」
　部屋いっぱいに響き渡るような声で、この2日間の自分の気持ちを白状する。
「……不登校って」
　そんな私に七瀬くんは、ちょっと驚いたように目を大きくさせると、すぐにフハッと吹き出した。
「あー……そうなの。それでさびしくなっちゃった？」
　……う。
「ねぇ、さびしくなっちゃったの？」
　何度も聞かないでよ。
　私はそう思いながらも否定できず、ぎゅっと目をつぶるとコクコクとうなずく。
「ご、ごめんなさいぃ……」
「バカだね。そんなこと気にしなくても、出ないのは俺の気持ちの問題だよ」
「だけど……！」
「俺にそんなに出てほしい？」
「出てって言ったら、私のこと嫌いになるでしょう……？」
「うーん……」
　七瀬くんの返事は曖昧だ。

すると、七瀬くんはふとベッドの上に視線をやった。
そして、「あっ」と何かに気がつくと、あるものを手に取ってきた。
「これさ」
七瀬くんが私に見せてきたのは、写真立てだった。
「この写真って……」
「あ！ そ、それは……！」
うわぁぁぁあ！ み、見られた！ 恥ずかしい！
まさかそれを見られてしまうなんて！
「これ、誰？」
「え、えっとぉ……」
言えないよ。
やだよ。
恥ずかしいよ。
だって……。
「誰なの？」
「ぅ……」
七瀬くん、私が答えるまで聞くつもりだ。
そんなこと今はどうでもいいじゃんか……。
私は今それどころじゃないのに。
「り、りつきくん、だよ……」
恥ずかしながらも、その名前をそっと口にする。
この名前を発したのはいつぶりだろうか。
その写真に写っている彼こそが……りつきくん。
私の初恋の人なんだ。

「りつきくん……」

　私の答えに七瀬くんが、ぽそりとつぶやく。

　かと思えば、

「どーしてこの写真を飾ってるの？　この子を知ってるの？　なんで？」

　なぜか質問攻め。

　な、なんでって言われましても……。

「いや、あの……七瀬くん？」

「なに？」

「ど、どうしたの？」

　七瀬くんの様子が少しだけおかしいように感じるのは気のせい？

「別に……なんでもない」

　私の問いに、七瀬くんは首を横に振る。

「で、これは誰？　どーいう関係？　言ってみて」

　そのくせまた質問してくる。

　だからなんでさっきから、そんなに質問ばかりするの!?

　七瀬くん、『なんでもない』と言うわりには、りつきくんに興味津々じゃん。

　そんなにりつきくんが気になりますか？

「え、えっとですね……。りつきくんは、年齢も学校もどこに住んでいるのかも何も知らないんです……。ただ知ってるのは、りつきって下の名前だけで……」

　あれ……。

　なんでこんなことを、七瀬くんにちゃんと話してるんだ

ろう。
　適当に知り合いって言えばいいのに。
　こんなこと、誰にも話したことないのに。
　なぜ、今ここで。
「りつきくんとはね、私がまだ小学生のときに出会ったの。すごくすごく優しい人なんだよ」
　七瀬くんは私の言葉を黙って聞き続ける。
「りつきくんとね……約束したんだ」
「約束？」
「うん……。あ、でもその約束は言わない！」
「なんで？　教えてよ」
「わ、私とりつきくんの秘密だもん！」
　私とりつきくんが最後に会ったあの日、交わした約束。
　小指と小指を絡ませただけの口約束。
『じゃあ、僕と約束をしようよ。僕が……』
　それは――。
「私はずっとその約束が果たされるのを待ってるんだ。りつきくんを探してるの」
「ずっと？　そんな昔にした約束を、なごみちゃんはずっと覚えてるの？」
　ちょっと驚いた顔で七瀬くんが私を見る。
「うん、だってその約束はね、『忘れちゃダメだよ』ってりつきくんが言ったんだもん。もしかしたらりつきくんは、約束なんて忘れちゃったかもしれないけどね……」
　もしも、りつきくんが私との約束を忘れていても、それ

はそれで仕方ないと思っている。
　りつきくんからしたらあの約束は、幼い私たちの戯れ言にすぎなかったかもしれないから。
　りつきくんには、りつきくんの道があるから。
　でも、もしかしたら……。
　そんな望みは捨てきれなくて、私はずっとりつきくんを探しているんだ。
　笑っちゃうよね。
「へぇ、俺との約束はすぐ忘れちゃうくせに」
　七瀬くんはそんな嫌味交じりなことを言ってくる。
　でもね、そのりつきくんを探していたからこそ、私は七瀬くんに出会えたんだよ。
　忘れていないよ。
　初めて七瀬くんを見たあのときの感情を。
　だからこそ私はどうしても……。
「あの、七瀬くん……。私、今から七瀬くんを怒らせちゃうようなこと言ってもいいかな……？」
「ん、なに？　どーぞ？」
　私はゴクリと息を呑むとこう言った。
「やっぱり私は、七瀬くんがウィンターコレクションでランウェイを歩く姿を見たいよ」
　あぁ、またこんなことを言ってしまった。
　今度こそ嫌われてしまうかもしれない。
「わ、私ね、デビュー当時からずっと七瀬くんを見てきたの……！　本当だよ？」

それでもこの口は塞がらず。
「このファッションイベントの存在を知ったとき、真っ先に思い浮かんだのは七瀬くんだったんだよ！」
「…………」
「七瀬くんがこのファッションイベントに出られるように応援してたし、絶対出られると思ってたの！」
　七瀬くんがこれに出られるくらい、世間に認められるモデルになってほしいと。
　ずっとこのときを待ってたんだ。
　ずっと夢見てたんだ。
　しつこくてごめんね。
　でも、もうこれでこの話は最後にするから。
　どうかこの熱意が七瀬くんへ伝わってほしい。
　無理かな？
　やっぱり断られるかな？
　私の話を聞いていた七瀬くんは……。
「ふーーーん」
　わ、わーー。すごくどうでもよさげー……。
　今の流れならいけるかもと、少しだけ思ったんですが。
　さすが七瀬くんです。ブレない。
　やはり出てはくれないか。
　そう悟り、肩を落とす。
　だけど……。
「そんなに嬉しい？　俺が呼ばれて」
「え？　そ、そりゃあもちろん！」

「じゃあ、なごみちゃん観に来てくれる？」
「え？」
「なごみちゃんが観に来るならいーよ。出るよ」
　な、なんと……!?
　今、出るって言った!?
「うん！　行く！　行くよ！　ぜーったい行く！」
　私はその言葉を待っていましたと言わんばかりに、具合が悪いのも忘れて身を乗り出した。
「頑張ってチケットも取——」
「それじゃあダメ。保証がない。絶対来るって保証がないならやだ」
　そ、そ、そんなこと言われても……！
　チケットの倍率、すごいんだよ！
　と、ちょうどそのタイミングで
「なごみちゃん、こんにちはー。お邪魔します。具合どう？」
　皇さんが部屋にやって来て、
「てことで皇、チケット1枚用意しといてよ」
　七瀬くんはそんなことを皇さんに言った。
「はぁ？」
　皇さんはなんのことかと首を傾げる。
「チケットだよ、チケット。イベントの。俺ね、気が変わったから出るよ。でも、なごみちゃんのチケットをちゃんと確保できないなら出たくない」
　七瀬くんはスパッとそう言いきる。
「関係者席でもなんでもあるでしょ？　あ、でも、1人で

は来にくいかな？　2枚くらい用意しといて」
「あ、いや……七瀬くん……？」
「なごみちゃん、友達連れてきてもいーよ。あー、でもなごみちゃんの友達ってあの子か。御影さん。俺、あの子嫌いなんだよね。あの子が俺のことを嫌いだから」
　ど、ど、どういうこと……!?
　チケットが必ず取れる保証がないから、事務所のほうで用意するってこと……!?
　そんなことできるの？
　皇さん、困ってるよ？
　あまり皇さんを困らせないであげてよ……。
「皇、できる？　できるなら出る。無理なら俺も無理」
「お、お前なぁ……」
　偉そうな七瀬くんに、皇さんの顔が引きつる。
　だが、やはり七瀬くんにはどうしても出てもらわないと困るのか……。
「わかったよ、2枚な！　2枚特別に手配しとくから！絶対出ろよ！」
「お前ほど困ったヤツはいないわ！」と文句を言いながらもそれを承諾した。
　これじゃあ、どっちが年上かわからないよ……。
　マネージャーさんをこんなに困らせるモデルは、きっと後にも先にも七瀬くんだけだ。
　でも、嬉しい。
　七瀬くんがあの場所に立てることが。

どこで気が変わったのかはわからないけれど、七瀬くんが自ら出ると言ってくれたんだ。
「なごみちゃん」
「なに……？」
「俺は出てあげるって言った。なごみちゃんが勝手に見てくれたその余計な夢を、俺が叶（か）えてあげるって言ったよ？」
　七瀬くんはどこか優しげな顔をしながら、でも真剣な瞳で私を見つめる。
「それは、俺にしかできないね？」
「う、うん……」
　私は七瀬くんの問いに小さくうなずく。
　そして、
「それならもうね、さっきのりつきくんなんて男を追うのはやめなよ」
　七瀬くんはまた、私を惑わすようなことを言うんだ。
「りつきくんはもうここにはいないでしょ？」
「え……？」
「どーして今すぐ目の前にいる人をそっちのけにするの？」
　七瀬くんの問いかけに、なんのことかと私の思考が一瞬止まる。
　でも、すぐに気づいた。
　今すぐ目の前にいる人……。
　それって七瀬くんのことじゃん……。
　七瀬くんの言葉の意味に気づき、何も言えなくなってしまう私などお構いなしに、七瀬くんは言葉を続ける。

「りつきくんを探す必要なんてもうないでしょ。俺が今ここにいるんだから」
　あぁ、やばい。どうしよう。
「今、なごみちゃんが泣いてるとき、笑わせてあげられるのは誰？　りつきくん？　違うよね、俺でしょ？」
　まただ。
「なんの約束したのかは知らないけど、俺のファンなら、俺のこと応援したいなら、そんな子をいつまでも探してないで」
　せっかくおさまったのに。
「ちゃんと俺のこと見てないとダメじゃん」
　また、胸が変になっちゃった。
　だって、その独占するような言葉は、刺激が強すぎる。
「なごみちゃん、熱が出ても、インフルエンザになっても、死にかけても、這ってでも来てよ？」
「うん、行くよ……。絶対に行く」
　声が小さくなってしまう。
　心臓が破裂しそうになってしまう。
　その瞳に吸い込まれそうになってしまう。
「約束だよ？　破ったら許さない」
「約束、するよ……」
　また七瀬くんでいっぱいになって。
　また七瀬くんのこと以外考えられなくなってしまう。
「本当かな？　なごみちゃんはよく約束破ろうとするからな。信用できないよ」

「や、破らないもん!」
　こんなの……。
『好きなんじゃないの?　安堂くんのこと』
　こんなの、もう……恋だ。
　認めてしまった。
　境界線が薄くなってしまった。
　どうしよう。
　こんなの絶対ダメなのに。
　ねぇ、りつきくん。
　どうしよう、助けて。
　私ね、りつきくんとの約束、忘れてないんだよ。
　りつきくんに抱いていた恋心も覚えているんだよ。
　私はりつきくんのことが好きだったはずなんだよ。
　でもね、なんでかな?
　それを今私は………七瀬くんに、抱いているんだ。
　うそつけない。見逃せない。
　ただの憧れなんかじゃない。
　私は、七瀬くんが好きだ。
　好きなんだ。

七瀬くんと人気急上昇中モデル

　七瀬くんがファッションイベントに出てくれると言ったあの日。

　高熱が出たくせに騒いでいた私は、あの後あのまま気を失うように眠ってしまったらしい。

　次に目が覚めたときには、七瀬くんはもう部屋にはいなかった。

　七瀬くんが残していったのは【お大事に】と綺麗な字で書かれた小さな紙と、それから……。

"私は七瀬くんが好き"

　そんな気持ち。

　こんな感情は絶対抱かないと思ってた。

　手が届く存在なんかじゃないのは知っている。

　私はただのファンの中の1人だって。

　こんな感情を持ったところで、どうせ叶いやしないって。

　わかっていたのに。

　それなのに七瀬くんは、いとも容易く私の胸にそれを植えつけてきたんだ。

　朝、登校してきた私は、席につくとカバンから雑誌を取り出した。

　今日学校に来る途中に買ってきたこれは、七瀬くんが出ている雑誌の最新号。

毎月発売日の朝に買うのだけど、今日もつい癖で買ってきてしまった。
　袋から雑誌を取り出す。
「あ……」
　改めて表紙を見て、その見覚えのある表情に思わず手が止まった。
　前髪を手で掻き上げながら、流し目で少し視線を遠くにやり『フッ』と大人っぽく笑っている七瀬くん。
　この表紙ってもしかしてあのときの……。
　私が初めて七瀬くんの撮影を見に行ったとき、七瀬くんと目が合って、七瀬くんがふいに笑ったときに撮られたやつだ……。
　あのときのショットが表紙に採用されたんだ……。
「……っ」
　たったこれだけ。
　たったこれだけのことなのに。
　またどうしようもなく胸が暴れ始める。
　ドキドキを抑えつつページをめくれば、春希くんと一緒に載っているものもあって。
　あのとき撮影してたやつだと気づいて。
　春希くんもカッコいいのに。
　他にもカッコいい人はたくさんいるのに。
　私の目は七瀬くんだけに奪われる。
「なーごーみ、おはよー」
「わぁ!?」

急に声をかけられ、私の身体がこれでもかってくらい揺れた。
「な、なんだ、綾菜かぁ……」
「なんだってなに？……ってまた、雑誌読んでるし。好きになっちゃったもんねぇ？　安堂くんのこと」
「え!?　あ、ち、違うよ……！　これは、えっと……あ、そうだ！」
　ニヤリと綾菜に笑われ、私はとっさに話を変えることにした。
「綾菜、一緒にウィンターコレクションに行こうよ！」
「ウィンターコレクション……？」
　首を傾げる綾菜。
「そう！　あのね、有名なモデルしか出られないファッションイベントだよ！　七瀬くんがチケットを2枚くれるって言ったから綾菜も……」
　最後のほうは、声のボリュームを抑えながら綾菜に聞いてみる。
「はぁ？　なんで私が安堂くんを観に行かなきゃいけないの？　私はモデルには興味ないって言ってるでしょ？　むしろ嫌いなの」
　綾奈はバッサリ拒否してきた。
　まぁ、予想どおりだけど。
「そんなこと言わないで一緒に行こうよ！　1人じゃあれだし……。それにね、七瀬くん以外にも出るんだよ！　あ、ほら！　春希くんとか！」

私は春希くんと七瀬くんが一緒に載っているページを綾菜に見せる。
「春希……？」
　すると、綾菜が少し反応を見せた。
「そう、春希くんだよ！　知ってる？　知らないかな？　春希くんはね……って、綾菜？」
　なぜかそのページをじーっと見つめたまま固まっている綾菜。
「おーい、綾菜？」
「え？　あ、ごめん、聞いてるよ」
　ハッと我に返った様子を見せる綾菜は少し視線を落とすと、「は、春希も出るんだ……」と、どこか気まずそうに恥ずかしそうに、私から視線を逸らして聞いてきた。
「うん、そうだよ」
「へ、へぇ……そ、そ、そうなんだ」
　なになに？　なんなんだ？
　なんかすごい動揺してない？
「ま、まぁ……別に行ってあげてもいいけど……」
「え、本当に!?」
　まさかあの綾菜が一緒に行ってくれるなんて。
　綾菜は絶対断ってくると思ったのに……。
「もしかして綾菜、春希くんのファンなの？」
「は、はぁ？　なんでそうなるの!?」
　だって、春希くんが出るって言ったら気が変わったみたいだし……。

「ファンじゃないから！　その日暇だから行ってあげるだけ！」
「その日って……私今、ファッションイベントの日になんてひと言もしゃべってないよ……？」
「な……!?」
　私がズバリ指摘をすると、綾菜はブワッと顔を赤らめた。
　綾菜のこんな反応、珍しい。
　そっか、そうなんだぁ。
　綾菜は春希くんのファンだったんだ。
　有名人には微塵も興味を示さないあのクールな綾菜が、まさか春希くんのファンだったとは。
　綾菜は意外とやんちゃ系の男の子が好みだったりするんだね。
　モデルが嫌いとか言って必死に隠してたのかな？
　別に隠さなくたってよかったのに。
「綾菜、楽しみだね」
「た、楽しみじゃないから！　やめてよ！」
　仕返しだと言わんばかりに私が「フフッ」と笑うと、綾菜は「バカ！」と言い捨て、逃げるように自分の席へと戻っていった。
　綾菜がいなくなり、私は視線を再び雑誌へ戻すとページをペラペラめくる。
　不意に手が止まった。
　そのページは『冬のオススメカップルコーデ』と称された特集ページだ。

可愛い女の子と一緒に並んでいる七瀬くん。
　この女の子はたしか……椎名千都ちゃんだ。
　千都ちゃんとは、今人気急上昇中の新人モデル。
　最近女性ファッション誌に登場した千都ちゃんは、その可愛さから男の子からも女の子からも支持を集め、たちまち人気に火がついた。
　黒目がちの大きな目が印象的で、トレードマークの淡いブラウンのボブカットが小顔をよく引き立たせている。
　顔は少し幼いのに、さすがモデルだけあって背は高く、スタイルもいい。
　たしか身長は165センチくらいあったはず。
　七瀬くんと千都ちゃん、一緒に仕事してたんだ……。
　並んでいる２人はまさに美男美女。
　おそろいのニット帽を被っていたり、手を繋いでいたり、お互い身体を寄せ合っていたり……。
　まるで、本物のカップルみたいだ。
　あれ、なんか今私……嫉妬してる？
　だって、嫌だ。
　七瀬くんが他の女の子とこんなふうに仲よさげにしてるのがすごく嫌。悲しい。
　本当につき合ってるわけでもないのに。
　一緒に仕事をしているモデルにまで嫉妬をしてしまうなんて。
　身の程知らずにもほどがある。
　私はこんな自分が嫌になって雑誌をカバンの中にしまう

と、机に顔を伏せた。
　そういえば七瀬くんは彼女とかいるのかな……。
　そんなことを考えていると、
「なごみちゃん」
　上から落ちてくる声にドキッとして、身体が反応する。
　私がドキッとするときそこにいるのは、
「おはよー」
「七瀬くん……」
　決まって、七瀬くんなんだ。
「お、お、おはよ……」
　平静を装って挨拶を返すも、
「あー……そう」
　七瀬くんは私を見て、どこか笑いながら自分の席に座る。
　な、なに!?　なにその笑みは!
「なごみちゃんね、どーせまた、俺のこと考えてたでしょ?」
　……な!?
「ち、違うよ!　なに言ってるの!?　またってなに!?　私がいつ七瀬くんのことを考えてるだなんて言ったの!?」
　当たりだよ。そのとおりだよ。考えてたよ。そんなこと言わないでよ。
「だって言ってたじゃん。俺がお見舞いに行ってあげたときに」
　お見舞いに行ったとき……。
『わ、私ね、最近変なの……。七瀬くんのことばかり考えちゃうんだ……』

「な、あ……！」
　あぁぁぁぁ……私のバカ……。
「あ、あれは具合悪かったから、頭がおかしくなってただけだよ……」
「今日も撮影おいでよ」
「う……」
　言い訳を述べるも、七瀬くんはやっぱり人の話は聞かないらしい。
「今日はなんかすごく眠たいから、早く終わらせてもらおう」
「本当、めんどくさがり……」
　あぁ、もう本当に
「寝る子は育つよ、なごみちゃん」
「意味不明だよ……。七瀬くんは、これ以上育ってどうするの？　巨人にでもなるつもりなの？」
　こんないい加減な人なのに。
　こんな意味不明な人なのに。
　なぜ好きになっちゃったんだろう。

　放課後、私はまた七瀬くんと一緒にスタジオへ来ていた。
　誘われたら断れない。
　なぜなら好きだから。
　人の気も知らないでそんな簡単に『おいで』とか言わないでほしい。
　特別扱いしないでほしい。

どんどん抜け出せなくなっちゃうよ。
　……って、本当は嬉しいくせに。
　スタジオについて早々に撮影が始まった七瀬くんを、ぼんやりと見つめる。
　やはり七瀬くんは撮影のときは輝いている。
　カッコよくて、目が離せない。
　こんなの見ちゃったら、みんな七瀬くんのことを好きになっちゃうに決まってる。
　七瀬くんにはファンが多すぎる。
　私だってその中の１人にすぎない。
　想いなんか……伝わらない。伝えられないよね。
　ファンの私と有名人の七瀬くん。
　この関係はきっと、一生このままだ。
「………疲れたなぁ」
「七瀬くんはいつも疲れてるじゃんか」
　休憩に入った七瀬くんはおもむろに私の隣へやってくると、そのままパイプ椅子に腰を下ろした。
　そうやってさ、他にも椅子はたくさんあるのに、さり気なく私の隣に座るところとか。
「最近、イベントのレッスンばっかで疲れてるんだよ。誰かさんのせいで」
　そんなふうに文句を言いながらも、私との約束守るために頑張ってくれるところとか。
　全て無意識、無自覚なのですか？
「なごみちゃん、元気ないね。どーしたの？」

「ど、どうもしないよ……」
「そう？」

　どうもしてるよ。

　今も七瀬くんのことばかり考えてるよ、私。

　深いため息が溢れる。

　と、そのときだった。

「七瀬先輩！　おはようございます！」

　私の目の前にあの子が現れたのは。

　元気いっぱいに七瀬くんに挨拶をしたのは、さっき私が雑誌の中で見たあの子、椎名千都ちゃんだった。

　わぁ……本物、だ……。

　有名人を生で見たときの感動だけは、何度経験しても慣れないや。

「あぁ、おはよう。今日撮影だったの？」
「はい！　別の部屋で撮影してます！　今ちょうど休憩に入って、七瀬先輩がここで撮影してるってカメラマンさんに聞いたので！」

　七瀬くんの問いに千都ちゃんは笑顔で答えた。

　朝じゃないけど、お互い『おはよう』と挨拶をしているのは、バイトとかで出勤したら昼でも夜でも『おはようございます』と挨拶するのと同じ？

　高校生といえども、2人はたくさんの大人たちに交じって仕事をしている人。

　そういうところもしっかりしているんだ。

　千都ちゃんは、雑誌で見るよりもずっとずっと小顔でス

タイル抜群だった。
　ひと言で表すなら、天使そのもの。
　七瀬くんも、春希くんも、千都ちゃんもそうだけど、やっぱり有名人は私たち一般人とはオーラが違う。
「今日発売された雑誌の七瀬先輩とのコラボが、友達や親にすごく好評でした！　私を選んでくれてありがとうございます！　そのお礼が言いたくて……」
「こちらこそどうもありがとう」
　ん？　選んだ……？
　つまり七瀬くんが千都ちゃんをコラボ相手に自ら指名したってこと……？
「本当にいい経験になりました！　あれ？　隣の方は誰ですか……？」
　千都ちゃんの視線が私へ向けられる。
　間近で見ると本当に美少女だ。
　女の私でもドキッとしてしまうくらい。
「お友達のなごみちゃん。なんとこの子は俺のファンクラブ会員番号１番なんだよ。すごいでしょ？」
「ちょ、ちょっと！　そんなこと今ここで言わなくてもいいよ！」
「ハハッ」
　面白おかしく笑う七瀬くんに、私はあわてて突っ込んだ。
　七瀬くんは余計なことばかり言うんだから……！
「なごみちゃん……」
　千都ちゃんが私の名前をぽつりとつぶやく。

その顔は何か言いたげにも見えたけど、
「はじめまして。私、椎名千都です。七瀬先輩と同じ事務所の後輩で、年も１つ下です」
　すぐにニコッと私に笑いかけた。
「あ、私は櫻木なごみです……！」
「なごみさんは、私には敬語じゃなくてもいいですよ！　私のほうが年下なので！　私のことは気軽に千都って呼んでください！」
　顔だけじゃない。
　千都ちゃんは礼儀正しくて、すごく性格のいい子だ。
　これは人気が出るわけだ。
「なごみさんと七瀬先輩は、すごく仲がいいんですね」
　私と七瀬くんを見ながら、千都ちゃんはそんなことを言ってきて、
「え？　あ、いや、そ、そんなことは──」
「そーだよ」
　否定しようとすると、七瀬くんに先を越されてしまう。
　ここで否定しないところも、私がドキッとしてしまう原因になってしまうというのに。
「そっか……」
　少し視線を落とし、千都ちゃんが笑う。
「あ、私もうすぐ撮影が始まるので、もう行きますね！」
　千都ちゃんはハッとしたように顔を上げ、時間を確認するなりあわてて戻ろうとするが、何か思い出したかのようにもう一度こっちを振り返った。

「それから七瀬先輩！　ウィンターコレクションの出演おめでとうございます！　安堂マネージャーから聞きました！　絶対観に行きますね！」
「うん、ありがとう。バイバイ」
「では！」
　ペコッと頭を下げて千都ちゃんが去っていく。
「千都ちゃんいい子だね……」
　千都ちゃんがいなくなり、私は指を組みながらぽそりとつぶやいた。
「うん、いい子だね。椎名さんは」
　あ、七瀬くんが千都ちゃんをほめてる……。
「千都ちゃんと同じ事務所だったんだね」
「マネージャーも同じだよ」
「皇さんなんだ」
「そうそう」
「皇さんは年頃の人気モデルをたくさん抱えて大変だね」
「大変じゃないよ。俺、いい子だもん」
「えー、どこが……」
　なんだか笑い方がぎこちなくなってしまう。
　いろいろと気になってしまう。
「あ、あの……七瀬くん、聞いてもいいですか？」
「ん？」
「七瀬くんが、千都ちゃんを選んだっていうのは、あれは、その……どういう……」
　たとえば、七瀬くんは千都ちゃんが気に入っているの？

「『向こうの雑誌とコラボするから誰がいい?』って聞かれて。俺が『椎名さんがいい』って言ったんだよ」
「それは、ど、どうして……?」
　たとえば、千都ちゃんのどういうところに惹かれて自ら指名したの?
「同じ事務所だから」
「それだけ?」
「あとは、あの雑誌の中で、椎名さんが一番可愛いーから……かなぁ」
「千都ちゃん可愛い……?」
「可愛いと思うよ?」
　たとえば……
「七瀬くんは千都ちゃんみたいな人がタイプ……?」
　七瀬くんは千都ちゃんみたいな女の子が好き?
「んー、別にそんなことないけど」
　気になりすぎて、自分からたくさん聞いておきながら、
「嫌いじゃないよ」
　悲しくなってます、私。
　はい、わかってます。
　私は、バカなんです。
　ねえ、嫌いじゃないってことは好きってこと?
　本当は可愛いからじゃなくて、気があるから指名したんじゃないの?
「千都ちゃんのこと、好き……?」
「椎名さんは俺のこと嫌いじゃないからね」

「七瀬くんは、自分のこと嫌いじゃなかったらみんな好きなの？」
「誰だって自分のこと嫌いな人は嫌いでしょ」
　なに、その答え。
　もしかして濁された？
　もっとはっきり聞きたい。
『千都ちゃんに気がある』とか。
『女の子として好き』とか。
　そういうのを。
　でも、もしもうなずかれたら私は……きっと、泣いてしまう。
「そろそろ撮影戻るね」
「あ、うん……」
　七瀬くんは立ち上がると、２人のスタイリストさんに囲まれて髪型や洋服を直してもらいながら、もう一度こちらを振り返ってきた。
「今日、一緒に帰ろーね。家まで送ってあげるよ」
「七瀬くん、随分と上から目線だけど、家まで送ってくれるのは皇さんでしょ？」
「ハハッ、そーだね」
　七瀬くんがそうやって笑いかけるのは、私にだけですか？
　本当に聞きたいことは怖くて聞けないまま、七瀬くんの撮影が終わった。
　七瀬くんが着替え終わるまで、階段の前で待っていると、

「あ……」
 ちょうど千都ちゃんも撮影が終わったのか、バッタリ出くわした。
「お、お疲れ様です……」
「あ、はい！　ありがとうございます！」
 こんな美少女を前にしたら、私は話すだけでも緊張してしまう。
「あの、七瀬先輩は……？」
「今着替えに……」
「あぁ、そっか！」
 千都ちゃんは、また七瀬くんに会いに来たの？
「なごみさんと七瀬先輩は、いつから仲がいいんですか？」
「仲がいいっていうか……。七瀬くんが同じ高校に転校してきて……」
「わぁー！　それすごいですね！　うらやましいです！」
 う、うらやましい……？
「じつは私、モデルになる前は七瀬先輩の大ファンだったんです。あ、もちろん今もファンなんですけど！」
 千都ちゃんの顔がぽっと赤くなる。
 もしかして千都ちゃんは……。
「私、七瀬先輩に近づきたくて同じ事務所のオーディションを受けてモデルになったんです。2回も落ちちゃったんですけど、七瀬先輩に近づきたい一心で……」
 千都ちゃんは……。
「だから、七瀬先輩にコラボ相手として指名されたとき、

すごく嬉しかったんです……」
　千都ちゃんは、七瀬くんのことが好きなんじゃないだろうか。
「こんなド新人なのに、豪華(ごうか)な企画に呼んでもらえて……。おまけにその相手は七瀬先輩で、当日は緊張で死にそうになっちゃいました！」
　こんなこと言われたら、直接聞かなくても、言われなくてもわかる。
　千都ちゃんは間違いなく七瀬くんのことが好きだ。
　それは憧れなんかじゃない。
　私と同じ、恋心。
「って、私なに話してるんだろう！　七瀬先輩には秘密にしておいてくださいね！」
「あ、うん……」
「それじゃあ、私は帰りますね！」
　千都ちゃんは、七瀬くんがいないとわかったからか、私にペコッと頭を下げると帰っていった。
　千都ちゃんの七瀬くんへの気持ち……できれば、知りたくなかった。
　千都ちゃんは本気で七瀬くんに恋をしている。
　きっとそのためにたくさん努力してモデルになったんだろう。
　自分じゃ七瀬くんには手が届かないと嘆いているような私とはまるで違う。
　自ら動いて七瀬くんに近づいたんだ。

そして、七瀬くんのほうからコラボ相手に指名されるまでになったんだ。
　ほんの少し前までは千都ちゃんも、私と同じただのファンの中の1人だったのに。
　モデル同士の恋ってどうなんだろう？
　ご法度(はっと)なのかな？
　それともこの2人なら、ファンも快く受け入れたりするのかな？
　ファンからしたら、見知らぬファンとつき合うよりはそっちのほうが全然いいよね？
　わからないけれど……。
　私はどうするんだろう。
　カップルコーデなんて企画に出ていたこのお似合いな2人が、もしも本当につき合っちゃったら。
　どうするんだろう……。

第4章

七瀬くんと私の住む世界の違い

「はぁ……」

「10回目」

「え?」

「ため息」

　12月。

　季節はもうすっかり冬で、いよいよウィンターコレクションも今月に迫った今日この頃。

　視聴覚室でDVD鑑賞をしている最中、朝からため息の絶えない私を七瀬くんは横目で見て、シャープペンをクルクル回しながら笑う。

「幸せが逃げちゃうよ?」

　誰のせいだと思っているの?

　私の頭の中は、七瀬くんと千都ちゃんのことでいっぱいなんだよ。

　あの人気急上昇中モデルの千都ちゃんは、あの誰もが知る大人気モデルの七瀬くんのことが好きって。

　これはきっと誰もが驚くようなことで。

　そして私はそれを知ってしまった。

　落ちついていられるわけがない。

　胸がざわついて仕方ない。

「あの、七瀬くんはさ……」

　DVDの音で他の子たちには聞こえていないと思うが、

一応声を小さくしながら私は口を開く。
「も、もしも……千都ちゃんに好きって言われたらどうする……？」
「えー？」
　私はいったい何を聞いているんだ。
　いきなり変なこと聞いたから、七瀬くんも不思議そうな顔してるじゃんか。
「どーしたの、いきなり。なんで椎名さん？」
「あ、いや……ほら、だって千都ちゃん可愛いし……。性格いいし……。そのぉ……」
　……自分でもわかんないです。
　いったい何を聞きたいのか。
「つ、つき合う……？」
「断る理由がなければ」
「その、断る理由は……ある？　ない？」
「……どっちだと思う？」
　わざとらしく笑って、七瀬くんが私に聞き返す。
　なにそれ、また曖昧！
　それを聞いてるんだよ！
　もしかして、断る理由がないの……？
　告白されたらつき合っちゃうの……？
　じゃあ、私は？
　もしも七瀬くんが私に告白されたら、断る理由はある？ない？
　それとも七瀬くんも千都ちゃんのことが好きとか？

やっぱり一番聞きたいことは聞けない。
そんなふうにして、1日が終わっていくんだ。

「七瀬くん、今日も撮影?」
「ないよ。でも今日は事務所に行かなきゃ」
　放課後、七瀬くんに聞いてみると、七瀬くんは帰り支度をしながら答えた。
　事務所……。
　そこに千都ちゃんはいる?
「わ、私も……!」
「ん?」
「私も一緒に行っても、いい……?」
　つい、そんなことを言っていた。
　だって、千都ちゃんと七瀬くんを2人きりにしたくない。
「今日は撮影ないよ?」
「うん、でも、一緒に行きたい。ダメ……かな?」
　ダメだよね。
　部外者の私が事務所に行くなんて。
「別にいーよ。来る?」
　落ち込む私に七瀬くんが適当に答える。
「え、いいの!?」
「いーよ。いーよ」
　……ほらね?
　また嬉しい。
　七瀬くんが『いいよ』と言ってくれたので、私と七瀬く

んはこの間みたいに別々に裏門へと向かい、皇さんの車を待つ。
　門にもたれかかる七瀬くん。
　その七瀬くんを、私は意味もなくチラチラと見てしまう。
　七瀬くんは眠たそうにふわっと小さくあくびをして、今日もいつもとなんら変わりない。
「な、七瀬くん……」
『今日は事務所でなにするの？』
　そう七瀬くんに聞こうとしたときだった。
「ねぇ、あれって七瀬くんじゃない!?」
「え、うそ!?　本当だ！」
　いきなりカシャッとカメラの音がしたかと思うと、そんな興奮した声が聞こえてきた。
　声のほうを見ると、たまたま通りかかった他校の女の子たちが数人いた。
　手にはスマホが握られており、今それで撮られたんだということは容易に理解できた。
　どうしよう……。
　今、写真撮られた……。
　よりによって２人きりのときに。
　女の子たちはキャーキャー言いながら七瀬くんに近づいてきて、その騒ぎを聞きつけた人たちが、どんどん集まってきてしまった。
　裏門にはあっという間に人だかりができ、私たちは囲まれてしまう。

七瀬くんのファンの子や、騒ぎを聞きつけ面白がっている人。
　いろいろな人にパシャパシャと写真を撮られ、そこから逃げようとするも、私たちの後ろには壁があり、動くことができない。
「この子誰!?　彼女!?」
「はぁ？　違うっしょ！　ムカつく！　写真撮っとこ！」
　やだ……！　怖いよ……！
　見ず知らずの人に写真を撮られるという初めての出来事に、私の身体が震える。
　そんな私を七瀬くんは隠すように自分の後ろにやると、自分を盾にして私を守ってくれた。
「七瀬くん、一緒に写真撮ってー！」
「サインくださーい！」
　ぎゅうぎゅうに詰め寄られ、誰かに強く押された拍子に、私はその場に転んでしまう。
「なごみちゃ……」
　七瀬くんがとっさに私に手を伸ばしたけど、七瀬くんは揉みくちゃにされてその手は届かない。
　どうしよう。
　私はどうすればいい？
　七瀬くんを助けたいのに何もできない。
　そんな自分が情けない。
　動けずにいると、門の前に1台の車が停まった。
「おい、なにしてんだよ！」

……皇さんだ。
「写真撮んな! そこどけ!」
　皇さんはあわてて車から降りてくると、荒い口調でファンの子たちの持つスマホに手をかざしながら必死に押し退け、ガシッと私と七瀬くんの腕をつかんだ。
「七瀬! なごみちゃん! こっち!」
　皇さんに引っ張られ、なんとか人だかりを抜け出した私たちは、急いで車に乗り込む。
「はぁ……っ……はぁ……。どうしたの、あれ……」
　皇さんは息を切らし、車を走らせながら私たち2人に問いかける。
「あの、私が——」
「俺がなごみちゃんを連れて来た。それで写真撮られた」
　私よりも先に七瀬くんが答えた。
「お前なぁ……。なごみちゃんまで巻き込むなよ。ごめん、なごみちゃん。とりあえず事務所行こう。なごみちゃん、ケガしてるみたいだし」
　違う、違う。
　七瀬くんのせいじゃない。
　七瀬くんを怒らないで。
「なごみちゃんの顔は? 撮られた?」
「わからない」
　どうしよう。
　私に被害が及ぶのはどうでもいい。
　でも、もしも私と七瀬くんが2人で写っている写真が拡

散されて、変な噂をたてられたら。
　七瀬くんの仕事に影響したら……。
　私が七瀬くんと一緒に事務所に行きたいなんて言わなければ、こんな大変なことにはならなかったかもしれないのに……。
　今までたくさん気をつけてきたじゃん。
　ちゃんとやってきたじゃん。
　それは、こうなる危険性があることをわかっていたからでしょう？
　それなのに、千都ちゃんのことが気になって、簡単に『一緒に行きたい』とワガママを言って注意がおろそかになってしまった。
　全部、私のせいだ。
　事務所についた私たち。
　会議室のような場所にやってくると、皇さんはさっきケガをした膝を手当てしてくれた。
　するといきなり、バンッ！と勢いよくドアが開いた。
「安堂くん、いったいどういうことだ！　こんな写真を撮られるなんて！　もうすぐイベントも控えている大事な時期なんだぞ！」
「マネージャーがしっかりしていないからこんなことが起きるんだろう！」
　偉そうな人たちが２人入ってくるなり、私たちに紙を突きつけた。
　それはSNSの画面をコピーしたもので、そこにはさっ

き撮られたばかりの写真たち。
　もうこんなにもたくさん……。
【天月学園に七瀬くんがいた！】
【この女、誰？　彼女？】
【違うっしょ！】
【彼女がいたとかショックなんだけど！】
　どれも私の顔は写ってはいないけれど、その写真についたコメントは私を彼女だと疑うようなものばかり。
「はぁ……兄弟とはいえ、やっぱり君みたいな若いのにマネージャーを任せるのは間違いだったな」
「すみません……私の注意不足です」
　皇さんは２人に深く頭を下げる。
　私のせいで、七瀬くんのために一生懸命頑張っている皇さんまで、悪いように言われてしまう。
「君にはしばらくマネージャーを外れてもらう」
　やだ、そんなの。やだよ。
　私のせいで、こんなの……。
「……うるさいなぁ」
　え……？
「そんな写真……２、３日もすればどーせみんな忘れるよ」
　この状況に泣きそうになっていると、さっきまで椅子に座り黙っていた七瀬くんが口を開いた。
　ポッケに手を入れ脚を組み、ハッと笑いながら２人の顔を見る七瀬くん。
　その態度や言葉にあわてて皇さんが止めに入る。

「おい、七瀬！　すみません、こいつ今少し気が立ってるみたいで……」
「君は自分の状況がわかっているのか？」
「どんな出来事だって数年もすればみんな忘れるように、こんな写真だってすぐに消える」
　そう言った七瀬くんの顔は、悲しそうに少し下を向いた。
「皇が俺のマネージャーじゃなくなるなら、俺も仕事やめる」
　そして、キッパリとそう言いきる。
　それを言われてしまうと2人は言い返すことができず、「つ、次はないぞ！」とだけ言い残すと、会議室から出ていった。
「七瀬さぁ……今の態度はおかしいだろ。あれ一応社長だからな。俺、寿命(じゅみょう)が縮まったよ」
　静けさの戻った会議室で、皇さんが苦笑しながらため息をつく。
　怖いものなしの七瀬くんは、社長までねじ伏せてしまうんだ。
「とりあえず落ちつくまで様子を見よう。七瀬の言うとおり、すぐにみんな忘れてくれるだろうから。なごみちゃんも誰かに何か聞かれても『知らない』って突き通せばいいよ」
「でも……」
「幸い今載せられている写真に、なごみちゃんの顔は写っていない。なごみちゃんまで巻き込むわけにはいかないか

らね……ってもう巻き込んじゃったけど」
　私のせいなのに。
　七瀬くんの彼女持ち疑惑がSNSで騒がれているのも、社長さんを怒られたのも。
　全て私のせいなのに。
　こんなときでも皇さんは、私の心配をしてくれるんだ。
「俺がもっとしっかりしていれば、2人をこんな目に遭わせなくてすんだのに、ごめんね」
「違うんです！　私のせいなんです！　私があのとき七瀬くんと一緒にいなければ、あんな写真撮られなかったのにっ……。それなのに……。2人ともごめんなさい……。本当にごめんなさい……っ」
「ハハッ、なごみちゃん、泣かないでよ。大丈夫だから、ね？　七瀬の人気はあんな写真で落ちるほどヤワじゃないよ」
　申し訳なさでとうとう泣き出してしまった私の背中を、皇さんがさすってくれる。
　てっきり皇さんに『もう七瀬とは関わるな』と言われてしまうかと思ったのに。
「社長が言っていたことは気にしなくていいよ。それにこんなの、普段の七瀬のワガママに比べたら朝飯前だよ」
「あの社長、俺には何も言い返せないからだいじょ〜ぶ」
「お前はまたそういうことを……社長が聞いてたらどうすんだよ。俺、近いうちに職失くしそうだわ、本当に」
　皇さんも七瀬くんもいつもどおり笑ってくれて、私を責めたりしない。

それが余計に申し訳なくて。
　いっそのこと『お前のせいだ』と言ってくれたらいいのに、と思ってしまう。

　しばらくして日が落ちた頃、
「そろそろ帰ろっか。送っていくよ。なごみちゃんはトイレとか大丈夫？」
「あ、じゃあ……行ってきます……」
「この廊下をまっすぐ行ってすぐだよ」
　皇さんに教えられ私は会議室を出ると、お手洗いへと向かう。
　その途中。
「なごみさん……？」
　お手洗いから出てきた千都ちゃんと、たまたま廊下で出くわした。
「なごみさんがどうしてここに……？」
「あ、えっと……」
　私がなぜここにいるのか、説明しようにもできず口ごもっていると、
「七瀬先輩に迷惑かけないでください」
　千都ちゃんは少し尖った声で、私にそう言い放った。
「え……？」
　いきなりそんなことを言われ、私は戸惑いながら千都ちゃんの顔を見る。
「さっき事務所の人たちが騒いでるのを聞いて、写真を見

ました。一緒に写っているのはなごみさんですよね？」
　この間とは全然違う怖い顔で、千都ちゃんに睨まれる。
「いくら七瀬先輩と仲がよくても、スタジオや事務所にまでついてくるなんて、距離が近すぎだと思います」
　何も言い返せない。
　だって、千都ちゃんは何１つとして間違ったことは言っていないから。
「七瀬先輩と安堂マネージャーは兄弟２人そろって優しいから、きっと今回のことは大丈夫だって言って怒ってないですよね」
「…………」
「でもそれは表面だけです。なごみさんが知らないところで、安堂マネージャーはたくさんの人に頭を下げています。それは社長にだけじゃないです。七瀬先輩だって、いろいろな人たちに、あることないことたくさん言われるんです。なごみさんにとっては、ただ写真を撮られただけかもしれないけれど……。七瀬先輩たちにとっては違います。その撮られたたった１枚の写真が、七瀬先輩の今後を左右することだってあるんです」
　私はただ黙って、千都ちゃんの言葉を聞き続けることしかできない。
「だから私たちは、それがないようにいつもたくさん注意を払って、たくさんストレスを感じながらも頑張ってるんです」
　千都ちゃんはそこまで言うとひと息置いて、話を続ける。

「私は七瀬先輩だけを追ってここまで来ました。血の滲むような努力をたくさんしてきました」
「…………」
「だってそうしなきゃ、ただのファンのままじゃ、七瀬先輩には近づけないから。それなのに……っ」
　微かに震える千都ちゃんの声。
「それなのに、どうしてなごみさんは……それさえもせず、私よりも七瀬先輩の近くにいられるんですか……？」
　その声は私に『邪魔しないで』って。
『本気で七瀬先輩が好き』って。
　そう言っているようで。
「私は頑張って、七瀬先輩と同じ世界に入りました。七瀬先輩となごみさんの住む世界は違うんです」
　私と七瀬くんの住む世界は違う。
　その言葉は、私に重くのしかかってくるようだった。
　本当は気づいていた、ちゃんと。
　みんなから注目され活躍する七瀬くんと、それをただ見ているだけの私はまったく違っていて。
　２人の間に引かれた境界線はとても濃く、踏み越えることなど不可能だって。
　七瀬くんと私では住む世界がまるで違うって。
　わかっていた。
「私たちのいる世界に、簡単に入ってこないでください。七瀬先輩から離れてください」
　でも、改めてそれを言われると、どうしようもなく悲し

かった。
　七瀬くんと同じ世界で活躍する千都ちゃんの言葉は、とてもとても重かった。
「好きにならないでください、七瀬先輩のこと」
　千都ちゃんは「帰ります」と言うと、私の横を通り過ぎていく。
「私だって、七瀬先輩のことが好きなんです」
　そう小さく言い残して……。
　1人きりになった私は、ぎゅっと拳を握りしめてうつむいた。
　本当にね……。
　本当に私は何を勘違いしていたんだろうね。
　千都ちゃんは大好きな人のためにたくさん努力しているというのに。
　私は何もせずとも、七瀬くんと一緒にいられるなんて。
　そんなの千都ちゃんからしたら、気に食わないのも当然のことだ。
　七瀬くんを好きになったりなんかして。
　千都ちゃんに嫉妬したりなんかして。
　バカ……みたいだね。
　好きすぎて、近づきすぎた。
　近づきすぎて、忘れていた。
　この想いを伝えるとか伝えないとか、そんなことよりもっと重要で大切なことがあった。
　七瀬くんは初めから……向こう側の人だというのに。

ごめんね、七瀬くん。
　応援する側の私が、七瀬くんに迷惑なんてかけて。
　私バカだから今になって気づいたよ。
　私が七瀬くんに手を伸ばしても届かないとか、そんなんじゃなくて。
　そもそも手を伸ばしちゃいけなかったんだって。
　好きになっちゃいけなかったんだって。
　なぜもっと早く気づかなかったのだろう。
　踏み込みすぎてしまった。
　ファンはファンのままでいなくちゃいけなかった。
　自分が勝手に抱いた感情で、七瀬くんの人生の邪魔をしたくない。
　好きだからこそ。
　七瀬くんのことが好きだからこそ。
　私は七瀬くんと……離れなくちゃいけないんだ。

「ねぇ、ねぇ!　昨日の写真見た!?」
「見た見た!!　七瀬くんでしょ!?」
「あれってうちの学校の裏門で撮られた写真だよね!?」
「一緒に写ってた女の子、誰だろう。うちらと同じ高校っぽいよね？」
　翌朝。
　学校に行けば、昨日撮られた写真の話で持ちきりだった。
「彼女かなぁ？」
「えー、七瀬くんが一般人とつき合うわけないじゃん!」

「たしかに！　七瀬くんがつき合うなら、やっぱり同じモデルだよね！」
　幸い私だとは気づかれていないけれど。
「千都ちゃんとかお似合いだよね！」
「あーわかるー！　この間一緒に雑誌に出てたとき、すごくお似合いだったぁ！」
　やっぱり……そうなんだね。
　有名人は一般人と噂されるより、有名人同士でつき合うほうが、ファンの子にも歓迎されるんだ。
　七瀬くんと千都ちゃんは……誰から見てもお似合いなんだなあ。
　たくさんの声が突き刺さり、私はそれから逃げるように足早に教室へと向かった。
「なごみ……」
　席についた私の元へ心配そうに駆け寄ってきたのは、綾菜だった。
　きっと綾菜は知っているんだろう。
　写真のこと。
　そして、気づいているんだろう。
　七瀬くんと一緒に写っていたのが私だってこと。
「あははっ……なんか大変なことになっちゃった……」
　綾菜に何か言われるよりも先に、私は笑いながらおどけてみせた。
「大丈夫、なの？」
「うん、大丈夫だよ！」

私は大丈夫。
　　それにね、もう決めたんだ。
　　もう二度とこんなことが起こらないように私は……。
「なごみちゃん、おはよう」
　　チャイムが鳴る間際、七瀬くんが登校してきた。
　　いろいろな人から見られ、ヒソヒソと写真のことを言われている。
　　それでもいつもと何も変わらない様子で、七瀬くんは私の隣に座った。
　　今まで学校内ではいろいろ気をつけていたおかげか、今七瀬くんが私に話しかけてきても、写真に写る人物が私だと気づき、疑いの目をかける人は１人もいない。
　　みんなからしたら私はせいぜい『隣の席だからよく話している子』程度で、写真に撮られるほど親しい仲だとは思われてはいないんだろう。
　　でもそれで救われるのは、私だけだ。
　　七瀬くんは違う。
　　もうこんなことがあってはいけない。
　　それなのに……。
　　あれ、おかしいな。
「なごみちゃん……？」
　　決めたのに。
　　七瀬くんと離れるって決めたばかりなのに。
「どーしたの？」
「……っ」

どうして今、こんなにも悲しいのかな。
もしかしたら七瀬くんは、気にしていないのかもしれない。
それとも、気にしていないフリをしてるだけなのかもしれない。
どっちかはわからないけれど……何も変わらないでいてくれる七瀬くんに心からホッとしてる自分が、とことん嫌になる。
私は、キュッと唇を嚙みしめると、返事もせずに七瀬くんから視線を逸らした。
私は意志が弱いからダメなんだ。
こんな私だから、七瀬くんのことを好きになってしまうんだ。
その日は1日中、私はできるだけ七瀬くんを視界に入れないようにした。
七瀬くんから話しかけられても、何か言われる前にその場を離れたりして、できるだけ遠ざけた。
でも、隣の席だからそれにも限界がある。
どうにもこうにも七瀬くんが、私の視界に入ってしまう。
何か言いたげな七瀬くんを避けるたびに、胸がとてつもなく痛む。
隣の席じゃなかったらよかったのに。
もっと離れなくちゃいけないのに。
放課後になると私は、誰よりも早く教室を出ようとした。
だけど、

「待って」
　私の腕は、七瀬くんによってガシッとつかまれてしまう。
「どーして俺のこと避けてるの?」
「……っ」
「答えるまで帰さない」
　もうなんで。なんでなの。
　なんでそんな引き止めるようなことばかり。
　離してよ。
　こんなふうだから、千都ちゃんに私たちの距離が近いって言われちゃうんだよ。
　写真なんか撮られちゃうんだよ。
　隙(すき)が多いんだよ、七瀬くんは。
　自分は人よりも注目されているんだと、もっと自覚を持って。
「……来て」
「ぁ……!」
　七瀬くんは立ち上がると、私の腕を引っ張り教室を出た。
　人通りのない場所を通り、連れて来られたのは、誰もいない空き教室だった。
「ほら、ここなら誰もいないよ。話して。言いたいことがあるなら言って」
「……っ」
「なごみちゃん」
　そんなふうに優しく名前を呼ばないでって。
　そうじゃないと私は……

「……七瀬くん、私たちもっと離れようよ」
「……え?」
　私はまた、悲しくなっちゃうから。
「どーいうこと?」
「だから……っ!」
　私はぐっと涙をこらえて、勢いよく顔を上げた。
「だから、私たち離れようって、距離を置こうって言ってるんだよ!　ずっと思ってたけど、私たちの距離が近すぎるんだよ!　だからあんなふうに写真を撮られちゃうんだよ!　わかってる!?　七瀬くんは今とっても大事な時期なんだよ!」
　空き教室いっぱいに、私の声が鳴り響く。
「こうやって2人きりなるのも、もうやめよう……っ。お願いだから、もう話しかけてこないで……。もう構ったりしないで……っ」
　そんなの嫌だよ、本当は。
　もっと仲よくしたい。
　もっと近くにいたい。
　好きなんだよ、七瀬くんのことが。
　でもそんな私の感情が、七瀬くんに迷惑をかけてしまうと知ったから。
　七瀬くんの邪魔をしたくないから。
　七瀬くんには仕事があるでしょ?
　七瀬くんは有名人で、一般人の私とは違うでしょ?
　期待とか、未来とか、責任とか。

私と違って、七瀬くんには背負うものがたくさんあるでしょ？
「なんで？　俺のせいで写真撮られたから？　俺のせいでケガさせたから？」
　ほらね、絶対言うと思ったんだ。
『俺のせいで』って。
　私のせいじゃん。
　私のせいなのに、なんでまたかばうような言い方をするの？
　私は今回の件で、なんの被害も受けていないよ。いつもどおりだよ。
　でも、七瀬くんは違うじゃん。
　きっと私の知らないところで、たくさん言われてるんでしょう？
「そうだよ……っ！　七瀬くんのせいだよ！　もう全部全部七瀬くんのせい！」
　違う。
「迷惑なんだよ！　もう巻き込まれたくない！　あんな怖い思いしたくないもんっ……！」
　違うのに。
「もう七瀬くんのことなんか、好きじゃないよ！」
　本当はこんなことが言いたいんじゃないのに。
　頑張ってほしいからだよ。
　続けてほしいからだよ。
　輝いてほしいからだよ。

好き、だからなんだよ。
　本当はもっと近くで七瀬くんを見ていたいのに。
　それなのに、
「そもそも私と七瀬くんは、住む世界が違うんだよ！」
　それなのに、
　こんな言い方でしか遠ざけられないなんて。
　こんなことを言わなくちゃいけないなんて。
「七瀬くんだってそう思ってるんでしょう……!?」
　こんなの、あんまりだ。
「意味不明なんだけど。じゃあイベントを観に来るって約束は？」
「行かないっ……！」
「なんで？　約束、したじゃん」
　なぜ、好きな人にこんなこと言わなくちゃならないのだろう。
　なぜ、好きなのに近づいちゃいけないのだろう。
　なぜ……。
「……なんで今更になってそんなことばかり言うの？」
　なぜ、七瀬くんは今、そんなにも悲しい顔をして私を見ているのだろう。
　そんな大切なものを失くしてしまったような、傷ついたような瞳をして。
　本来私と七瀬くんは、一生関わることのないような関係だったんだよ。
　私と出会う前、七瀬くんは私がいなくてもやってきたは

ずでしょう。
「なんでなごみちゃんは、俺がいなくても平気だと思うの？」
　それなのになぜ、七瀬くんも私がいなくちゃダメだと言うの？
「……いーよ。なごみちゃんがそうしたいならそれでも。でもそれなら俺は、イベントに出ない」
　どうしてまたそんなことばかり言うの？
「なんで……！　出てよ！」
「やだ」
「出て！」
「嫌だってば」
　少しだけ大きな声が私の声を遮る。
「出ない。できない。したくない」
「……っ」
「俺は、できない約束はしない」
　本当に……。
「どうして……っ」
「出る理由をたった今失ったからだよ」
　どうしてまた困らせるようなことばかり言うの？
「どーしてなごみちゃんが怒るの？　おかしいよ。なごみちゃんが俺との約束を破ったから、俺も約束を破るだけじゃん。俺は言ったよ？　なごみちゃんが観に来ないなら出ないって。それが約束だったでしょ？」
「……そんなのっ」

「俺は守ろうとしてたのに、なごみちゃんのほうから破ろうとしてるじゃん」

　私がいなくても七瀬くんはやれるじゃん。

　ちゃんとやってきたじゃん。

「なごみちゃんはうそつきだね」

　七瀬くんの状況は、何も変わってないじゃん。

「本当にさ、正直俺はどーでもいいんだよ。仕事も。あんなイベントも。いつだってそう思ってるよ」

「…………」

「でもそれを俺はやってるじゃん。その理由さえ気づかないまま、なんで勝手に離れていこうとしてるの？」

　やだ。

「この2年間……なごみちゃんはいったい俺の何を見てきたの？」

　もうやだ。

「ねぇ、どうしてわかんない？」

　お願いだから。

「ここまでやらせておいて、ここまで言わせておいて」

　お願いだから、もう。

「俺はなごみちゃんがいなきゃ意味がないんだって……。どうしてまだわかんないの？」

　私の心をかき乱してこないで。

　七瀬くんがそっと私の頬に触れる。

　その瞬間、私の目から涙が落ちた。

　七瀬くんのために、七瀬くんのせいにして、七瀬くんか

ら離れる。
　それは自分で決めたことなんだから、泣く必要なんてどこにもないのに。
「どーしてなごみちゃんが泣いてるの？　泣きたいのは俺のほうだよ」
　あまりにも辛くて悲しくて苦しくてさびしそう。
　そんな瞳が私を見つめる。
「なごみちゃんと俺がした約束は俺だけが覚えてればいーの？　なごみちゃんはなかったことにしちゃうのに？」
"自分勝手"
　今の私にはそんな言葉がピッタリだ。
「だったら最初から俺と約束なんてしないで。そうすれば俺は……」
　七瀬くんはそこまで言いかけると、いったん口を閉じて、また開いた。
「あんな目に遭っても、なごみちゃんなら俺のこと嫌にならないでくれるって俺の自惚(うぬぼ)れだった？　なごみちゃんはもう俺がいなくても平気？」
「……っ」
「……そう、ならいーよ」
　何も答えられないでいると、七瀬くんの手がそっと私から離れた。
「俺はなごみちゃんがいなくてもきっとやれるね。今までそうだった」
　そんな言葉とともに目を伏せ、七瀬くんが笑う。

「たかがファン1人減ったところで、俺は困らないよ。去っていく人を追ってるほど俺は暇じゃない」

あまりにも悲しい言葉が突き刺さる。

私というファンが離れたところで、七瀬くんには余るほどのファンの子がいるって。

わかっていても、それを本人に言われると、やっぱり辛かった。

でもそれは全て私が吐かせているんだ。

「だいじょーぶだよ。ちゃんとイベントも出るから。安心しなよ。一度引き受けたことを今更やめるわけにもいかないし。それくらい俺もわかってる」

「七瀬く——」

「なごみちゃんには、俺なんて初めからいらなかったね」

必要、なのに。

私には七瀬くんが必要なのに。

「バイバイ、なごみちゃん。早く帰りなよ」

ポンと私の頭の上に手を置くと、七瀬くんは空き教室を出ていった。

1人きりになって立ちすくむ。

これでよかった。

これでよかったんだ。

なのに、なのに、なのに。

「な、七瀬くんっ……。違う、んだよ……」

なのに私はなぜまた泣くの？

ポロポロと溢れる涙は、拭っても止まらない。

いつまでそうしていただろう。
　私は空き教室を出ると、静かに教室へと戻った。
　教室にはもう誰もいなくて、私は自分の席までやってくると意味もなく腰を下ろした。
　部活動の人たちの声が聞こえてくるくらい静かな教室で1人、隣の席を見つめる。
　その途端、やっぱりダメだった。
　溢れてくる。
　七瀬くんのイジワルな笑みも、無防備な寝顔も。
　気だるげな表情も、生意気な態度も。
　交わした言葉や、会話も。
　隣の席を見ているだけで、全部全部溢れてきちゃうよ。
　七瀬くんの言葉や表情を1つ1つ思い出しては、胸が締めつけられていく。
　後悔なんてしていないはず、なのに。
「なごみ……！」
「綾菜……」
　突然、教室のドアが開いたかと思うと、血相を変えて、綾菜が入ってきた。
「もう！　なごみのこと探してたんだよ？　電話も出ないし、カバンは教室に置きっぱなしだし！」
　怒りながらズカズカと私に歩み寄ってくるも、その口調からは私のことをとても心配してくれているのがわかる。
「うわぁぁぁぁん！　綾菜ぁぁー……！」
　私はもう我慢できずに綾菜に抱きついた。

綾菜の制服を涙で濡らしながら、今までの出来事を全て話した。
　綾菜は黙って私の話を聞いてくれていた。
「なんで私、七瀬くんのことなんか好きになっちゃったんだろう……っ」
　理由なんて今更わかったところで、この気持ちが消えるわけじゃない。
　それでも思ってしまう。
　なぜ、私の好きな人は、よりによって七瀬くんなの？
「だから言ったじゃん。モデルなんかのどこがいいんだって……っ。遠すぎるんだよ、あの人たちは」
「綾、菜……？」
　微かに震える綾菜の涙交じりの声に、私は涙でぐちゃぐちゃな顔をそっと上げた。
　綾菜の顔を見ると、
「な、なんで綾菜も泣いてるのぉ……！」
　なぜか、綾菜の目には涙が光っていた。
「な、なごみが、あまりにも泣くからでしょ！　なごみが私と似すぎて感情移入しちゃったんだよ！　バカ！」
「えぇ……！　意味わかんないよぉ……！　なにそれ、どういうこと……！」
　わけもわからず綾菜まで泣き出してしまい、私たち2人は教室でずっと泣いていた。
　綾菜がなんで泣いているのかはわからないけれど、人って誰かを好きになりすぎると悲しくなっちゃうんだね。

こんなに泣いちゃうほど、私は七瀬くんのことが好きだったんだね。
　七瀬くん。
　どうか七瀬くんがずっとその世界で輝き続けられるように、私は願っているよ。
　大丈夫、今は少し悲しいだけ。
　ちょっと前の関係に戻るだけ。
　きっとすぐに慣れてくる。
　君がいなくとも平気だって。
　気がつけばそう思っている。
　一緒に過ごした日々なんていつか忘れる。
　そもそもずっと雑誌越しでしか会えなかった七瀬くんが、こうして近くにいたこと自体が奇跡だったんだよ。
　七瀬くんは、私の応援なんかなくたってなんでもやれる。
　きっと、もっともっと成長していく。
　ねぇ、そうだよね？
　七瀬くんはちゃんと、頑張ってくれるよね……？

七瀬くんがいなくなった？

　これは喜ぶべきかな。
　翌朝、もう冬休みに入るというのに、クラスメートの提案で、朝一のHRに席替えが行われた。
　七瀬くんと私はもう隣の席じゃなくなった。
　隣には七瀬くんがいない。
　お昼頃登校してきた七瀬くんは、クラスメートの子に席替えをしたことを教えてもらうと、とくに変わった様子も見せずに自分の新しい席についた。
　ここからじゃ、七瀬くんの背中しか見えない。
　クラスメートの子と談笑してるその姿が、あまりにも遠すぎて。
「なぁ、安堂ってあの椎名千都ちゃんと同じ事務所なんだろ？　つき合ってたりすんの？」
「もしもあんな可愛い子に告白されたら、断れねーよなぁ」
　休み時間にクラスの男の子たちが七瀬くんにそう言うと、七瀬くんは「そうだね」と軽く笑った。
　その返事がどういう意味なのか、無性に気になってしまう自分がいる。
　いつもなら七瀬くんが隣にいるのに。
　いつもなら七瀬くんと笑って会話してるのに。
　いつもならいつもならって。
　そればかり考えて。

七瀬くんは元々とても遠い場所にいたはずなのに。

少し前まではそれが当たり前だったはずなのに。

七瀬くんが隣にいる嬉しさを一度知ってしまったら、そう簡単には忘れることができなくて。

全然ダメなんだ。

まだ七瀬くんのことばかり考えている。

それでも必死に振り払った。

でも、忘れようとすればするほどに、七瀬くんのことを考えている。

「今日は撮影かな？」とか。

「風邪ひいてないかな？」とか。

本当にね、未練がましいにもほどがあるって。

それからどんどん日が過ぎて、あっという間に２学期が終わり、冬休みに入った。

時間の流れというものはありがたいもので、あのSNS騒動はすっかり鎮火していた。

それにはホッと一安心だけれど、せっかくの冬休みなのに気分が晴れない。

思えば私は……七瀬くんと出会ってからずっと笑ってたなぁ。

雑誌越しで見ていたときもそうだけど、転校してきてからもずっと。

七瀬くんって、イジワルだし、振り回してくるし、ガツンと一発言ってやりたい！と毎回思うんだけど、不思議と

それができなくて、それどころか笑顔になれる。
　それが七瀬くんの魅力なのかもしれない。
　……って、また私は七瀬くんのこと考えてるし！
　私は頭をブンブンと横に振る。
　大丈夫。
　今はまだこんな調子だけど。
　あと少しだ。
　きっとまた、時間が解決してくれる。

　──12月25日。
　ついにこの日がやってきた。
　クリスマスの今日は……年に一度のウィンターコレクションが開催される日。
　時刻は午前9時。
　ファッションイベントの開始は12時から。
　七瀬くんは今頃リハーサル中だろうか？
　私は見ることができない。
　七瀬くんがランウェイを歩く姿を。
　観に行くって約束したのに。
　私はその約束を守れなかった。
　破ってしまった。
　きっとすごくカッコいいんだろうなぁ。
　きっとすごい歓声を浴びて歩くんだろうなぁ。
　本当は……本当は自分の目でその姿を見たかったのに。
「はぁ……」

私は深いため息をつくと、枕に顔をうずめた。
　ぼーっとしてると、七瀬くんのことばかり考えちゃうし、どこか出かけようかな……。
　こんなとき、りつきくんだったらどんなふうに私を笑わせてくれただろう……？
　りつきくんに会いたい……。
　そんなことを考えていると、私のスマホが鳴った。
　着信は皇さんからだった。
　皇さんから電話って珍しい。
　なんだろう。
　あぁ、もしかして……チケットの話かな？
　皇さんが私の分のチケットを用意してくれるって話してたっけ。
　当日の朝に渡すから、早めに会場に来てって言われてたんだった。
　七瀬くんは私が観に来ないって皇さんに言ってないのかな……？
　せっかく用意してもらったのに断るのは心苦しいが、無視するわけにもいかない。
　私は通話ボタンを押して電話に出た。
「はい、もしも――」
『もしもし、なごみちゃん!?』
　電話に出るなり皇さんが、かなり焦った様子でしゃべり始めた。
　何事……。

『なごみちゃんさ、七瀬知らない!?　あいつ、今日の朝急にいなくなっちゃって……!』
　え、なに?
　ど、どういう、こと……!?
　七瀬くんがいなくなった!?
　予想外の言葉に、私の身体はスマホを持ったまま固まってしまう。
『あいつ、この間から様子がおかしかったんだ。急に、仕事をやめたいって言い出して……』
「七瀬くんが……?」
『今まで一度も、やめたいなんて言わなかったのに』
　たしかにそうだ。
　七瀬くんはめんどくさがりでも、サボることばかり考えていても、決してそれをしない。
　ましてや『やめたい』なんて聞いたこともない。
　そんな七瀬くんが皇さんに、『やめたい』とこぼしていたの?
『もしかしたら、先に会場に行ったのかと思って来たらいないし、母親のところにも行ってないみたいだし、電話にも出ないし……』
　ねぇ、それって私のせい……?
　私が七瀬くんを傷つけたから?
『やめたいと言うあいつに俺、言っちゃったんだよ。一度引き受けたことはしっかりやれって。そのときは素直にわかったってうなずいたから、俺も深く考えなかった』

「…………」
『まさかあいつが仕事を投げ出すほど、やめたがってたなんて知らなかったよ。もっとしっかりあいつの話を聞いてやればよかった』
　皇さんが悔しそうに嘆く。
　七瀬くん、どうして……？
　私がいなくてもイベントに出るって。
　私がいなくてもやれるって。
　そう、言ってたじゃない。
『いったいいつになったら安堂七瀬くんは来るんだ！　リハーサル始まるぞ！』
『安堂マネージャー、二階堂春希くんのリハーサルつき添いお願いします！』
『あぁ、はい！　すみません！　すぐに来ます！　すぐに行きます！』
　電話越しで、皇さんがかなり忙しそうに話しているのが聞こえてくる。
　ねえ、七瀬くん。
　どこにいるの？　みんな困ってるよ。
　七瀬くん、七瀬くん、七瀬くん……っ。
　本当に、君はもう……。
『俺も春希のリハーサルが終わったらすぐ捜しに──』
「私が行きます！」
　気づいたら、私はぎゅっとスマホを握りしめ、そう言っていた。

『え……？』
「皇さんは春希くんにつき添ってあげてください。初めての大舞台で春希くんもきっと不安だと思うので」
　七瀬くんはいつもそうだよ。
　人がせっかく七瀬くんを忘れようとしていたのに。
　人がせっかく七瀬くんのために距離を置いたのに。
「七瀬くんのことは私に任せてください……！」
　こうやっていつも、私の頭の中をいっぱいにするんだ。
『え？　あ、ほ、本当に……？　もしかして、捜すあてとかあるの……？』
「はい、あります！　私が捜しに行きます！　皇さんはそこで待っていてあげてください！」
　……なに言ってるの。
　ないじゃん。
　七瀬くんがいる場所のあてなんて、あるわけないじゃん。
　でも、こんなことを聞かされて、放っておけるわけないじゃん。
『ありがとう……。なごみちゃん』
　皇さんも相当切羽詰まっているのだろう。
　素直に「ありがとう」とつぶやいた。
『きっと七瀬は今、俺よりもなごみちゃんに会いたがってると思うから』
「どういう意味、ですか……？」
　七瀬くんが私に会いたがってる？
　私は七瀬くんに迷惑をかけて、それから逃げるように傷

つけたのに?
『こんなときに話すことじゃないと思うんだけど……。俺、ずっと考えてたんだ。あんな性格の七瀬がこの仕事を続ける理由を。俺でさえずっとわからなかった』
　皇さんは話を続ける。
　そこで私は思いもしない言葉を聞いたんだ。
『けど、なごみちゃんと同じ高校に転校してから変わったあいつを見て、2人の会話から"りつき"って名前が出てきてやっとわかったよ』
「りつき、くん……」
『七瀬は、なごみちゃんには何も言ってなかったんだな』
　それは……。
『なごみちゃんは知らなかったかもしれないけれど、七瀬が……』
　それは……。
「え……」
　それを聞いたとき、うそだと思った。
　頭を鈍器で殴られたような衝撃に襲われ、カタカタと手が震えてスマホを落としそうになった。
　だってそれじゃあ、七瀬くんがモデルの仕事をしている理由は……。
『安堂マネージャー!　二階堂春希くんとリハーサル入ってください!』
『わかりました!　すぐ行きます!　とにかく、なごみちゃん!　任せていいかな!?　何かあったら電話して!　七瀬

には、何も考えなくてもいいからとにかく帰ってこいって伝えておいて！』

　皇さんは再びスタッフさんに呼ばれると、忙しなく私にそれを伝える。すると……、
『もしもし!?　なごみちゃん!?　俺の思いも伝えておいて！「お前がいなきゃ意味がないだろ！」って！「一緒にこの舞台に立とうぜ」って！　あー、あとそれから──』
『春希！　早くしろ！』

　春希くんも皇さんの横から割って入り、伝言を残そうとするが、長すぎて皇さんに急かされてしまう。
『お前が仕事で悩んでんなら、今度は俺がお前を救ってやるからって！　ん？　あ、やっぱりこれはいーや！　俺から伝える！』

　春希くんには、七瀬くんに伝えたいことがたくさんありすぎるみたい。

　ねぇ、七瀬くん。

　春希くんも皇さんも、こんなにも七瀬くんのことを思っているよ。

　最後は騒がしく電話を終えた私は、りつきくんと私が写る写真にそっと手を伸ばした。

　私の隣で優しく微笑んでくれているりつきくんを、そっと指でなぞる。
「りつきくん……。七瀬くん………」
　りつきくんと七瀬くんの名前をつぶやく。
　七瀬くんの顔が思い浮かぶ。

皇さんから聞いた話を思い出せば、
『なごみちゃんが泣かなくてすむように俺がここにいるんでしょ』
　君の優しい言葉の意味が、
『だったら最初から俺と約束なんてしないで』
　君があのとき見せた切ない表情の意味が、
『どーしてもやらなきゃいけない理由があるからだよ』
　君が誰にも言わなかったその理由が、
『俺は一度した約束はちゃんと守るよ』
　今になって、わかる。
「……っ！」
　私は勢いよく立ち上がると、こんな真冬にもかかわらず、上着も羽織らずに家を飛び出した。
　七瀬くんはどこにいるのだろう。
　捜すあてなどない。
　ただ会いたい。
　その一心でひたすら走る。
　わかってる。
　自分から離れておいておかしい。
　でもね、この身体が『七瀬くんの元へ走れ』と言うんだもん。
　だから、私が必ず迎えに行くよ。
「はぁっ……はぁ……！」
　走りながら思い出す。
　りつきくんのことを。

私がまだ小学2年生のときに出会ったのが、りつきくんだった。
　りつきくんはいつも私の隣にいてくれた。
　泣いている私の手を握って、『泣かないで』と、涙を拭ってくれた。
　私の涙が笑顔に変わるまで、そばを離れないでいてくれて、嬉しいときは一緒に喜んでくれた。
　私はいつの間にか、そんなりつきくんのことを好きになっていた。
　会えなくなってからも、ずっとりつきくんのことを探していた。
　もしもまた会えたなら、伝えたい言葉があった。
　ねぇ、りつきくん、あのね。
　私はあのときからずっと君のことが———。

七瀬くん と りつきくん

「……くん！ 七瀬くん……っ！」
　どれだけ走っただろう。
　気づいたら、随分と離れた橋のほうまで来ていた。
　そこにいると思い、向かったわけではない。
　でも、そこに彼はいた。
「……なごみちゃん？」
　無我夢中で走ってたどりついた場所には、今一番会いたいと願う人……七瀬くんの姿があったんだ。
「どーしたの、そんなに走って」
　橋の上で欄干に腕を置きながら川を見下ろしていた七瀬くんは、私のほうを見ると小さく笑った。
「七瀬くん、こそ……っ！ どうしてそんなところにいるの……っ！ 今日はイベントの日でしょう！ 出るって言ったじゃん！」
「……そうだね」
　私から川のほうへ視線が戻される。
「抜け出してきちゃった」
　風が七瀬くんの髪を儚げに揺らし、落とされたその目がさびしそうに笑う。
「俺のこと捜しにでもきたの？ よく見つけたね。随分と薄着だけど寒くないの？」
「本当だ…っ……。寒いぃ……」

「バカだね、これ着る?」
　七瀬くんがおかしそうに笑いながら、自分の着ていたコートを脱ぎ、私の肩にかけてくれる。
「今頃、大騒ぎしてるかな」
「してるよ！　してるに決まってるじゃん！　こんな当日にボイコットしちゃう人、どこを探しても七瀬くんしかいないよ!」
「ハハッ、たしかに。なにしてんだろーね」
「もう！　笑ってる場合じゃないよ！」
　私はそこまで言うとフゥと息を吐き、七瀬くんが貸してくれたコートをぎゅっと握ると、少し視線を落とす。
「七瀬くん……。この間の……私のこと怒ってる?」
「怒ってると思う?」
「うん……思う」
「じゃあ怒ってるのかも」
　相変わらず適当で意味不明。
　でも、一見いつもどおりだけど、どこか違う。
　私にはわかるよ。
　もう、七瀬くんのこと全部わかってるよ。
「なごみちゃん、俺さ……」
　しばらくの沈黙の後、七瀬くんはまた欄干に腕を置き、遠くを見ながら話し始めた。
「俺ね、本当はずっと自分に自信がないんだよ」
『自信がない』それは七瀬くんの口から初めて聞く言葉。
「みんなの理想とは全然違う。自信があるフリしてるだけ

で、本当は何もできない。ずっと必死に隠してたから誰も知らなかっただけ」

　目を伏せて七瀬くんが弱々しく笑う。

　私は七瀬くんの言葉に静かに耳を傾ける。

「本当は人前に立つの好きじゃないし、目立ちたいわけでもない。むしろ嫌いだし。注目されて生きていくことが息苦しい」

「うん」

「髪は染めさせられるし、ピアスは開けさせられるし、開けるときはすごく痛かったし……。嫌なことばかりさせられて」

「うん」

「どんどん自分の名前が知られれば、知らない人に声をかけられるし、写真は撮られるし。頑張っても何もいいことがない。イライラする」

「うん」

「今日のイベントだって、何万人もの人を前にしなきゃいけないんだと思ったら吐き気がする。きっとうまくできないよ」

　まるで1つ1つ思い出すかのように、淡々と七瀬くんが語る。

　私は静かに相づちを打ちながら聞き続ける。

「なんでこんなことしなくちゃいけない？って聞けばみんな、それがお前の仕事だからって言う」

「…………」

「みんな、俺がただ働いてくれればそれでいいんだよ。こんなの初めから俺にできる仕事なんかじゃなかった」

　七瀬くんは……きっとついていけなかったんだ。

　自分の気持ちを置いてけぼりにしたまま、あっという間に人気を得て、生活が180度変わってしまったことに。

　あのとき……。

　私が無理を言って事務所へ連れていってもらおうとしたとき、裏門で見ず知らずの人に写真を撮られて、とても怖かった。悔しかった。

　七瀬くんは、何度そんな思いをしてきたのだろう。

　何度『仕方ない』と自分に言い聞かせてきたのだろう。

「不思議じゃない？　俺が笑って手を振ってあげるだけで、みんな口をそろえて『好き』って言うんだよ。……俺は全然好きなんかじゃないのに」

「…………」

「どーせ数年後にはみんな、俺のことなんかすっかり忘れてるくせに」

　その言葉に胸が締めつけられるようだった。

『俺のこと嫌いな子は嫌いなんだよね』

　あのときの言葉とリンクする。

　七瀬くんは、忘れられることや嫌われることを異様に嫌っていた。

　今まで深く考えたことがなかった。

　その理由を。

　でも、今ならわかる。

七瀬くんが抱えている心のさびしさを。
「……もうやめたい」
　　七瀬くんがぽつりとつぶやいた。
「本当はこんな仕事もうやだ。やりたくない。今すぐにでもやめたいって思ってる」
　　心の奥底に隠していた本音を。
「でも」
　　そして、
「それでもやっぱり俺は……あの子を笑わせてあげたいと思ったから」
　　それをさせまいと繋ぎ止める、あまりにも優しい理由。
　　胸の奥がいっぱいで熱い。
　　苦しくて苦しくて、涙が落ちそう。
　　今まで嫌な思いや辛い思いをたくさんして。
　　本当は逃げ出しちゃいたいのに、やめたいのに、それをせずにここまでやってきた理由も。
　　自信があるように見せかけて、本当は目立つのが苦手で自分に自信なんてなくて、それなのに出たくなかったイベントに出ようとしてくれた理由も。
　　私は知らなかったわけじゃない。
　　本当はもうとっくに……知っていたんだ。
「七瀬くん、私の話を聞いて……っ」
「いーよ」
　　七瀬くんが私を見る。
　　私はそっと口を開き、話し始めた。

「この間、りつきくんの話をした、でしょう……？　覚えてる、かな？」
「覚えてるよ」
「りつきくんとはね……お母さんの入院先で出会ったの。私、いっつも病院で泣いててね。それを隣で励ましてくれていたのがりつきくんだった」
『きっと大丈夫だよ』
『泣かないで』
　優しいりつきくんの言葉は、今でも鮮明に覚えている。
「りつきくんとね、よく一緒に病院でいろいろな雑誌を読んだの。たくさんのモデルさんが出てて、みんなキラキラしてて、その笑顔を見てると私まで笑顔になれた」
「…………」
「りつきくんは、そんな私の笑った顔が好きだって言ってくれたんだ……っ」
　ドクンドクンと心臓の音が速くなる。
　わけもなく泣きそうになって胸が詰まる。
「教えて、あげるね。私とりつきくんがした約束……」
　あの日、幼い頃の2人が交わした約束。
　それは……。
『君はどーしていつも泣いてるの？』
『悲しいからだよ。悲しいから泣いちゃうの』
『じゃあ、僕と約束をしようよ。僕が……』
「僕が、君が笑顔でいられる理由になるよって……っ」
　とうとう私の頬をツーッとひと筋の涙が落ちる。

もっとちゃんとしゃべりたいのに、胸がキュッと締まって話せない。
　七瀬くんは今、何を思いながら私の話を聞いているの？
『私の笑顔の理由……？　でもりつきくんと私はずっと一緒にはいられないよ？』
『じゃあ、いつか僕がその雑誌に出てる人になって、君を笑顔にしてあげる。それなら離れていてもできるよ』
『モデルさんになるってこと……？』
　あの頃の君はきっと、私が笑っていられるならなんだってしたいと思ってくれていた。
『そうだよ。君がもう泣かなくてすむように、離れていても笑わせてあげられるように。だから必ず僕を見つけ出してよ。どんなときでも僕を思い出して。いつまでも泣いていないで』
　そう言ってニコッと微笑んだ君が、あまりにも愛おしく感じた。
『じゃあ、約束だよ……っ！』
『うん、約束』
　その約束を信じたいと思った。
「りつきくんはっ……モデルになって私を笑顔にしてくれるって、そう、約束、してくれたんだっ……」
　お母さんが退院して、りつきくんと会わなくなってから、私は毎月いろいろな雑誌を買い始めた。
　いつでもりつきくんを見つけられるように、見逃さないように、世界で1番目のファンになりたくて。

果たされるかもわからないような約束を、ずっと追いかけていた。
「ずっと、りつきくんを探してた……っ。約束を忘れたことなんて一度も、なかった……」
「…………」
「そしたらね、七瀬くんに出会ったの……っ」
　2年前、りつきくんを探してたまたま買った雑誌の中で、私は初めて七瀬くんに出会った。
　デビューしたばかりなのに堂々としていて、カッコよくて、目も心も奪われた。
　キラキラした姿を見ていると、こっちまでそれが移って、悲しいことも全て忘れられた。
　まるで、りつきくんがそばにいるみたいだった。
「七瀬くんは、私が友達とケンカして悲しくなったとき、受験勉強で行き詰まって嫌になったとき、お母さんの具合が悪くて不安だったとき……。他にもたくさん、辛いときに笑顔をくれた……っ。七瀬くんがいてくれたから、私は泣かずにいられた……っ。いつの間にか七瀬くんのことが大好きになっていた……っ。ずっとずっと、見ていたいと思った……っ」
　りつきくんはいつ約束を果たしてくれるのかな？
　りつきくんは私のことなんて忘れちゃったかな？
　そんなことを考えて、勝手に悲しくなっていた。
　七瀬くんは、なんで嫌なくせに、モデルの仕事なんかしているのかな？

七瀬くんは、なんで私がいないと、意味がないと言うのかな？
　　そんなことが不思議だった。
　　もう答えは出ていたのに。
　　本当は私が一番それをわかっているのに。
　　どうして。なんで。なんで。
「……しょう……っ？」
　　なんでわからなかったのだろう。
　　なんで疑わなかったのだろう。
「あの日、私と……っ約束を交わした、りつきくんは……」
　　なんでこうなってからじゃないと私は、気づけなかったのだろう。
「七瀬くん、なんでしょう……っ？」
　　約束はもう、とっくの前に果たされていたことに。
　　スーッと２人の間を風が吹き抜ける。
　　ずっと黙っていた七瀬くんは視線を落としたまま「はぁ」とため息をつくと、私の顔を見た。
　　そして、
「遅いよ、バーカ」
　　そう言って笑ったんだ。
　　あぁ、ほらやっぱり。
　　君だったんだね。
「……七瀬く、ん……っ」
　　七瀬くんの笑った顔が、りつきくんとピッタリ重なって。
　　もう何がなんだかわからないくらい、いろいろなものが

込み上がってくる。
「昔のこと、そんなに細かく覚えていて……肝心な俺のことは誰かわからないなんて意味ないじゃん」
　七瀬くんは怒っているわけではない。
　おかしそうに優しく儚げに笑う。
「だ、だって……！　背もすごく伸びて、髪色も髪型も顔立ちもすごい変わってるんだもん……っ！　そんなの気づかないよ……！」
「俺はなごみちゃんを見てすぐに気づいたよ。泣き虫なあの子だって」
　私の記憶と七瀬くんの記憶が重なる。
　それがなんだか不思議であたたかい。
　本当は私と七瀬くんは、もうずっと前に、出会っていたんだ。
　あのときそばにいてくれたのは、七瀬くんなんだ。
　ずっと探していた人は、私のすぐ近くにいたんだ。
「そんなに俺、変わったかな？」
「変わったよ……！　昔はそんなに性格ひねくれてなかったもん！　どうしてそんなに腹黒で横暴で、めんどくさがりな、ひねくれた子に育っちゃったのぉ……っ？」
「……随分とたくさん悪口言うんだね」
「そ、それに……まさか、りつきが苗字だったなんて思わなかったよ……！　ずっと名前だと思ってたから……！」
「俺もビックリだよ。まさか名前のほうだと思われていただなんて」

看護師さんが"りつきくん"と呼んでいたから、私はてっきり名前だと思ってた。
　でも、違ったんだ。
　りつきというのは七瀬くんの前の苗字だったんだ。
『なごみちゃんは知らなかったかもしれないけれど、七瀬が"りつき"なんだよ』
　さっき皇さんから全部聞いてやっと理解したよ。
『俺たちの親はさ、七瀬がまだ小学２年生のとき、離婚して、俺と七瀬は母親に引き取られたんだ』
　七瀬くんの両親が離婚をして、七瀬くんの苗字が"りつき"から"安堂"に変わったこと。
『まだ小さかった七瀬は、父親がいなくなって毎日泣いていたよ。他に好きな女を作って自分を置いていったようなヤツでも、七瀬にとってはたった１人の父親だったから』
　私を励ましているその裏で、本当は七瀬くんもどうしようもなく悲しい思いをしていたこと。
『親が離婚した当時、俺は事故で入院してたんだわ。あいつ、俺の見舞いそっちのけでいつも誰かと会ってて。それで退院の日、急に病室にやって来たかと思えば、俺と母親に言ってきたんだ。たった今あの子と約束をしてきたからって』
　それでも自分の悲しみは隠して、私を笑顔にしようとしてくれていたこと。
『あの子ってなごみちゃんのことでしょ？』
　やっと、知ったんだ。
　七瀬くんが人に嫌われることを怖がっているのは、私に

『好き?』って聞いて確かめてきたのは……。

きっと、自分を置いて家を出ていったお父さんのことを、思い出してしまうからなんじゃないかな。

人に嫌われる悲しみを、自分が大切だったことを忘れられ必要とされなくなる辛さを、知っているからなんじゃないかな。

お父さんの話をするときの、七瀬くんのあまりにもさびしそうな顔が、それを物語っている。

それなのに、人に好かれるか嫌われるかが一番重要な世界に、七瀬くんは自ら入った。

人気があれば、使われ、輝ける。

人気がなくなれば、捨てられ、忘れられる。

そうしたら最後はきっと、1人ぼっちになってしまう。

そんな、冷たい世界に。

それでも、そんな自分の想像以上に厳しく冷たい世界でずっと活躍してきたのは、私にそんな素振りを1つも見せないで、強がっていてくれたのは……。

全部全部私のため、だったんだね……。

そんな君に、どうして私はあんな傷つけるような言葉が吐けたのだろう。

でもね、私は本当に知らなかったんだよ。

七瀬くんが私との約束を守ってくれていたなんて。

七瀬くんが私の笑顔のためだけにやってきたなんて。

七瀬くんがモデルになった理由も、それを続ける理由も。

そのどれもが私だったなんて、知らなかったの。

でも、思い当たる節はたくさんあったね。
　七瀬くんがお母さんの病院について来てくれたとき、とても懐かしい優しさを感じていた。
　私がファンをやめると言ったとき、七瀬くんは仕事をする意味がなくなったって言っていた。
　私が泣くことをすごく嫌って、私が笑えば喜んでくれて、私のためになんでもしてくれた。
　あれもこれも。他にも全部。
　七瀬くんが、りつきくんだったからなんだ。
「俺ね、まさかなごみちゃんから、住む世界が違うなんて言われるとは思わなかったよ」
「だ、だって、それは……！　それなら七瀬くんも教えてくれたらよかったじゃん……！　りつきくんを知らないフリしたりして！」
「そうだね」と七瀬くんが視線を落とす。
「もう約束だけ覚えててくれてたなら、それでよかったんだよ。あの頃の俺はとても弱かったから。忘れてほしかった。約束を果たせるくらいまで成長した自分だけを、見てほしかった。強くなったつもりでいた」
「七瀬くん……」
「でも俺はやっぱり弱いままなんだよ」
　違う。
　七瀬くんは弱くなんかないよ。
「今日だって、なごみちゃんがいなくてもできると思ってたし、ちゃんと出ようと思ってたんだよ。でも、できなかっ

た。俺は弱いままだった」
　ねぇ、許してくれるかな……？
「結局俺は、何もできないね」
　あのとき、いつも私に勇気をくれた君の背中を。
　今まで私のためだけに走り続けてくれた君の背中を。
　今度は私が押してもいいかな？
　私はぐっと拳を握ると、しゃべり始める。
「ねぇ、七瀬くん……。私ね、人の笑ってる顔が好き」
「うん、知ってる」
「雑誌の中で、笑ってるモデルさんを見ているとね、すごく勇気をもらえる」
「うん、それも知ってるよ」
　そうだよね。
　全部全部七瀬くんは、知ってるよね。
　だから、七瀬くんはそれをしてくれているんだ。
「雑誌の中で、モデルさんたちはいつも笑顔だから、その裏側を私は何も知らなかった。私の想像以上に苦しくて、辛い思いをして。こんな仕事もう嫌だって思ってて。でもそれでも、必死になって頑張ってるんだって、考えたこともなかったよ」
　その辛さに挫折をしてしまった人は、どれだけいるのだろう？
　その辛さにたえて活躍し続けている人は、どれだけいるのだろう？
　私は七瀬くんたちの笑顔しか知らない。

栄光や名誉の裏にある本当の気持ちを知る由なんてなかった。

それらはきっと、カメラのフラッシュで隠されてしまう。

雑誌越しでは決して気づけない。

いや、気づかせようとしないんだ。

でも、それを知ってしまったから。

それなら私は、それを勇気に変えてあげられるような存在になりたい。

「私の知る七瀬くんは、りつきくんは、弱くなんかないよ。だってね……っ」

自信がないなら、私があげるから。

不安なら、私が見ててあげるから。

「だって、私にとってあの頃と今のヒーローはずっと変わらない……っ。どっちも、君なんだ…っ……！」

だってそうじゃん。

私は七瀬くんの世界で1番目のファンなんだよ。

「七瀬くんは1人ぼっちなんかにならないよ！　だってみんな、七瀬くんのことが大好きなんだもん！」

「…………」

「でも……でもね、もしもみんなが七瀬くんのことを忘れちゃう日が来ちゃったら……」

それなら、

「私だけがずっと七瀬くんを覚えててあげる……っ！　私だけは、七瀬くんのことを絶対嫌いにならないって約束するよ……っ！」

それなら君が笑顔でいられる約束を。
　今度は私に作らせてよ。
　ポロポロと溢れるこの涙が、いったいなんの涙なのかはわからない。
「今更なんなんだ」って突き放されるに決まってる。
　自分勝手だ。
　わかってるよ。
　わかっているけど。
　どうあがいたとしても……私には七瀬くんが必要なの。
　ずっと七瀬くんに笑顔にしてもらってきた私は、もう七瀬くんがいないと笑うことさえままならないの。
　そして私と同じように、あの会場で七瀬くんを待っている人たちがたくさんいる。
　ファンの子だけじゃない。
　皇さんも春希くんも。
　心配なんてしなくても、七瀬くんの味方はたくさんいる。
　そこには、七瀬くんを嫌う人なんていない。
　連れていきたい。
　教えてあげたい。
　七瀬くんは、七瀬くん自身が思うよりも必要とされているんだってことを。
　ねぇ、それを一緒に見に行こうよ。
　どうでもいいなんて言わないで、もうちょっと踏み出してみようよ。
　ちゃんと、自分の目で確かめてみてよ――。

「本当にさ……」

　七瀬くんが、「はぁ」と深いため息をついた。

「昔からなごみちゃんはよく泣くよね。涙腺だいじょーぶ？ 俺、そろそろ心配になるよ」

　その細くて長い指で涙を拭われる。

「七瀬く――」

「ほら、行くよ」

「え……？」

　私に背を向け七瀬くんが歩き出す。

「待って、七瀬くん……！　どこ行くの？」

　私は目を見開くと、とっさに追いかけた。

「どこって会場でしょ」

　当たり前のように七瀬くんは答える。

「あれ、会場ってどーやって行くのかな？　電車？　タクシー？　なごみちゃん、どっちがいい？」

　どういう、意味……？

「あの、七瀬くん……？」

「なに？　バスがいいの？　バスにする？」

　いや、電車とかバスとかそういうことじゃなくて。

「七瀬くん、イベントに出てくれる、の……？」

　震える声で問いかける。

　すると、七瀬くんはピタリと立ち止まりこちらを振り返って、

「言ったでしょ？　俺は一度した約束は破らない」

　昔と何も変わらない、あたたかい言葉が返ってきたんだ。

「なごみちゃんも俺との約束守ってくれる？　今した約束も、今までした約束も全部」

　七瀬くんがスッと私に手を伸ばす。

「一緒についてきてくれる？」

　まっすぐに私に伸びているその手。

「観に行っても、いい、の……っ？」

「嫌なの？」

「だ、だって……七瀬くん、この間私がいなくても困らないって言った！」

「今それ言うの？　本当にバカだね、なごみちゃんは」

　この間のことをハッと思い出し、今ここでそれを言ってしまう私に、七瀬くんは呆れたように笑う。

「俺はなごみちゃんがいないと困るよ、とても。1人じゃあの場所に立つこともできない」

　……あぁ、そっか。

「って、今さんざんそれを暴いたくせに。それなのに、どーしてまたそんなこと聞くの？」

　七瀬くんは私をまだ必要としてくれているんだ。

　私がいないと困ってしまうんだ。

「来るの？　来ないの？」

「い、行くぅ……っ！」

　それならもう絶対、見逃したりしない。

「じゃあ、早く行こーね」

　私がぎゅっと七瀬くんの手を握ると、七瀬くんがその手を握り返してくれた。

私は七瀬くんに大きくうなずき、涙を拭う。
「あ……綾菜にも電話しないと！」
「えー、御影さんも来るの？」
　また七瀬くんがこうして隣にいる。
　あの頃のりつきくんもまだ隣にいる。
　どっちも私に笑顔をくれる人。
「あ、それからね！　皇さんと春希くんから伝言をもらったよ！　春希くんからはえーっと……なんだっけ……」
　私が七瀬くんを必要としているのと同じように、七瀬くんも私を必要としているのなら、もう離れたくないと思う。
　そして、
「俺はお前がいないと死んじゃう、だったかな……？」
「ハハッ。なにそれ、気持ち悪」
　君が私の笑顔の理由であるように。
　君にとって私もそうでありたいと。
　そう、思うんだ。

第5章

ずっと七瀬くんが好きでした

「七瀬……っ!」
　会場につき、関係者専用の出入り口から入ってすぐのところで、皇さんが待っていた。
　皇さんは私たちに気づくなり、すぐに、駆け寄ってきた。
「お前どこ行ってたんだよ!　心配しただろ!?　ケガとかしてないのか!?」
「……ごめんなさい」
　皇さんのお叱りに、珍しく七瀬くんが素直に謝罪する。
　そんな七瀬くんに皇さんは「はぁ」と深いため息をつく。
「七瀬、悪かったな。俺、お前のこと全然わかってなかったよ。お前のためだと思ってやってきたことは、全部自分のためだった。もっと寄り添ってやればよかったな」
　どこか申し訳なさそうに皇さんが笑い、ポンと七瀬くんの頭に手を置く。
「……お前が無事でよかったよ、本当に」
　皇さんは……まだ高校生なのに親元を離れ、不安定な世界で活躍する七瀬くんのためなら、きっとなんだってやってきた。
　自分の大切な弟が、あんなふうに写真を撮られて、さらされて、辛くないはずがなくて。
　だから皇さんは、七瀬くんを必死になって守ろうとしてくれる。

厳しさの中にはいつだってマネージャーとしての、兄としての、そしていなくなってしまったお父さんの分の愛があることを、七瀬くんもちゃんとわかっている。
「これからも」
「え……？」
「これからもちゃんと俺の面倒見てよ」
　いつものように上から目線。
　でもそれは皇さんに『これからも頑張るから』ってそう言っていて。
「当たり前だろ。お前みたいな問題児は、俺以外の手には負えないだろ」
　どちらかが欠けていては成り立たない。
　そんなモデルとマネージャーの、兄と弟の絆を見ているようだった。
「あー！　七瀬ー！」
　突然遠くから誰かが突進してきたかと思うと、春希くんだった。
「おせーよ！　もう、来ないかと思ったじゃねーか！」
「やめて……酔う……」
　春希くんはこれでもかというくらいに、七瀬くんの肩をグラグラ揺らす。
「俺からの伝言ちゃんと聞いた!?」
「伝言？　……あぁ、俺がいないと死んじゃうってやつ？」
「ちょっ……！　なにそれ！　全然ちげーわ！　なごみちゃん、どんな伝え方したんだよ！」

あれ？　違ったかな？
　七瀬くんは、皇さんと春希くんに囲まれてどこか安心したように笑っていた。
　七瀬くんが冷たいと嘆くこの世界にも、あたたかい人たちがたくさんいるんだよ。
「やっぱり七瀬には、なごみちゃんが必要みたいだよ」
「え？」
　皇さんが春希くんと七瀬くんのやり取りを見ながら、私にだけ聞こえるようにつぶやく。
「これからも七瀬をよろしく頼むよ。なごみちゃんなら、七瀬の彼女になってくれても構わないからさ」
「え？　え？　か、か、彼女!?」
　いきなりそんなことを言われ、目を見開く私に、皇さんはハハッと笑う。
「俺は反対しないよ。むしろ歓迎。まぁ、よりいっそう注意は必要になるけれど、そんなのどうにかなるよ」
　まるで……。
「だからね、なごみちゃんも七瀬のために離れるとか、そんなのはなしにしよう」
　まるでバレてるみたいだ。私の本当の気持ち。
「じゃあ俺たちは行くね。はい、これチケット。ちゃんと特等席取っておいたから」
「あ、はい……。ありがとうございます……」
　皇さんはそう言って私にチケットを渡すと、七瀬くんを連れていこうとしたが、

「なごみちゃん」
　七瀬くんがこちらを振り返ってきた。
　どうしよう。
　皇さんが変なこと言うから、七瀬くんのことをうまく見られないや……。
　けど、やっぱり私の視線の先には、いつだって七瀬くんがいてほしいから。
「ちゃんと見ててよ」
「うん……見てるよ。見てるから。七瀬くんならきっとうまく──」
「ハッ、当たり前じゃん、バーーカ」
　と、私の声を遮る七瀬くん。
「俺を誰だと思ってるの？」
　……うん、そうだね。
　七瀬くんはこうでなくちゃ。
　これが、七瀬くんだ。
　七瀬くんと別れ、私は会場の外に出ると、さっき入り口で待ち合わせした綾菜の元へ急いだ。
「綾菜ー！」
「あ、なごみ！　もう！　昨日までイベント行かないって言ってたくせに、急にまた行くって言い出すんだから！」
「あはは……ごめん」
「でもよかった、来られて」
「へ？」
「あ、いや……！　なんでもない！　早く行くよ！」

ブンブンと首を横に振り、歩き出す綾菜。
「……綾菜は春希くんのファンだもんね」
「だーかーら！　違うって言ってんじゃん！」
　顔、赤い……。
　じつは綾菜が一番、この日を楽しみにしてたんじゃないだろうか？
　私たちは会場内に入ると、チケットに書かれた座席へと移動した。
　私たちの座席は、モデルたちが歩いてくるステージのまさに真ん前だった。
　皇さんの言うとおり特等席だ。
　ざわざわとした大きな会場は満員で、みんなステージが始まるのを今か今かと待ちわびている。
　人それぞれ目当てが違えば目的も違う。
　でも、私の目的はただ1つ。
　それは……。
　12時ちょうど。
　フッと会場が一瞬暗くなったかと思うと、色とりどりのまぶしいほどの照明がついた。
　その途端、大きな歓声が沸き上がる。
　私の胸も高揚していくのがわかる。
　開始の合図のアナウンスとともに、トップバッターのモデルが歩き出す。
　モデルたちが次々と入れ替わるようにランウェイを歩くと、そのたびに歓声が沸き上がった。

どの人も、名の知れた大物モデルたちばかり。
きっとここを歩くために、たくさん努力してきているはずだ。
みんなそれを決して見せないけれど、私はもう知ってしまった。
突然スクリーンに映し出される【Nanase Ando】という名前。
その瞬間、地響きが起こりそうなくらいの歓声が、私の耳に集まってきた。
来た……。七瀬くんだ。
「七瀬くん……っ」
ドキドキする胸を押さえ、祈るように両手を合わせる。
ずっとずっと待ち焦がれていた。
ずっとずっと夢見ていた。
君が、ここを歩くその日を。
私はずっと、待っていたよ。
「キャーー!!」という今日一の歓声とともに、ついに七瀬くんが登場してきた。
髪は無造作にセットされ、白のニットとチェスターコートに身を包み、黒の細身のスキニーパンツを履いた七瀬くんは、それをしっかりと着こなしている。
七瀬くんが何万人もの観客を前に、ランウェイを歩き出した。
まぶしいライトが七瀬くんに降り注ぎ、会場中の視線を独り占めする。

みんなが七瀬くんの名前を呼んでいる。

声も、視線も、感情も、この会場でさえも。

その何もかも全てを自分だけのものにしている。

ああ、本当にさすがだと思ったよ。

だって、今私の目の前にいるのは、もうさっきまで『自信がない』と嘆いていた七瀬くんなんかじゃないもん。

いつもみたいに凛としていて、カッコよくて、堂々としていて。

まっすぐに前だけを見据え、怖いものなど何もなく、ひたすら輝き続ける七瀬くんの姿だ。

胸が高鳴る。目を奪われる。虜になる。

鳥肌が立って、声をあげたくなる。

抑えきれないほどの感情が沸き上がる。

そしたらもう、七瀬くんしか見えなくなってしまう。

ほらね？

みんな、七瀬くんのことを待っていてくれたでしょう？

ステージの前方、私と一番近い場所で、七瀬くんと目が合った気がした。

七瀬くんは私の顔を見て一瞬だけフッと笑った。

——ドキッ。

私以外は誰も知らない。

七瀬くんがたった1人の女の子の笑顔のためだけに、今ここにいることを。

そして、それが私であることを。

私がいれば、七瀬くんはきっとなんだってできるんだっ

てことを。
　私と七瀬くんだけしか、知らないんだ。
　七瀬くんの出番が終わっても、私の胸の高鳴りはおさまらなかった。
　でもそれは、私だけじゃないみたいで。
「春希……」
　春希くんの出番になると、綾菜はずっと春希くんを目で追っていた。まっすぐに春希くんだけを見て、その瞳にはしっかりと春希くんを映していた。
　視線も気持ちも独り占め。
　モデルって本当にすごいんだね。
　その後も私たちはイベントを楽しんだ。
　春希くんと七瀬くんはまた登場してくると、2人並んでランウェイを歩いたりして。
　人気男性モデルNO.1とNO.2の同時の登場に、会場はこれでもかというくらいに沸き、私と綾菜も興奮しながら「カッコいいね！」と目を合わせて笑った。
　七瀬くんは確実に一番カッコよかった。
　七瀬くんが見せてくれたこの景色全てを、私はきっと一生忘れない。

　——午後6時。
　約6時間にも及ぶイベントは大盛況で幕を閉じた。
　興奮覚めやらぬ中、みんなは会場を後にしていく。
　私と綾菜も会場を出ると皇さんから着信があり、「スタッ

フたちと軽く打ち上げした後、家で改めて打ち上げするから、なごみちゃんもおいでよ」と誘われた。
　打ち上げ……。七瀬くんの家で……。
　一瞬、写真を撮られた日のことを思い出した。
　近すぎる距離が七瀬くんに迷惑をかけてしまった。
　いいのかな……？　私が行っても。
　そんな迷いはあるけれど。
　だけど、今だけ。今だけは早く七瀬くんに会いたい。
　伝えたい。
「一番カッコよかったよ」って。
「綾菜、七瀬くんの家で打ち上げだって。一緒に行かない？」
「は、はぁ？　私はいいよ！　部外者じゃん！」
「そんなこと言わないで！　きっと春希くんも来るよ！」
「は、春希も……？」
「うん！」
　春希くんの名前が出れば綾菜は素直だ。
　綾菜も一緒に打ち上げへ行くことになった。
　皇さんに関係者専用の入り口で待っていてと言われ、私と綾菜はしばらく人気のないその場所で七瀬くんたちを待っていた。
　すると、
「なごみさん……」
　誰かに声をかけられた。
「千都ちゃん……」
　私に声をかけてきたのは千都ちゃんだった。

「え?　あ、ち、千都ちゃん?　なに?　なごみ、椎名千都ちゃんとも知り合いなの?　あんたの人脈おかしくない?」

　私と千都ちゃんを交互に見て驚く綾菜。
「七瀬先輩……カッコよかったですね」
「うん」
「一番カッコよかったですよね」
「うん」

　どこか視線を逸らし千都ちゃんがする問いかけに、私はうなずく。

　すると、千都ちゃんは、
「この間はあんなこと言ってごめんなさい……!　私が間違ってました!」

　バッと勢いよく私に頭を下げた。
「え、あ……!　ち、千都ちゃんは間違ってないよ!　千都ちゃんの言うとおりだったよ!　私のせいで七瀬くんがあんなことに——」
「違うんです……!　本当はそんなこと思ってなかったんです!　ただ嫉妬してただけなんです……!」

　……嫉妬?　千都ちゃんが私に?
「なごみさんといるときの七瀬先輩は、誰といるときよりも楽しそうだったから……」
「え……?」
「知らないんですか?　春希先輩と、安堂マネージャー。それから……なごみさん……。七瀬先輩が下の名前で呼ぶ

のは、本当に大切に思っている、特別な人だけです」
　七瀬くんにとって特別な人……。
「なごみさんと楽しそうにしている七瀬先輩を見て、今日ステージを歩く七瀬先輩を見て思いました。七瀬先輩はきっと、なごみさんがいるからこそ輝いて見えるんだって」
　千都ちゃんがさびしそうに、だけどどこか嬉しそうに笑った。
「私はそんな七瀬先輩の姿が大好きで、ここまで追ってきたんです。その姿を見続けていたいです。それはきっとなごみさんにしかできない」
「…………」
「これからも、七瀬先輩をしっかり輝かせてあげてください。七瀬先輩から離れていかないでください」
　私が、七瀬くんが輝き続けられる理由だと、千都ちゃんはそう言った。
　そして、これからもそうであってほしいと。
「言っときますけど、七瀬先輩を渡すわけじゃありませんから！　私となごみさんはライバルです！　私だってすぐにあの舞台に立てるくらいのモデルになりますから！　七瀬先輩と一緒に立ってみせます！」
　活躍し続ける理由は人それぞれ違うように、七瀬くんだけを追って、この世界に飛び込んだ千都ちゃん。
「明日にでも、七瀬先輩から下の名前で呼んでもらえるくらいの女になりますから！」
　きっとその想いはもっともっと大きくなって、もっと

もっと上を目指す理由になる。
　可能性なんていくらでもある。
「もしも、七瀬先輩を輝かせてあげることができなかったら、私がもらっちゃいますからね!」
　きっと初めから……世界の違いなんてものは、悲観的な自分が作った、ただの幻想(げんそう)だったんだ。
　有名人と一般人だなんて。
　そんな世界の違いを自ら壊した千都ちゃんのように、私も――。
「の、望むところだよ!」
　私も……。
「それじゃあ!　お母さんが迎えに来てるので行きますね!　また事務所に遊びに来てください!」
「うん、またね!　お仕事頑張って!」
　千都ちゃんに手を振られ、私もその手を振り返した。
　ありがとう、千都ちゃん。
　そう胸の内でつぶやきながら。

「なごみちゃん」
「あ、七瀬くん!」
　しばらくすると、七瀬くんがやって来た。
「あれ、御影さんは?　帰った?　あの子は来ないの?」
「綾菜はちょうど今お手洗いに行ってるよ。皇さんと春希くんは?」
「2人はなんか偉い人と話してる。もう少ししたら来ると

思うよ」
「七瀬くんはいいの？」
「うん、めんどくさい」
　ふわっと１つ、あくびをする七瀬くん。
　相変わらずな七瀬くんに、私は小さく笑った。
　人気のないこの場所で、今は七瀬くんと２人きり。
「七瀬くんのことずっと見てたよ。すごくカッコよかった。
七瀬くんが一番カッコよかった」
　私はそれを一番に伝えた。
　もっとちゃんとした言葉で伝えたいのに、こんなありきたりな言葉しか出てこないや。
　それでも、七瀬くんは、
「うん、ありがとう」
　嬉しそうに、安心したように、優しく笑ってくれたんだ。
「私を笑顔にしてくれてありがとう。約束を守ってくれてありがとう」
　これを言うまでに、随分と時間がかかっちゃったね。
「これからも私は、七瀬くんに笑顔にしてもらいたい。七瀬くんじゃなきゃ笑えない」
「もちろん、約束だからね」
　あの頃と……９年前と変わらない笑みが私を見つめる。
　そんな七瀬くんに、今まさに喉まで出かかっている言葉があって。
　あぁ、今どこまで伝えようかな？
　どこまで伝わるかな？

いや、全て伝えてしまおう。
　だって、七瀬くんはもう遠い存在じゃない。
　ここにいる。
「それからね、七瀬くん。聞いてほしいことがあるんですけど……」
「うん？　なんですか？」
　急に私が敬語になるから、七瀬くんはクスッと笑ってマネをしてくる。
　そんなところでさえ、もう愛おしくて。
　私は深呼吸してから口を開いた。
「あのね、七瀬くん」
　あのね、七瀬くん、聞いて。
　住む世界が違うからと、あきらめていた感情があるよ。
　あの頃、私を笑顔にしてくれた君へ。
　今、私を笑顔にしてくれる君へ。
　ずっとずっと伝えたかった言葉があるよ。
「……です」
　昔も今もこの言葉は、君だけに伝えたかったんだ。
　それを今ここで、
「……好き、です。七瀬くんが、好きです」
　伝えてみてもいいですか……？
　心拍数に掻き消されてしまうくらい、か細くて、寒さに負けそうなくらい小さな声だったと思う。
　それでもこの言葉は、七瀬くんには届いてほしいと思う。
　ドキドキしすぎて立っているだけでやっとだ。

七瀬くんの顔は怖くて見られない。
　今、どんな顔をしてるんだろう。
　私は恐る恐る顔を上げ、七瀬くんを見た。
　七瀬くんは……。
「うん、知ってるよ」
　普通の顔をして、そう答えた。
「……へ？」
　思わぬ返答に拍子抜けする。
「え、あの……七瀬くん？　今の聞こえてたかな？」
「聞こえてたよ。俺のこと好きなんでしょ？」
　き、聞こえてた……。
　じゃあ、なんでそんな態度なの!?
　はっ……！
　もしかして、私の今の好きは、モデルとしての好きだと捉えられてる!?
「何回も聞いたよ」
　や、やっぱりそうだ！　勘違いされてる！
「ん？」
　どうしたの？と言わんばかりに七瀬くんが首を傾げる。
　く、くそぉ……。この鈍感王子め！
「あのね、七瀬くん！　好きなんだってば！　好きなんです！」
「いや、だからそれ聞いたよ。何回言うの」
「いや、違うの！　そういう好きじゃないの！」
「え、何が？　違うの？　好きじゃないの？」

「好きだよ！　好き！」
「好きなんじゃん」
「違う！　違う！　だから、七瀬くんの言うその好きとは全然違くて！」
　あぁ、もうなんで。
　どうして伝わらないの？
　告白ってこんなに難しいことだったの？
「どーいう好きなの？　俺がわかるまで何回も言ってよ」
　まるでわかってない七瀬くんは、頭の上にはてなマークを浮かべる。
「だからぁ、七瀬くんのことが、好きなのぉ……！」
　もうやだぁ……。
　告白が伝わってないとか恥ずかしすぎるよ。
　こんなことってありますか？
　七瀬くんのおバカ。
　大バカ野郎。
　穴があったら入りたい……。
「七瀬くんの、おバカぁ……」
　恥ずかしいやらパニックやらで、私は思わず黙り込んで下を向いてしまう。
　すると……。
「ハハッ、ちょっといじめすぎた」
　私の上で、七瀬くんがおかしそうに笑っているのが聞こえてきた。
「七瀬くん……？」

その笑い声に、もう一度七瀬くんの顔を見ると、七瀬く
んはそっと私の頬に手を添えて、
「俺も好きだよ」
　囁くようにそう言った。
　……え？
　え？　え？　今、なんて？
「これはね、なごみちゃんと同じ"好き"だよ」
　な、何が？
　ど、どういうこと？
「あ、あのですね、七瀬くん……わ、私の好きは……そう
いう……」
「だから、ちゃんとわかってるって」
　七瀬くんが少し身体を屈めて、私と目線を合わせる。
　そして、顔の前に黒い影をつけると、
「こういう好き、でしょ？」
　私の唇に優しいキスを落とした。
「え……」
　今、キス、された……？
「な……あ、あ、あ……！」
「ハハッ、顔真っ赤だね」
　みるみるうちに真っ赤に染まる自分の顔。
　私は驚きのあまり、金魚みたいに口をパクパクさせる。
「な、七瀬くんわかってたの!?　わ、わかってたくせに何
回も言わせたの!?」
「なごみちゃんが勝手に何回も言ってきたんでしょ」

ありえない。
　ありえないよ。
　人生初めての告白のときに、まさかそんなイジワルしてくるなんて！
「わかってないフリしてうそつくなんて、七瀬くんひどい！ほんと、昔はそんなイジワルじゃなかったのに！」
「そんなに怒らないで」
　怒るよ！
　怒るに決まってるじゃん！
「だいたい七瀬くんはいつも——」
「でもね、これは本当だよ」
　七瀬くんが私の声を遮ってきた。
「なごみちゃんが好きだよ」
　また、私の胸を惑わせる、そんな言葉で。
「この間なごみちゃん、椎名さんから告白されたら断る理由があるかないかって聞いてきたでしょ？」
　胸はたしかに反応しているのに、
「断る理由ならあるよ。なぜなら俺が今ここでなごみちゃんを選ぶから」
　求めていた答えはそこにあるのに、
「ど、どうせそれもうそだ……！」
　それでもやっぱり信じられなくて、つい疑ってかかってしまう。
「えー、うそじゃないよ」
「またいい加減なこと言ってるんでしょ！」

「ううん」
「じゃ、じゃあ七瀬くんは、私のどこが好き、なの……?」
「全部……かなぁ」
「ほら、適当!」
「適当って……」
「はぁ」と、七瀬くんがため息をつく。
　ため息をつきたいのは私のほうだ。
　だけど、
「そんなことばかり言って」
　だけど、
「じゃあいったい、あと何回言えば伝わるの?」
　その真剣な瞳に見つめられると、やっぱりもう何も言い返せない。
「信じてもいいの……?」
「信じてよ」
　七瀬くんがそっと私の身体を抱きしめた。
　あたたかいあたたかい腕の中。
「わ、私ね……七瀬くんを好きになっちゃいけないと思ってた。七瀬くんにはお仕事もあるし、迷惑かけたくないから、離れなくちゃって……。あ、あとは……千都ちゃんと七瀬くんの関係にヤキモチ焼いたりしまして……。それで、あんなこと言っちゃったの……」
　こんなところを誰かに見られちゃったらどうしよう?
　そんな不安がないわけじゃない。
　でも、

「でも、できなかった……。結局私はまた七瀬くんの元に戻ってきちゃったのっ……。あんなこと言ってしまってごめんねっ…」

でも、もう好きなんだから仕方ないじゃん。

私が七瀬くんを好きになった理由は、顔がカッコいいからとか、活躍してるからとか。

そんなんじゃない。

「もっと七瀬くんを見ていたい……！ 離れたくなんかない！ 誰よりも一番近くにいたいっ……！」

ただ……。

ただ、好きになってしまった人が、七瀬くんが、活躍している有名人なんだって。

それだけの話なんだ。

「七瀬くんがまた迷ったときは、私も一緒に迷ってあげるし、七瀬くんがまた笑顔を忘れたときは、私が笑顔にしてあげる……！」

七瀬くんが有名人だからって、そんな理由で悲観的になって、自ら世界の違いを作って、この恋をあきらめたくない。

きっと、手を伸ばせば届くから。

これからも、私が七瀬くんを輝かせてあげたいんだ。

「９年前から……出会ったときから、ずっと七瀬くんが好きっ……！ 大好きだよ！」

好き。七瀬くんが好き。

君は私の初恋なんだ。

この感情が迷惑なら、今ここで突き放して。
　そうじゃないと……本当にもうこの気持ちを抑えられなくなっちゃうよ。
「俺と一緒だね」
「……一緒？」
　涙をポロポロと流す私に、優しい七瀬くんの声が教えてくれる。
「俺も9年前からずっと同じことを思ってた」
　私たちは9年前から両想いで。
「だから俺はここまでやってきてあげたんでしょ？　迷惑だなんて誰が言ったの？　なごみちゃんがいなきゃ、俺はこんな仕事とっくにやめてたよ。なごみちゃんがいないとできない。やる意味がない」
　七瀬くんは私にとって、私は七瀬くんにとって、自分の初恋や人生を捧げた大切な人なんだよって。
「もうここまで来たら戻れないよ。投げ出したって何したって、結局ここにたどりつく。なごみちゃんのせいで、俺の戻る場所はここしかなくなっちゃった」
　お互いがお互いを必要としている今。
「だからね、ちゃんと責任取って。これからもなごみちゃんが俺に、俺の一番近くでその意味を思い出させてよ」
　お互いがお互いをこんなにも特別に思う今。
　この手は、
「なごみちゃんが見ててくれるなら……きっと俺は、なんだってできるから」

「……うんっ！　うんっ……！」

　この手はやっと君に届いたんだ。

「なごみちゃん、顔上げて」

　両頬を手で包まれ、私は七瀬くんの胸から顔を上にやる。

「俺といたら、なごみちゃんは後悔するかもしれないよ。デートだってこっそりとしかできないし、撮影で忙しいときは、会いたくても会えないし。当たり前のことを当たり前のようにできないことばかり」

　わかってる。わかってるよ。

「でもね、俺はそれでもいいって、思うんだよね。なんでだろう。なごみちゃんだからかな」

　私も。

　私も七瀬くんと気持ちは同じだって、胸を張って言えるから。

「だからね、なごみちゃんがそれでもいいって言うなら。それでも俺のこと好きって言うなら……」

　だから、

「俺ら内緒でつき合っちゃう？」

　だから、だから、私を七瀬くんの一番特別な人にしてほしいよ——。

　相変わらず適当な言い方と、いたずらっ子みたいな顔。

　その適当さが好き。その顔が好き。

　もう全部全部好き。好きが溢れてくる。

「どーする？　なごみちゃん」

「はい……っ！　つき合います……！　つき合ってくださ

い……！」
「そっか。そっか」
　ポロポロと涙をこぼす私の頭を、七瀬くんはポンポン撫でながら愛おしそうに笑った。
「2人だけの秘密にしよーね。みんなには、内緒だよ？」
「うんっ……秘密っ……！　内緒にするっ……」
　今日ここで始まる2人の秘密の関係が、きっと2人の"好き"の証になる。
「泣かないで、悲しいの？」
「悲しくない……っ。嬉し涙……！」
「なごみちゃんは、悲しくても嬉しくても泣くじゃん」
　私と七瀬くんは、目と目を合わせながら笑い合った。
　いつだって私の目線の先には、七瀬くんがいるんだ。
　私は、昔も今も七瀬くんだけを目印にして生きている。
　その目印を頼りに歩いていれば、必ず七瀬くんと出会える。笑顔になれる。
　だからね？
　これからもしもまた、七瀬くんが挫けそうになってしまったときはもう隠さないで、私にだけ教えてほしい。
　大丈夫、誰にも言わないから。
　みんなには内緒にするよ。
　七瀬くんが一番輝ける場所へと私が連れていくよ。
　君は……。君は私にとっての1等星だ。

七瀬くんと私だけ

「……あーあ。撮影やだな」
　……また言ってる。
　あれから日が経ち、3学期に突入した。
　七瀬くんは相変わらず仕事が忙しく、そして相変わらずの無気力くん。
　口を開けば『めんどくさい』だの『眠たい』だの『風邪ひいた』だの……。
　今日は、イメージモデルを務めるブランドの新作の宣伝撮影らしいが、やる気は感じられず。
「寒い……。風邪ひいたかな」
　……ほら、また。
「寒いのは風邪じゃなくて冬だからだよ」
「違う。これは寒気だよ。撮影行けないね」
「行けるよ」
「だって、今日の撮影はこんな寒いのに外だよ？　俺が凍え死んじゃったら、なごみちゃん悲しいでしょ？」
「うん。悲しい」
「ほらー」
「でもね、死なないから大丈夫だよ」
　毎日こうして七瀬くんのくだらないずる休みの理由作りを聞いてあげるのも、もう日課だ。
　にしても、本当に寒いや。

なんせ1月ももう後半。

それなのに、私と七瀬くんが今いるのは屋上。

交際を大っぴらにできない私たちは、よくこうしてここで、2人きりの時間を過ごしている。

でもこんな秘密の関係が嫌じゃなかったり。

好きなときに好きなだけ一緒にいられるわけではないから、その分この時間はとても特別で幸せなんだ。

ブレザーをかけ布団代わりにして、私の膝を枕にしながら、髪の毛先をクルクルと弄ってくる七瀬くん。

私の髪の毛を弄るのはもはや癖。

硬いだのなんだの文句を言いながらも、私の膝枕がお気に入りみたいだ。

あ、そういえば、ファッションイベントの日から、綾菜の七瀬くんに対する態度が少し変わった気がする。

あんなにモデルを毛嫌いしていたのに、今じゃ一緒にファッション雑誌を読むようになったし。

まあ、綾菜が楽しそうに読むのは、春希くんのページだけなんだけど。

事あるごとに、七瀬くんに『次、春希はいつ表紙飾るの？』とか『今日春希と撮影一緒？』って春希くんのことばかり聞いたりして。

やっぱり綾菜は、春希くんの相当なファンだったんだ。

最近はそれも隠しきれていない。

とはいえ、相変わらず七瀬くんと綾菜は言い合いばかりしてるけどね。

この２人は、そもそも反りが合わない。
「とにかく今日も元気に頑張ってね！」
「……んー。明日から元気出す」
「それ、明日も言うんでしょ？」
「俺がうそついたことある？」
「うん。たった今」
「ハハッ」
　……七瀬くんのことはお見通しだ。
「俺ね、撮影ばっかりで飽きたから、バイトしてみたいよ。スーパーのレジとかさ。なごみちゃん、したことある？」
　またわけのわからないことを……。
　バイトだろうがなんだろうが、七瀬くんは絶対変わらないよ。
「七瀬くんね、バイトとか余計なこと考えなくていいから、今日の撮影頑張ろうよ。ね？」
「じゃあさ、今日頑張るからごほうびちょーだい」
　出たな。
　また、そのおねだり。
　七瀬くんはもはや、私からのごほうびがないと頑張らなくなってしまった。
　……甘やかしすぎたかな。
「……何が欲しいの？」
「ん」
　七瀬くんがそっと目をつむる。
　も、もしやそれって……！

キ、キ、キ、キス……!?
　しかも、私から!?
　自分から七瀬くんにキスをしたことなんて、今まで一度もない。
　むしろ、七瀬くんとキスしたのは、あの日が最後だ。
　でも……私も触れたいな。七瀬くんに。
　私はゴクッと息を呑み、髪を耳にかけると、そっと七瀬くんの顔に自分の顔を近づける。
　あまりにも整った綺麗な顔が目と鼻の先。
　破裂しそうな心臓がもはや痛くて。
　もうどうにでもなれ……！
　私は覚悟を決めると、ぎゅっと目を閉じて勢いに任せたまま七瀬くんにキスを落とした。
　……髪にですが。
　だ、だってやっぱり、自分からキスをするなんて、どうにもこうにも無理なんだもん！
　今は髪にするのが精一杯です……！
「あー、なに。そうくるの」
　目を開けた七瀬くんが下から私を睨む。
「なごみちゃんね、なめてんの？」
「こ、これでじゅうぶんじゃん！　ごほうびあげたんだからちゃんと撮影頑張ってよね！」
「まぁいーや。もう眠たいし」
　どうでもよさげにふわっと小さくあくびをする七瀬くんが、再び目をつむる。

ね、眠たい……!?
　まさか寝るの!?
「あのね、言っとくけど、これでも頑張ってしたんだよ！普通そこで寝るかな!?」
「寝ます」
　ぐぬぬ……。即答だよ……。
　本当、マイペースなのも相変わらずなんだから。
　眠りに入ってしまった七瀬くんの寝顔を見つめる。
　みんなは知らないんだ。
　雑誌の中のクールでカッコいい七瀬くんしか。
　本当の七瀬くんは、寝顔はこんなにも無防備で、子供みたいにイジワルなところがあって。
　マイペースでめんどくさがりで、そしてとても一途なんだよ。
　普段無気力な彼は、私の笑顔のためならなんだってしてくれる。
　誰も知らなくていい。
　私だけが知っていればいい。
　七瀬くんが輝き続ける理由も。
　この秘密の関係も。
　９年前からずっと、これからもずっと、七瀬くんと私だけの秘密。
　みんなには内緒にしよう。
「七瀬くん……寝てます？」
「…………」

「好き、です……。大好きです……。本当だよ」
「…………」
「つ、次はその……ちゃんとキスするから……。呆れないで、飽きないで。可愛いモデルさんに目移りとか、絶対にしないでね……」
　寝ているのを確認して何度もつぶやく、君が好き。
「うん。わかってるよ」
「な……！　ね、寝たフリしてたの……!?　七瀬くんのおバカ！」
　でもバッチリと聞いていた君が私にする、ずるすぎるイジワル。
「本当に次はちゃんとできるかな？」
「七瀬くんのイジワル……」
「心外。これは愛情表現だよ」
　でもそれが、七瀬くんの特別な愛し方。
　いつもこんなふうに言いなりで、振り回されて。
　いつもこんなふうにイジワルされて、やり返せなくて。
　非常に非常に悔しい。
「あれ？　なごみちゃん、怒ってるの？」
「怒ってるよ……！」
「怒っても可愛いーね」
「七瀬くんは、またそうやって私をからかって笑ってるんでしょ……」
　たまには文句の１つでも言ってやる。
　たまには思いっきり反抗してやる。

そう心に決めて、今日は強気でいこうとするけれど、
「七瀬くんなんて……」
「なごみちゃん」
　その声で名前を呼ばれたらもう最後。
「明日俺とデートしよっか」
「……うん。する」
　ほらね？
　私は今日も、七瀬くんの思いどおり。

☆
 ☆
☆
  ☆

【番外編】

もう1つの恋物語 side 春希

　大切なものは1つだけなんて、そんなのいったい誰が決めた？
　2つあったらダメ？
　どっちかなんて選べない。
　選ぶくらいなら捨ててやる。
　だけど、やっぱり2つとも捨てたくない。
　どっちも大切なんだから仕方ない。

　俺の家はひと言で表せば貧乏だった。
　母子家庭の俺は、地震が来たら3秒で崩壊してしまうようなボロアパートに住んでいて。
　おまけに弟が下に3人もいて、生活するだけで一苦労。
　贅沢なんてもってのほかだし、放課後も休日も毎日毎日バイト三昧。
　そのバイト代も全て、弟たちの学費や食費に消えていく。
　しかも高校生だから稼げる額はたかが知れている。
　そりゃあ俺だって遊びたいけれど、長男の俺がしっかりしないといけないじゃん？
　まぁ、でもね。
　そんな中でも唯一心の救いっていうのがあったんだよ。
　それは……。
『春希！　バイトお疲れ！』

『綾菜』

　大切な彼女……綾菜の存在。

　中学2年のときにつき合い出し、この春から別々の高校に進んだ俺ら。高校生活が始まってまだ1ヶ月ちょっとしか経っていないけど、学校で会えない分、バイト終わりに待ち合わせて一緒に帰ったりして、2人の時間はなるべくたくさん取るようにしている。

　綾菜とつき合い出した理由は、簡単に言えば、俺の一目惚れ。

　まず美人だし、背が高いし、スタイルもいいし、まさに俺好みだったんだよね。

　気が強くてとても頑固なんだけど、そこがまた可愛くて。

　綾菜は俺の家の事情を知っているからか、決してワガママを言わない。

『あれが欲しい』とか。

『あそこに行きたい』とか。

　本当は言わせてあげたい。

　全部してあげたい。

　彼氏なのに。

　それができない自分が情けない。

　いつかたくさん稼げるようになったら、必ず贅沢させてあげるから。

　いつか行きたいところに全部連れていってあげるから。

　そんな口約束ばかりが増えていく。

　いつか、っていったいいつだよって話。

まぁ、そんな俺の通う高校に、俺のような生活とはまるで無縁そうなヤツがいたんだよね。
　そいつの名前は、安堂七瀬。
　こいつを知らないヤツはまずいない。
　あまり有名人に詳しくない俺でさえも、知っているくらいだ。
　有名ファッションモデルの七瀬は、そこにいるだけで目立っていた。
　俺はそんな七瀬が心底嫌いだった。
　だって、頭いいし、イケメンだし。
　おまけに安堂七瀬とかいうアニメに出てきそうなカッコいい名前してるし。
　なんか、ムカつかない？
　絶対、相当稼いでるだろうし、貧乏なんて言葉とは無縁な暮らしをしてんだろうなぁって。
　人生で一度も辛い思いや苦労なんてしたことないんだろうなぁって。
　七瀬と話したこともなければ、七瀬のことなんて何も知らないくせに。
　そんなこと1人勝手に考えては妬んだりしてたわけよ。
　お恥ずかしながら。

　そんなある日、バイト帰りのことだった。
『あれー、春希じゃん！』
『うぉ！　マジだ！　久しぶり！』

俺に声をかけてきたのは、今は他高に通う中学のときの先輩数人。
『相変わらず貧乏生活してんの?』
『家半壊したりしてんじゃね?』
　ケラケラと笑うそいつらは、中学のときから何かとつっかかってくる嫌なヤツらだった。
　理由は簡単。
　俺が綾菜とつき合い始めたから。
　男子に絶大な人気を誇る綾菜とつき合っているってだけで、俺は男たちから妬みや恨みを買ってしまったわけ。
　けどまぁ……高校生にもなってまだ引きずるか?
　男のくせに女々しすぎない?
　俺、暇じゃねーんだけど。
　明日も朝早く起きて、弟1号の弁当を作らなきゃいけないから。
『お前らに心配されなくても生きてるよ』
　俺はそう軽くあしらうと、そのまま横を通り過ぎようとしたが、そいつらはそれが気に食わなかったのか、いきなり胸ぐらをつかんできた。
『お前ってさ、昔から態度が生意気なんだよな。俺ら一応先輩だろ?』
　ギロリと睨んでくるが、まるで怖くない。
　家計が崩壊してしまうことのほうが怖い。
　ここはもう、こいつらの気がすむまでおとなしくしておこう。

平和主義の俺は、そう心に決めてひたすらたえる。
　でも……。
『つーか、お前今いくら持ってんの？』
『貧乏でも少しは持ってんだろ？』
　こいつらはなんと俺からカツアゲをし始めた。
　今、財布の中には、さっきちょうどコンビニでおろしてきた現金が入っている。
　第２号３号の誕生日プレゼント代。
『おい、触んな！　返せ！　クソが！』
　財布を奪われ、俺は必死に取り返そうとするが、身体を押さえつけられ身動きが取れない。
『急に暴れんなよ！　お、こいつの財布結構入ってんじゃん、ラッキー』
『貧乏脱出したんか？』
　アホか。
　それは俺が必死に稼いだんだよ。
　それがなきゃ、明日弟たちの誕生日プレゼントを買いに行けねーだろーが。
　このままでは金を奪われてしまう。
　どうすればいい……？
　そう必死に考えていたときだった。
　ガンッ！
『痛っ！』
　いきなりそこらへんに落ちていたであろう空き缶(かん)が飛んできて、リーダー格の後頭部に見事命中した。

誰かが投げた……？
『おい、誰だよ！　投げたヤツ！』
　そいつらと俺は、空き缶が飛んできたほうをとっさに見つめた。
　そこにいたのは、あの七瀬だった。
『"おまわりさん"呼ぶ？』
　そう言うあいつの顔が、暗がりでもよく見えた。
　そいつらは財布を放り出すと、何も言わず逃げるように去っていった。
　……腰抜け野郎が。
"おまわりさん"というワードにビビッて気が動転したのか、はたまた七瀬のことを知っていてなのかはわからないけれど。
『はい、どーぞ』
『あ、あぁ……ありがとう』
　手渡された財布を素直に受け取る。
　思えばこのときが、俺と七瀬の初会話で。
『笑いたければ笑えば？』
　せっかく助けてもらったのに、なぜかこんなことを言ってしまう俺。
『昔から俺を見ては、みんな口をそろえて貧乏人だのなんだのって。バカにされるのなんて慣れてんだよ』
　多分、強がってた。
　だって本当は、そんなの慣れてなんかいなかった。
　本当はいつも、バカにされるたびに悔しくてたまらな

かった。
　家族をけなされることも、綾菜に彼氏らしいことをしてやれないことも。
　本当は泣きたくなるくらい悔しかった。
『別に笑ってないじゃん』
　でも七瀬は笑わなかった。
　それどころか、俺の話などまったくもって興味なさそう。
　それはそれで腹立つけど。
　なんか、この温度差が今はありがたかった。
『名前なんだっけ？』
『あぁ？　二階堂春希だよ。同じクラスなんだから名前くらい知っとけよ！』
『え、なに？　俺ら、同じクラスなの？』
　マジかよ。
　こいつ俺のこと、同じクラスメートとして把握してなかったのかよ。
　どんだけ周りに興味がないんだよ。
『まぁ、いーや』
　……何がいいんだよ。
　お坊っちゃんは早く帰れよ、ボケ。
　そんなことを胸の内でつぶやいていると、七瀬は思いもしないことを口にした。
『二階堂くんさ、俺と同じところで働く？』
　唐突すぎる発言に、戸惑いを隠せない。
『は、はぁ？　お、お前なに言ってんの？　頭沸いてんの？』

『ううん、沸いてない。俺、頭いーから』
『そういうことを言ってるんじゃねーよ』
　俺と同じところって……。
　つまり、モデル？
　俺、今スカウトでもされてんの？
　大人気モデルから直々に？
『楽しくないし、めんどくさいし、二階堂くんが思うような世界じゃないかもしれないけど』
『…………』
『きっと今よりもっと稼げるよ』
　なんか随分と適当だな。
　もしかして俺、バカにされてんのか？
　新手の嫌がらせ？
『あ、やばい。マネージャーから電話だ。じゃーね』
『は？　おい、ちょっ……！』
　七瀬は誘っておきながら、俺の返事も聞かずにヒラヒラと手を振り、その場を去っていった。
　意味のわからないヤツ……。
　とりあえず、七瀬は適当なヤツなんだってことはよくわかった。
　それからいく日か過ぎたが、モデルのことについて七瀬が俺に聞いてくることはなかった。
　それどころか、学校でも会話は挨拶程度。
　だから俺も、この話のことはいつの間にか忘れていた。

そんなある日の放課後。
今日は裏門から帰ろうと、向かったとき。
たまたまそこに七瀬がいた。
ベンツでお迎え。
さすがボンボンは違う。
『あ……』
　七瀬は俺に気づくと『ちょっと待って』と俺を呼び止め、ベンツの中にいる人に声をかけた。
　出てきたのは若い男性。
　この人が皇さん。
　七瀬の兄貴であり、後に俺のマネージャーになる人。
『これが二階堂……冬希(ふゆき)くん？　……ん？　あれ、違うね。夏希(なつき)くんだ。』
『お前がスカウトしたって子？』
『そうそう、カッコいーでしょ』
　な、なんなんだよ、こいつら。
　つーか、"これ"って言うな！
　名前、冬希でも夏希でもねーし。
　季節違いだろ。
『まぁ、たしかに……今うちが一番欲しいタイプの子かもな。他に取られる前に取っとくか』
　皇さんはじーっと俺を見るなり、名刺を取り出しそれを差し出してきた。
『はじめまして。俺はこういう者だけど、君、うちのオーディション受けてみない？　君はきっといつかはこうやってど

こかにスカウトされると思うから、それならうちに来てよ』
『は？』
『まぁ、とりあえず乗って』
『あ、おい……！』
　そんな感じで半ば無理やり車に乗せられ連れてこられたのは、七瀬が所属する事務所。
　そこで夜までいろいろな話を聞かされた。
　そのまま流されるようにオーディションを受けたら通っちゃって、事務所に所属することが決まって。
　あれよあれよという間に進んでいき、気づいたら俺はファッションモデルになっていた。
　初めこそは抵抗があったものの、その世界は一度入ればもう抜け出せないくらい楽しかった。
　見るもの全てが新鮮で、今までのつまらない毎日とは180度違う。
　やればやるだけきちんと評価されるし、人気が出ればバイトをしていたときよりも稼げる。
　母さんや弟たちに、少しなら贅沢をさせることができる。
　気づいたらもう、俺の家をバカにする人はいなくなっていた。
　七瀬が突然連れてきてくれたこの世界で、俺は活躍したいとそう思った。
　友達や弟や母さんは、みんな俺を応援してくれていた。
　だけど、たった1人。
　それをよく思わない人がいた。

綾菜だ。
綾菜は俺がモデルを始めたことについて、とても不満がっていた。
『今すぐやめてほしい』と何回も言われた。
その理由は言ってこなかったけれど。
ケンカが絶えなくなり、しだいに綾菜からは連絡が来なくなり、しまいには音信普通。
綾菜も喜んで応援してくれると思ってたのに。
もしかして嫌われた？
そう思ったら、自分から連絡することもできなかった。
本当は綾菜にも見ていてほしかったのに。
本当は綾菜にも応援していてほしかったのに。
どうしてそれをしてくれないのだろう。
毎日がこんなにも楽しいのに、心にぽっかりと開いた大きな穴。
綾菜がいないと埋まらない。

それから月日が流れ、高２の冬。
俺は日本最大級のファッションイベントに呼ばれた。
目標の１つだったからマジで嬉しかった。
でも……それを一番見てほしい人はもういないんだ。
そう思った。
思ったのに。
いたんだ、綾菜が。
客席から俺を見つめていた気がして。

イベントが終わり、七瀬の家で打ち上げをすることが決まり、待ち合わせ場所へ行くと、そこにはたしかに綾菜がいた。
　なごみちゃんや七瀬と同じ学校だったんだ……。
　よくよく考えたら、綾菜となごみちゃんの制服は同じだ。
　つーか七瀬の転校先の学校名を聞いたときに、普通気づくだろ。
　俺はどんだけアホなんだ。
　綾菜は俺が声をかける前に、とっさに目を逸らした。
　綾菜の姿を見たのはいつぶりだろう。
　なぁ、綾菜はどうしてここにいる？
　誰を見に来た？
　どうして俺から離れていった……？
　全部聞きたい。
　打ち上げの前、俺は意を決すると隙をつき、綾菜を人気のない場所へ連れ出した。
　２人きりになるのは随分と久しぶりだったから、なかなか緊張した。
『なぁ、綾菜……』
『な、なに……』
　俺が名前を呼べば返事がくる。
　そんな当たり前のことなのに、不思議な気分。
『なんで俺から離れていった？』
『…………』
『どうして俺のこと嫌いになったんだよ？』

綾菜には聞きたいことが多すぎる。

すると綾菜はしばらく黙って、キュッと唇を噛みしめると勢いよく顔を上げた。

『だって、だってずっとさびしかったんだもん……！』

そう訴える顔は泣いていた。

『春希は私の彼氏じゃん！　それなのに、モデルになって、有名になって、どんどん私の手が届かない存在になっていって……』

『…………』

『私だけが置いてけぼりにされちゃって、さびしかったんだよ……！』

知らなかった。

綾菜がそんなふうに思っていたなんて。

『だから私は、春希をモデルの世界に連れ込んだ安堂くんも嫌いだし、春希を奪ったモデルって仕事も嫌い……！　もう全部全部嫌い！』

綾菜の自慢の彼氏になりたいと。

綾菜を喜ばせてあげたいと。

そう綾菜のためを思ってしていたことが、逆に綾菜をこんなにも悲しませていたことを俺は知らなかった。

『綾菜……』

『だけど……だけど本当は、嬉しかった……っ』

ポロポロと落ちる綾菜の涙。

それは俺が拭ってもいいのだろうか。

『春希に笑顔が増えて……嬉しかった……！　本当は春希

を誘ってくれた安堂くんにも感謝してるしっ……ずっとずっと春希のこと応援、してた……！』

『…………』

『春希の出てる雑誌は全部買ってるし、今日だってランウェイを歩く春希を観るためだけに、イベントに来たんだから！』

　普段は冷静沈着な綾菜が、こんなにも必死になって思いをぶつけてくれる。

　俺のことを応援したいのに、それをするとさびしくなってしまうって。

　そんな複雑な気持ちの狭間で揺れていた綾菜が、あまりにも愛おしくて……。

『春希、私はっ――』

『ごめんっ……』

　気づいたら俺は、場所も気にすることなく綾菜を抱きしめていた。

　愛おしくて愛おしくて、どうかなりそうだった。

『さびしい思いをさせてごめん。気づいてあげられなくてごめん……っ。観に来てくれてありがとう。ずっと応援してくれてありがとう』

『……っ』

　綾菜は気が強く頑固なわけじゃない。

　本当は誰よりもさびしがり屋で、泣き虫な子だったんだ。

　それを俺が一番知っていなきゃいけないはずなのに。

『俺はこの仕事を始める前、自分が嫌いだった。バカにさ

れて歯を食いしばってるだけの自分が』
『…………』
『でも、七瀬が俺に居場所をくれた。つまんねー毎日が輝き出した。この場所を失いたくない。俺はもっと上を目指したいし、必ずそれができると思ってる』

　一度、七瀬に聞いたことがある。
『なんで俺を誘ってくれたんだよ』って。
　そしたら七瀬は相変わらず適当に『顔かな』と答えた。
　だけど、本当は俺のことを助けてくれたんじゃないだろうかと思ってる。
　きっと七瀬は、バカにされて悔しいと嘆く俺に『それなら見返してやればいいじゃん』と手を差し伸べてくれたんだと。
　あいつがなに考えてるのかいまだによくわからないから謎だけど、どっちにしろ俺は七瀬にすげー感謝してるし、七瀬は俺の目標でもある。
　あいつが何かに悩んでたら今度は俺が救ってやりたいし、いつかあいつを追い越したい。
　あいつだっていろいろあるのに、投げ出さずやってんだ。
　あいつがくれたこの場所を、俺は絶対に失くすわけにはいかない。
　ここまで来てしまったら、もう後戻りはできない。
　だけど……。
『だけどそれには綾菜が必要なんだよ』
　綾菜がいなきゃ意味がねーんだよ。

綾菜にも見ていてほしいんだよ。
綾菜のために輝き続けていたいんだよ。
仕事も綾菜もどっちも手放せないくらい大切。
どっちかを選べと言われても選べない。
選ばなきゃいけないくらいならどっちも捨ててやる。
ワガママか？
『俺、綾菜のことすげー好きなんだよ。ずっとずっと気が狂いそうなくらい綾菜のことばかり考えてた。それは今も変わらない。綾菜を手放す方法を俺は知らない』
　俺の気持ちが、１つも余すことなく綾菜に伝わってほしいと願う。
『大切なものは１つじゃなきゃダメか……？』
『…………』
『俺がこれだけ綾菜のことを想っていても、それでも不安か……？』
　俺は今最低なことを言っているのかもしれない。
　だけどそれでも知っていてほしい。
　俺が綾菜のことを心の底から大切に思っていることを。
『もう、いいよ……。仕事を大切にすればいいじゃん』
　黙って俺の話を聞いていた綾菜がそっと口を開く。
『春希はモデルを続けてもいい。仕事が一番大切でもいい』
　そして、『だけど……』と一瞬間を置くと、
『だけど、私のこともちゃんと大切にしててよっ……！』
　そう、言ってくれたんだ。
『私のために輝き続けてよっ……！』

『あ、当たり前だろうがっ……！　俺はお前がいなきゃダメなんだっつーの！』
　俺は綾菜の身体をこれでもかというくらいに力を込めて抱きしめた。
　綾菜がもう一度、俺の元へ戻ってきてくれた。
　それだけで俺は、明日からも頑張れる気がした。
『なぁ、綾菜。キスしていい？』
『は？　ダ、ダメ！　こんなところで……』
『無理。なんかもう久々に綾菜に触れたら我慢できない』
　俺はブンブンと首を横に振って、ダメだと言う綾菜の声を遮ると、キスを落とした。
『こ、こ、こんなところ、誰かに見られたらどうするの!?』
　顔が真っ赤だ。
『そのときは、俺の初スキャンダルの相手にでもなればいいよ』
『バ、バッカじゃないの！』
　あぁ、なんかもう本当に……可愛すぎて困るって。

　七瀬がくれた俺が輝ける場所。
　綾菜がくれた愛おしい感情。
　俺にとってはマジでどっちも大切。
　だから俺はこれからも、この２つを抱えて生きていく。
　大丈夫。
　綾菜さえいれば、俺はもっともっと輝ける。
　まあ、でもそれはさ、

「なぁ、七瀬たちには俺たちの関係、いつ話すの?」
「そ、そんなの一生言わない! 私と春希だけが知っていればいいでしょ!」
　他のヤツらは知らなくてもいいから。
「マジで? あーでも秘密の関係とか、それはそれでなんか燃える」
「本当、あんたバッカじゃないの!」
　俺と綾菜だけの秘密にしとこうぜ。

なごみの知らない物語 side 七瀬

　自分には不似合いな世界でいろいろなこと我慢して。
　本当は全部投げ出してやめちゃいたいのに。
　本当はもうやりたくなんかないのに。
　じゃあなんでこんな仕事をしてるのかって聞かれたら、そんなのさ——。

　一生懸命って言葉が嫌い。
　だって、めんどくさい。
　そんなに頑張らなくても人は生きていける。
　誰かのために何かをすることはおろか、自分のために何かをすることでさえ嫌い。
　大切だったものほど忘れられやすい。
　俺が頑張ったところで、どうせみんなすぐに忘れてしまうんだ。
　いつの日からか、そんなことばかり考えていた。
　いつからそんなひねくれたことばかり考えるようになったのだろうか。
　それはおそらく９年前。
　お父さんとお母さんが離婚したあの日から。
　俺には父と母、そして兄がいた。
　俺のお母さんは穏やかで心配性。
　お兄ちゃんの皇は面倒見がよくてしっかりしてて。

お父さんは仕事ができて優しい人。
　そんな家族に囲まれて育ち、特別なことはないけれど不満もなかった。
　いわゆる普通。
　こんな日が当たり前のように続くと思っていた。
　でも俺が小学２年生のとき。
　お父さんは俺たちを置いて家からいなくなった。
　他に好きな人ができたとかなんとか。
　優しかったお父さんの中には、もう俺との思い出なんてなかった。
　家族よりも赤の他人を選んだ。
　人ってこんなにも簡単に、必要とされなくなっちゃうんだと。
　こんなにも簡単に嫌われて、捨てられて、忘れられちゃうんだと。
　なんかそれってあまりにも悲しいなと思った。
　家族が１人減って、苗字が"李月"から"安堂"に変わって３人家族になった。
　１人減っただけで、家がとても広く感じられた。
　お父さんはもう家族ではないのだと思ったら。
『七瀬』と俺を呼ぶあの声はもう二度と聞けないのだと思ったら。
　いつの間にか泣いているくらいに辛かった。
　そんな中、皇が交通事故に遭って入院した。
　幸い骨折ですんだけれど、親は離婚するし、お兄ちゃん

は事故に遭うし厄続き。

　学校帰りは毎日お見舞いに行った。

　なぜなら暇だから。

　朝起きて、学校へ行って、帰りに病院へ寄ってって。

　その日もとくに何も変わらない1日になるはずだった。

　あの子に会うまでは。

　あの子は病院の中庭のベンチで、膝を抱えて泣いていた。

　あまりにも辛そうに、悲しそうに。

　別に放っておけばよかったのだけれど。

『どーしたの？』

　気づいたら俺はそう声をかけていた。

　隣に座って話を聞いてあげた。

　話を聞いているだけで、あの子の涙はしだいに止まった。

　お母さんが喘息で入退院を繰り返していて、悲しいんだとか。

　涙ながら話すあの子を、俺はなんだか放っておくことができなかった。

　だから、どちらかの家族が先に退院するまで、毎日会おうと約束をした。

　あの子は約束どおり、毎日中庭にやって来た。

　俺も約束どおり、毎日中庭へ行った。

　会って何をするわけでもないのに、俺たちは約束を破らなかった。

　あの子は俺と会う前は必ず泣いているのだけれど、俺と会えばすぐに笑ってくれる。

その笑顔がとても可愛いと思った。
『今日ね、ママの具合がいいんだー！』
　そう嬉しそうに笑うあの子。
　あの子が笑うと俺も嬉しくなった。
『ママの退院が長引いちゃった……』
　そう悲しそうに泣いているあの子。
　あの子が泣くと俺も悲しくなった。
　いつの間にか俺は、あの子には笑っていてほしいと。
　そう思うようになっていた。
　だって本当はとても可愛く笑うのに。
　そんな泣いてばかりなのはもったいない。
　あの子がもう悲しいことに出会わないといいな。
　あの子の顔から涙が消えるといいな。
　あの子がずっと笑っていてくれるといいな。
　会うたびに、そんなふうに思ってた。
　そんなある日。
『李月くん、久しぶりだね』
　あの子と話していると、見覚えのある看護師が声をかけてきた。
　たしか俺が小学１年生のとき、肺炎かなんかで入院したときにお世話になった人。
　聞くとその人は、ずっと産休を取っていて今日から職場復帰したらしい。
　だからその人はまだ知らなかった。
　俺の苗字が変わったこと。

『もう李月じゃないんだけど……』
　本当はそう言いたかったけれど、あの子が隣にいたので言うのはやめた。
　知られるのが嫌だった。
　それは俺が今悲しくなる原因だから、もしかしたらあの子まで悲しませる原因になるんじゃないかな？
　そう思ったから。
『君、りつきくんっていうの？』
『うん、そーだよ』
　だから、あの子の前では李月のままでいた。
　別にあの子が俺の苗字を李月だと勘違いしていたところで、何も困らない。
　それにあの子の名前も俺は知らない。
　聞くタイミングを逃してしまい、知らないまま過ごしていた。
　俺がなんでそこまでしてあの子を笑わせてあげたかったのかはわからなかった。
　でも、
『ねぇ、りつきくん！　見て！　花かんむり作ったの！可愛いでしょ？』
　そう笑いかけられたとき、ドキッとした。
　正直、花かんむりなんか微塵も可愛くなかった。
　その笑った顔のほうが何百倍も可愛かった。
　そこでようやく気づいた。
　あぁ、そっか。

俺、この子が好きなんだと。
　学校も、年齢も、名前さえも知らないのに。
　お互い知っていることよりも知らないことのほうがはるかに多いのに。
　それでも子供ながらにそれを感じていた俺は、
"好きな人には笑っていてほしい"
　そんな感情が本当にあるんだと、生まれて初めて知ったんだ。

　あの子と出会ってから２週間。
　あの子のお母さんが退院するよりも先に、皇が退院する日が来た。
　今日があの子と会える最後の日。
『今日お兄ちゃんが退院するよ』
『そっか……。じゃあもう会えないんだね』
　しょぼんと肩を落とし、瞳を潤ませている。
　空気が暗くなってしまい、話題を逸らそうと必死に何か探していると、ふとあの子が手に持つファッション誌が視界に入った。
　あの子は時々、病院の待合室にあるファッション誌を、こうして中庭に持ち込んでいた。
　俺はまったく興味がないのだけれど、あの子はそれを読むときいつも笑顔だった。
『雑誌、好きなの？』
『うん！　だってモデルさんの笑顔を見ていると、私まで

笑顔になれるもん!」

 俺の問いかけに、さっきまでしょぼんとしていたあの子は笑顔でそう答えた。

 また、俺の大好きな可愛い笑顔。

『そんなふうに笑えるのに、君はどーしていつも泣いてるの?』

『悲しいからだよ。悲しいから泣いちゃうの』

 まあ、そりゃそうか。

 今の質問がおかしかったかな。

 でもさ、いいな。

 雑誌に載れば、この子をこんなにも可愛く笑わせてあげられるんだから。

 俺も笑顔にしてあげたいな。

『じゃあ、僕と約束をしようよ』

『約束……?』

 俺にもそれをさせてほしいな。

『僕が、君が笑顔でいられる理由になるよ』

 君の笑顔がどうか明日からもずっと続くように。

 たとえもう二度と会えないとしても、俺が必ずそれをしてみせるよ。

『いつか僕がその雑誌に出てる人になって、君を笑顔にしてあげる』

 別に、ファッションモデルになりたかったわけじゃないよ。

 ただあの子が手に持っていたのが、あの子の笑顔の理由

が、離れていてもできることが、たまたまそれだっただけの話。

きっと俺は、あの子が歌手を見て笑顔になれると言っていたのなら、歌手になると約束をしていただろう。

あの子が俳優を見て笑顔になれると言っていたのなら、俳優になると約束をしていただろう。

マンガ家でも、医者でも、警察官でも。

あの子の笑顔のためなら、なんにだってなると約束をしていただろう。

だって俺は……あの子の笑顔のためなら、なんだってできると思ったんだ。

『じゃあ、約束だよ……っ!』

『うん、約束』

小指を絡ませただけの口約束。

最後にあの子と俺は、あの子のお父さんに写真を撮ってもらった。

というよりは撮らされたのだけど。

『この写真を頼りに、必ずりつきくんを見つけるからね!』ってあの子は嬉しそうに言っていた。

それがあの子と会った最後の日。

あの子と約束を交わし別れてからも、俺はその約束を決して忘れたことはなかった。

そして、それを果たしたのは中学３年生のときだった。

自ら飛び込んだ世界は、自分の想像以上にひどく冷たかった。

常に人から見られ、人に評価される。
　嫌なことを嫌とは言えない。
　本当は髪なんて染めたくないのに、ピアスなんてつけたくないのにやらされて。
　言っとくけどピアスの穴を開けるの、めちゃくちゃ痛いんだよ。
　あれよあれよという間に物事が進んでいき、NO.1なんて余計な肩書きをもらって。
　自由な時間が減り、自分の知らない人にもどんどん名前を知られていく疲労感(ひろう)。
　どれだけ疲れても、それも自分の仕事なんだって必死に言い聞かせた。
　でもそれにも限界はあって、あっという間にキャパオーバー。
　変わってしまった生活についていけなくなった。
　なんかね、ちょっとつまずいたつもりが、階段から転げ落ちたような大ケガをしてしまった気分。
　意味わかるかな？
　それに忘れていた。
　好かれるか、嫌われるか。
　この業界はそれだけが重要視されることに。
　それは俺が一番大嫌いなこと。
　嫌われたらどうしよう？
　必要とされなくなったらどうしよう？
　今、俺を見てキャーキャー騒いでいる子たちも、明日に

は俺のことなんて忘れちゃうんじゃないかな？
　お父さんが俺を捨てたみたいに、いつかまた捨てられちゃうんじゃないかな？
　必要とされているかと思っていたら、突然不要にされてしまうように、いつか俺の周りには誰もいなくなっちゃうんじゃないかな？
　そんなことばかり考えていた。
　何度も何度も自分に言い聞かせてみた。
『強くならなきゃ』って。
　でも、人はそんな簡単には変われない。
　本当は目立つのも注目されるのも好きじゃないのに。
　自分に自信なんてないのに。
　それなのになんで俺は……こんな思いまでしてこんな世界にいるんだろう？
　もうやらなくてもいいんじゃないの？
　時々そんなふうにして、仕事を始めた理由を見失いそうになる。
　でも、それでも、
『りつきくん！』
　あの子の顔を思い浮かべれば、必ず思い出せた。
　人気者になりたいわけじゃない。
　ただ、あの子と約束をしたから、そうしているだけなんだって。
　もしかしたら今日もどこかで泣いているかもしれないあの子に、笑っていてほしいだけ。

理由はなんでもいい。
あの子が泣かずに笑ってくれるなら。
でもできれば、その笑顔の理由は俺でありたいから。
それがなければ、こんな仕事とっくにやめている。
むしろやり始めてさえいない。
あの子は約束を覚えている？
あの子はちゃんと俺を見つけてくれた？
あの子はどんなふうに笑って俺を見ている？
ずっとそれだけを考えて頑張ってきた。
それと同じ数だけ、なんで俺はあんな約束をしちゃったんだろうって何度も後悔した。
あの子は約束なんて覚えていないかもしれないのに、1人で何をしてるんだろうって。
だけどもう、戻る場所はどこにもなく。
今更やめられるはずなんてなかった。
だって……。
だって、ここまで来るのに7年もかかったんだ。
高校生になる頃には、モデル以外にもいろいろな仕事が舞い込むようになったが、全て断った。
『モデルの仕事以外は嫌だ』と貫き通した。
俳優や歌手じゃ、意味がないんだよ。
俺があの子と約束をしたのはその仕事じゃない。
それを言うと、上からまあまあ嫌な目で見られるけど、もう慣れた。
高校では友達も何人かできて、同じ高校に通っていた春

希をなんだかんだあって同じ世界に誘い込んだりして、それなりの高校生活を過ごしていたある日。
『お前が俺の彼女取ったんだろ!?』
　突然だった。
　昨日まで仲のよかった友達が、昨日とはまるで違った態度で俺に怒鳴り出した。
『え?』
『とぼけんなよ!　自分がちょっと有名で人気があるからって調子乗ってんじゃねーよ!』
『……』
　まったく覚えのない罪をなすりつけられ、状況を理解できない。
　胸ぐらをつかまれ、壁に突き飛ばされると、痛みと驚きが交差して身体が動かなくて。
『どうせ、お前はずっと俺のこと見下してバカにしてたんだろうが!』
『なに言って……。違う。そんなこと思ってないよ』
『うそつくなよ!　だから人の女も平気で取るんだろ?』
　どれだけ『違う』と否定をしても、信じてもらえなかった。
　もう何を言ってもわかってもらえないと悟った俺は、その身に覚えのない罪をかぶり、友達の怒りがおさまるのを静かに待った。
　後から聞けば、彼女から『他に彼氏ができた』と突然別れを切り出され、その彼女が俺の熱狂的なファンだった

から、俺に疑いがかかったらしい。
　たったそれだけ。
　たったそれだけの理由で、昨日まで友達だった人が敵になった。
　いつの間にか、その男のグループ周辺から変な嫌がらせをされるようになって。
　俺の言葉には耳を傾けないくせに、無視を決め込めば態度が気に食わない、と頭からバケツいっぱいの水をかけられたりして。
　本当、なんなんだろう。
　俺にいったいどうしろと。
『寒みぃ……』
『……なにしてんの？』
　体育館裏の日向で、頭からびしょ濡れの俺の隣に座る、同じくびしょ濡れの春希を横目で睨んだ。
『この俺が助けてやったんだぞ。なんだよ、その目は』
『……間に合わなかったくせに』
　水をかけられる寸前、春希がとっさに止めに入ろうとしたが間に合わず、春希もこのざま。
『……俺、何をしたんだろう』
　寒さに身を震わせながら、体育座りをした膝に顔をうずめてぽつりとつぶやいた。
『もしかしたら知らぬ間に彼女を寝取ってたのかも。思い出せないけど。俺、記憶喪失らしい』
『アホか。なにナーバスになってわけわかんねーこと言っ

てんだよ。気にすんな。堂々としてろよ。ここまで頑張ってきたんだろ？』
　春希なら、それができるかもしれない。
　春希は随分と仕事を楽しんでくれているみたいだからいいけれど。
　でも、俺はそんなに強くないから。
『……じゃあ、どーしてこんな頑張ってるのにうまくいかないの』
　また、俺はこうして弱くなってしまう。
　俺がもしもこんな仕事なんかしていなければ、信じてもらえたのかな。
　今日も友達のままでいられたのかな。
　そう考えたらもう悲しいとかそんなんじゃなくて、異様に虚しくなる。
　また、嫌われることが怖くなった。
　なんかもう全てがどうでもよくなった。
　仕事をやめたいという気持ちが、よりいっそう増した。
　そんな日が続いた、高校２年生の１学期終盤頃。
『七瀬、学校を変えよう』
　撮影帰りの車の中で皇がそう言った。
『なんで。やだよ、めんどくさい』
『お前、俺が何も知らないとでも思ってんの？』
　嫌がらせのことだ……。
　春希から聞いた……？
　あの、バカ……。

人がせっかく皇やお母さんには言わなかったのに。
　だって、2人には心配かけたくなかったから。
　皇は俺のために転職をして、マネージャーとしてついてくれて。
　お母さんは毎日俺の身体のことを気遣い、心配もしてくれて。
　2人にはこれ以上迷惑をかけたくなくて、言わないようにしていたのに。
　このときほど春希を恨んだことはない。
『別にいい』
『よくないだろ』
『どーせ転校したって同じだよ。もう全部どーでもいい』
　投げやり。あきらめ。無気力。
　何も考えたくない。
　考えるだけ無駄。
　投げ出したい。逃げ出したい。
　全てなかったことにして楽になりたい。
　それならもういっそのこと……
『皇、俺さ……もう……』
"もう仕事やめたい"
　初めてその言葉を口にしようとした、その瞬間だった。
　見覚えのある子を見かけた。
『ちょっ……皇、車停めて』
『は？　なんで？』
『いいから』

意味不明だと言わんばかりの皇に車を停めてもらい、少しだけ窓を開け、歩道を歩く女子高生を見つめる。
　思わず目を見開いた。
　見間違えるはずがない。
　何も変わっていない。
　友達と楽しそうにしゃべりながら歩くあの笑顔を、俺はよく知っている。
『綾菜〜！　待ってよ〜！』
　声も変わっていない。
　あぁ、ほらやっぱり。
　あの子だ。
『皇、あの制服どこの？』
『は？　あれは……天月学園？』
『じゃあ、俺はあそこに転校する』
『は？　え？』
『あそこがいい』
『やめたい』と口にするその1歩手前で、あの子が現れて思いとどまった。
　いつだってそう。
　どれだけやめたくても、あの子はいつだってそれを邪魔してくる。
　俺からあきらめを奪ってくる。
　忘れかけていた目的や目標。
　きっとあの子と会えば思い出せる。
　そう思った俺は、あの子と同じ高校へ転校することに決

めた。
　そして、その日はすぐにやってきた。
　転校初日。
　案内されたのは２年５組。
　探して、見つけた。ずっとずっと会いたかったあの子の姿を。
　驚くべきことに同じクラス、隣の席。
　櫻木なごみ。
　初めて知るあの子の名前。
　なんか、生ゴミみたいな名前だなぁと思っちゃったり。
　はやる気持ちを抑えつつ、あの子の……なごみちゃんの隣へと向かった。
　机の上には俺が出ている雑誌があった。
　しかも、発売日その日の朝にそれを持っていてくれた。
　あぁ、ちゃんと俺のことを見つけ出してくれていたんだって、そう心から嬉しく感じていた。
　それなのに。
『はじめまして！　よ、よろしくね……』
　それなのに、なごみちゃんは俺に『はじめまして』とそう軽々しく挨拶をした。
　なごみちゃんは、俺のことをまるで覚えていなかった。
　ありえないと思った。
　普通さ、忘れるかな？
『いつから俺のこと知ってくれてるの？』
　内心落胆しながらも、平静を装い望みをかけて聞いてみ

るも……。
『え!? えっと……。デ、デビュー当時です！ デビュー当時から知ってます！ ずっと応援してます！』
　やはり俺のことは覚えていないみたいで、悪気のない笑顔を添えた最悪な言葉が返ってくる。
　なぁ、なごみちゃん、なに言ってるの？
　違うでしょ？
　なごみちゃんはもっと前から俺のこと知ってるはずでしょ？
　あー、本当に、君、ありえないよ。
　なんで忘れてるの？
　なんのためにあの日写真を撮ったの？
　その様子じゃ、約束のことも忘れてるの？
　俺がこの世界に入って、いったいどれだけの人を相手にしてきたか知ってる？
　人と出会いすぎて、大半は忘れたくらいだよ。
　でもその中で、どうしてなごみちゃんだけは忘れなかったかわかる？
　このたかだか数年で、俺と比べてはるかに狭い範囲で新しい人と出会ったくらいで、俺のこと忘れちゃったのはなんで？
　さんざんここまでやらせておいて、俺を忘れるなんていい度胸してるよね。
　それじゃあさ、俺1人だけがむしゃらになってやってきたってことじゃん。

本当さ……どうやって過ごしたら、俺のことを忘れちゃうの？
『七瀬くんなんて、もう大嫌い！』
　挙げ句の果てには『大嫌い』？
　よくも言えるよね。俺に向かって。
　本当生意気。
　気に食わない。
　昔は可愛げがあったのに。
　俺はなごみちゃんとの約束のためにあれこれ言いなりになって、友達までも失くしてやってきたのに。
　あー、もういいや。
　それならもう。君、ムカつくからさ
『なごみちゃんはもう、俺には逆らえない』
　今度はなごみちゃんを、俺の言いなりにさせてあげるから──。

「……くん……七瀬くんっ……！」
「ん……」
「起きて！　休憩終わったよ！　撮影始まるよ！」
　誰かに肩を揺すられ、ぼやける視界に目を凝らすと、俺のそばにはなごみちゃんの姿。
　……俺、休憩中に寝てたんだ。
　髪型崩れちゃったかも。
　メイクさん、休憩中に寝ると髪のセット崩れるからって怒るんだよね。

それにしても、なんか随分と懐かしい夢を見ていた気がする。
「腰、痛い……」
「変な体勢で寝るからだよ」
　俺は腰を押さえながら机から身体を起こすと、なごみちゃんのほうを見た。
　なごみちゃんには、よく一緒にスタジオへ来てもらっている。
　そのほうがやる気が出るから。
　ほんの少しだけ。
　あぁ、でもこの子って……最初は俺のこと忘れてたんだっけ？
「バーーカ」
「え？　な、なに？　いきなりなに!?　バカって言うほうがバカだよ！　おバカ！」
　俺にいきなり頬をつままれ『バーーカ』と言われたなごみちゃんは、ちょっと驚いた後に怒ってきた。
　怒っても全然怖くない。
　可愛いね。
「撮影戻るね」
　俺はポンとなごみちゃんの頭の上に手を置くと、立ち上がった。
　そうすると、メイクさんが足早にやって来て、
「あー！　もう、安堂くん！　休憩中に寝ないでって言ってるじゃないのー。あーあ、前髪崩れちゃってるわ。ほら、

こっち向いて」
　……やっぱり怒られた。
「七瀬、あんまりメイクさんに手間かけさせるなよ。お前は今日、家出るギリギリまで寝てたから眠くないだろ？ 三度寝までかまして、俺がどんだけ苦労してお前をここまで連れてきたか……。だいたいお前は、好き嫌いが多いし、朝は起きないし、人の話は聞かないし、ワガママだし、生意気だし……。俺がどんな思いでいつもいつも……」
　最悪。皇まで出てきた。
　わざわざ指で数えながらぐちぐちと……。
　あんまりそうやって怒らないでほしい。
　怒られるとやる気が80パーセントくらい減るから。
「安堂くんは人の迷惑を考えないからね。人を振り回す天才だから」
　御影さんは御影さんで、相変わらずつっかかってくるし。
　なごみちゃんに頼まれて、仕方なく連れてきてあげてるのに。
　君、じつは春希を見に来たんでしょ？
「七瀬ー！　今月の撮影全部終わったら遊園地にでも行こーぜ！　約束な！　もう約束したからな！　裏切んなよ！」
　その春希は論外で。
「寝ちゃうのは仕方ないですよね！　疲れてるんだし！」
　椎名さんだけじゃん。
　俺に優しいの。

なんで今日のスタジオはこんなに人がいるんだろう。
溜まり場みたいになっている。
そんな一度にたくさんしゃべりかけないでほしい。
だけど、この言葉を思い出すと。
『だってみんな、七瀬くんのことが大好きなんだもん！』
別に、たくさんいてもいいかな、なんて……。
「おい、七瀬、聞いてんのか？」
「あー、はいはい。ごめんなさい」
　俺は適当に皇に謝り、深いため息をつきながら時計に目をやる。
　あぁ、今からまた撮影か。
　今日は何時間あるのかな。
　せっかく今日は土曜日なのに、こんなに朝早くから駆り出されたうえに、なんだかたくさん怒られて。
　せっかくなごみちゃんとつき合い始めたのに、なごみちゃんとはどこへも行けなくて。
　撮影ばっかりで本当にうんざりする。
　あーあ。
　やだな。
　めんどくさいな。
　スタジオ爆破でもしないかな。
　疲れたな。
　やめたいな。
　でも、
「七瀬くん、頑張って！　ちゃんと見てるよ！」

もう少しだけ頑張ってみようかな。

　　相変わらず自信もやる気もないけれど。
　　どうやら俺の周りには、自分の思う以上にこうしてたくさんの人が離れずにいてくれるみたいだから。
　　なごみちゃんがこんな俺のことを大袈裟なくらいにカッコいいって言ってくれるから。
　　たとえ、みんなが俺を忘れても。
　　たとえ、みんなが俺を嫌っても。
　　世界中でただ1人。
　　なごみちゃんだけが好きでいてくれるのなら。
　　その笑顔のためなら。
　　俺はきっとなんだってできるんだろう。
　　こんなこと、俺となごみちゃんだけしか知らない。
　　あれもこれも全部。
　　2人だけの秘密にしようね。
　　みんなには、内緒だよ？
「安堂七瀬くん、撮影入りまーす！」
　　その声とともに1歩踏み出す。
　　一度入ったらもう戻らない。
　　この場所で思うことはいつだって、ただ1つだけ。
　　大好きな君が、どうか今日も笑っていられますように。

　　　　　　　　　　　　　　　　　　　　END

あとがき

こんにちは。嶺央です。
このたびは『みんなには、内緒だよ?』をお手に取っていただきありがとうございます。
この作品は、第2回野いちご大賞にて、りぼん賞をいただくことができた、自分自身でも思い入れのある作品です。1人でも多くの方に楽しんでいただけたら嬉しいです。

今回、七瀬という人物は憎みきれないずるいキャラにしたかったのですが、どうでしたか? 無気力で適当でマイペースで、人をとことん振り回すのに、時折見せるギャップにやられて結局は許しちゃう。そのせいでなごみは、最後の最後まで七瀬の言いなりでした。(なごみが七瀬に甘いのか、はたまた七瀬が計算高いのか……)

そんな2人ですが、じつは9年も前から、とある約束で繋がっていました。本当は投げ出したいし、辛いし、やりたくない。それでも七瀬が必死になって仕事を続ける理由は、"なごみの笑顔のため"だけで、そんな七瀬がいたからこそ、なごみは毎日笑って過ごすことができました。
お互い一度だって約束を忘れたことはありません。若干すれ違っている部分はありましたが、最後は同じ場所にたどりつくことができました。

仕事以外にも、病院につき添ったり、リレーに出たり。なごみのためにいろいろとしてあげていた七瀬。そう考えると、じつは、七瀬のほうがなごみに振り回されていたのでは？という気がしなくもないのですが……。
　七瀬は、なごみのためならなんだってしてあげたいと思う、隠れ一途男子になりました。

　そして、もう１つ。春希と綾菜の恋物語はどうでしたか？この２人の関係は、本編でなごみたちに明かすつもりでしたが、タイトルが『みんなには、内緒だよ？』なので、どうせならと思い、こっちも内緒にしておきました。
　七瀬に彼女ができたり、じつは春希にも彼女がいたり、マネージャーの皇も大変ですね。この作品で一番振り回されていたのは、もはや彼だと思っています。

　最後になりましたが、今回お忙しい中、文庫本のイラストに加え、コミカライズまでご担当いただき、素敵で可愛いなごみたちを描いてくださった朝香のりこ様。書籍化に携わってくださった皆様。そして、この本を読んでくださった皆様。本当にありがとうございました。

　またどこかでお会いできることを願っています。

2018年７月25日　嶺央

この物語はフィクションです。
実在の人物、団体等とは一切関係がありません。

嶺央先生への
ファンレターのあて先

〒104-0031
東京都中央区京橋1-3-1
八重洲口大栄ビル7F

スターツ出版(株)書籍編集部 気付

嶺央先生

みんなには、内緒だよ？

2018年7月25日　初版第1刷発行
2019年10月29日　　　第2刷発行

著　者　嶺央
　　　　©Reo 2018

発行人　菊地修一

デザイン　カバー　金子歩未（hive & co., ltd.）
　　　　　フォーマット　黒門ビリー&フラミンゴスタジオ

DTP　朝日メディアインターナショナル株式会社

編　集　相川有希子
　　　　加藤ゆりの　三好技知　額田百合（ともに説話社）

発行所　スターツ出版株式会社
　　　　〒104-0031 東京都中央区京橋1-3-1　八重洲口大栄ビル7F
　　　　出版マーケティンググループ　TEL03-6202-0386
　　　　（ご注文に関するお問い合わせ）
　　　　http://starts-pub.jp/

印刷所　共同印刷株式会社
Printed in Japan

乱丁・落丁などの不良品はお取り替えいたします。上記出版マーケティンググループまで
お問い合わせください。
本書を無断で複写することは、著作権法により禁じられています。
定価はカバーに記載されています。

ISBN 978-4-8137-0494-2　C0193

ケータイ小説文庫　2018年7月発売

『俺が愛してやるよ。』SEA・著

複雑な家庭環境や学校での嫌がらせに…。家にも学校にも居場所がない高2の結実は、街をさまよっているところを暴走族の少年・統牙に助けられ、2人は一緒に暮らしはじめる。やがて2人は付き合いはじめ、ラブラブな毎日を過ごすはずが、統牙と敵対するチームに結実も狙われるようになり…。

ISBN978-4-8137-0495-9
定価:本体570円+税

ピンクレーベル

『みんなには、内緒だよ?』嶺央・著

高校生のなごみは、大人気モデルの七瀬の大ファン。そんな彼が、同じクラスに転校してきた。ある日、見た目も性格も抜群な彼の、無気力でワガママな本性を知ってしまう。さらに、七瀬に「言うことを聞け」とドキドキな命令をされてしまい…。第2回野いちご大賞りぼん賞受賞作!

ISBN978-4-8137-0494-2
定価:本体590円+税

ピンクレーベル

『あのとき離した手を、また繋いで。』晴虹・著

転校先で美人な見た目から、孤立していたモナ。両親の離婚も重なり、心を閉ざしていた。そんなモナに毎日話しかけてきたのは、クラスでも人気者の夏希。お互いを知る内に惹かれ合い、付き合うことに。しかし、夏希には彼に想いをよせる、病気をかかえた幼なじみがいて…。

ISBN978-4-8137-0497-3
定価:本体570円+税

ブルーレーベル

『僕は君に夏をあげたかった。』清水きり・著

家にも学校にも居場所がない麻衣子は、16歳の夏の間だけ、海辺にある祖父の家で暮らすことに。そこで再会したのは、初恋の相手・夏だった。2人は想いを通じ合わせるけれど、病と闘う夏に残された時間はわずかで…。大切な人との再会と別れを経験し、成長していく主人公を描いた純愛ストーリー。

ISBN978-4-8137-0496-6
定価:本体560円+税

ブルーレーベル

ケータイ小説文庫 好評の既刊

『手をつないで帰ろうよ。』嶺央・著

4年前に引っ越した幼なじみの麻耶を密かに思い続けていた明菜。再会した彼は、目も合わせてくれないくらい冷たい男に変わってしまっていた。ショックをうけた明菜は、元の麻耶にもどすため、彼の家で同居することを決意！ときどき昔の優しい顔を見せる麻耶を変えてしまったのは一体…？

ISBN978-4-8137-0353-2
定価：本体 590 円＋税

ピンクレーベル

『好きになんなよ、俺以外。』嶺央・著

彼氏のいる高校生活にあこがれて、ただいま14連続失恋中の翼。イケメンだけどイジワルな蒼とは、幼なじみだ。ある日、中学時代の友達に会った翼は、彼氏がいないのを隠すため、蒼と付き合っていると嘘をついてしまう。彼氏のフリをしてもらった蒼に、なぜかドキドキしてしまう翼だが…。

ISBN978-4-8137-0208-5
定価：本体 590 円＋税

ピンクレーベル

『たとえば明日、きみの記憶をなくしても。』嶺央・著

高3の乙葉は、同級生のユキとラブラブで、楽しい毎日を送っていた。ある頃から、日にちや約束を覚えられない自分に気づく。病院に行っても記憶がなくなるのをとめることはできなくて…。病魔の恐怖に怯える乙葉。大好きなユキに悲しませないよう、自ら別れを切り出すが…。

ISBN978-4-8137-0186-6
定価：本体 590 円＋税

ブルーレーベル

『クールな君を1ヶ月で落とします』嶺央・著

学校中の女子のあこがれの的、イケメンの黒瀬を本気で好きになってしまった高2の柚子。思い切って告白するも、あっけなく振られ「努力して1ヶ月で好きにさせてみせる」と宣言！ だんだん彼の素顔が見えてきた柚子はもっと好きになる。一方黒瀬は一途な柚子が気になりだして…。

ISBN978-4-8137-0029-6
定価：本体 570 円＋税

ピンクレーベル

ケータイ小説文庫 2018年8月発売

『甘すぎてずるいキミの溺愛。』みゅーな**・著

高2の千湖は、旧校舎で偶然会ったイケメン・尊くんに一目惚れ。実は同じクラスだった彼は普段イジワルばかりしてくるのに、ふたりきりの時だけ甘々に！ 抱きしめてきたりキスしてきたり、毎日ドキドキ。「千湖は僕のもの」と独占してくるけれど、尊くんには忘れられない人がいるようで…？
ISBN978-4-8137-0511-6
定価：本体580円+税

ピンクレーベル

『幼なじみのフキゲンなかくしごと』柊乃・著

高2のあさひは大企業の御曹司でイケメンの瑞季と幼なじみ。昔は仲がよかったのに、高校入学を境に接点をもつことを禁止されている。そんな関係が2年続いたある日、突然瑞季から話しかけられたあさひは久しぶりに優しくしてくれる瑞季にドキドキするけど、彼は何かを隠しているようで……？
ISBN978-4-8137-0512-3
定価：本体580円+税

ピンクレーベル

『金魚すくい』浪速ゆう・著

なんとなく形だけ付き合っていた高2の柚子と雄馬のもとに、10年前に失踪した幼なじみの優が戻ってきた。その日を境に3人の関係が動き始め、それぞれが心に抱える"傷"や"闇"が次から次へと明らかになるのだった…。悩み苦しみながらも成長していく高校生の姿を描いた青春ラブストーリー。
ISBN978-4-8137-0514-7
定価：本体580円+税

ブルーレーベル

『この想いが届かなくても、君だけを好きでいさせて。』朝比奈希夜・著

女子に人気の幼なじみ・俊介に片想い中の里穂。想いを伝えようと思っていた矢先、もうひとりの幼なじみの稔が病に倒れてしまう。里穂は余命を告げられた稔に「一緒にいてほしい」と告白された。恋心と大切な幼なじみとの絆の間で揺れ動く里穂が選んだのは…。悲しい運命に号泣の物語。
ISBN978-4-8137-0513-0
定価：本体560円+税

ブルーレーベル

書店店頭にご希望の本がない場合は、
書店にてご注文いただけます。